Zwei Bier und ein Mord

Julia Bruns wurde 1975 in einem kleinen Dorf mitten in Thüringen geboren. Die promovierte Politikwissenschaftlerin arbeitete viele Jahre als Redenschreiberin und in der Öffentlichkeitsarbeit. Heute schreibt sie als freie Autorin. Wenn sie sich nicht gerade allerlei Geschichten ausdenkt, streift sie mit dem Familienhund durch die Wälder oder kocht Marmelade.
www.juliabruns.com
www.thueringen-kommissare.de

JULIA BRUNS

Zwei Bier und ein Mord

KRIMINALROMAN

emons:

© Emons Verlag GmbH
Cäcilienstraße 48, 50667 Köln
info@emons-verlag.de
Alle Rechte vorbehalten
Umschlagmotiv: Holger Leue/LOOK-foto
Umschlaggestaltung: Tobias Doetsch
Gestaltung Innenteil: César Satz & Grafik GmbH, Köln
Lektorat: Marit Obsen
Druck und Bindung: Books on Demand GmbH, Norderstedt
Printed in Germany
Erstausgabe 2015
ISBN 978-3-95451-500-4
Originalausgabe
2. Auflage

Unser Newsletter informiert Sie
regelmäßig über Neues von emons:
Kostenlos bestellen unter
www.emons-verlag.de

Dieser Roman wurde vermittelt durch die
Editio Dialog Literary Agency, Lille.

Für Christian

Bier ist der überzeugendste Beweis dafür,
dass Gott den Menschen liebt und ihn glücklich sehen will.

Benjamin Franklin

Frieda Schmidtke zog die Tür ihres kleinen Hauses in der Johannesstraße mit einem dumpfen Knall hinter sich ins Schloss, und der eisige Ostwind fuhr unbarmherzig in den Kragen ihres Pelzmantels. Mit steifen Fingern, die jedoch mehr ihrem fast achtzigsten Lebensjahr als den sibirischen Temperaturen geschuldet waren, nestelte sie an ihrem Schal, bis er ordentlich saß und die Kälte abwehrte. Dann tastete sie mit den Händen von außen über beide Manteltaschen, um sich zu vergewissern, dass sie auch alles Notwendige bei sich trug. Wenn sie sich schon auf den weiten Weg zur Fischerstraße machen würde, wollte sie am Ende nicht feststellen müssen, dass sie ihn umsonst gegangen war. In ihrem Alter konnte man immer weniger auf die Kraft der eigenen Beine vertrauen. Noch dazu bei diesem Wetter.

In der Nacht hatte es in Oberhof zwanzig Zentimeter Neuschnee gegeben. Und auch für Mittelthüringen erwarteten die Meteorologen im Laufe des Tages Niederschlag. Auf den Wetterbericht des MDR Thüringen war Verlass. Drei Mal hatte sie heute Morgen schon die Vorhersagen im Radio gehört, um sieben, um acht und um neun Uhr. Dazu hatte sie mehrfach entschlossen genickt. Heute war ein guter Tag.

Der Brief stand seit einer Woche auf ihrer Küchenkommode. Sie konnte ihn von ihrem Platz am Fenster aus gut sehen. Wie magnetisch wurde ihr Blick immer wieder davon angezogen, als befürchtete sie, er könnte spurlos verschwinden. Um kurz nach neun hatte sie den letzten Schluck des längst kalt gewordenen Schonkaffees aus ihrer gold geränderten Sammeltasse getrunken und beschlossen, die Sache heute endlich zu Ende zu bringen. Morgen schon könnte es wieder schneien. Und übermorgen könnte sie tot sein. In ihrem Alter musste man täglich damit rechnen, vom lieben Herrgott abberufen zu werden.

Nein, heute war der richtige Tag. Sie hatte schon viel zu lange gewartet.

Mit kleinen, wackeligen Schritten marschierte sie in Richtung Marktplatz. Schneegriesel wehte über das holprige Kopfsteinpflaster, sammelte sich in den unterschiedlich dicken Fugen und verdeckte damit die gefährlichsten Kanten, die einer alten Dame begegnen konnten. Doch Frieda Schmidtke dachte keine Sekunde daran, dass sie stürzen könnte. Sie fixierte den bronzenen Rücken des Walther-von-der-Vogelweide-Denkmals am Ende des Marktplatzes. Wenn ich dort angekommen bin, schaffe ich auch den Rest, dachte sie und atmete tief durch. An der Marktstraße gab es wenigstens einen ordentlichen Fußweg, und zur Not konnte sie sich an den Häuserwänden festhalten.

Hoffentlich hatte die junge Frau mit den grellroten Fingernägeln – dass sie neuerdings welche hatte, davon hatte ihr die Nachbarin erzählt – nicht gerade heute einen Friseurtermin oder war nur mal schnell nebenan Brötchen holen, wie es gern hieß, wenn die Ladentür mal wieder geschlossen war. Den jungen Dingern heutzutage fehlte es einfach an der notwendigen Disziplin. Was war das nur für eine Welt, in der man nicht einmal mehr auf die Öffnungszeiten einer Postfiliale vertrauen konnte? Aber wenigstens gab es in Weißensee noch eine. Die Bilzingslebener hatten es da schon schlechter getroffen, zumindest hörte man das immer.

Wie lange war sie eigentlich schon nicht mehr dort gewesen? Es musste Jahre her sein. Was sollte sie da aber auch? Zu Hause hatte sie doch alles, was sie brauchte, und in ihrem Alter war man eben nicht mehr so agil. Für ihre Generation gehörte es schon zu den aufregenden Abwechslungen des Lebens, wenn man in das Sömmerdaer Kreiskrankenhaus eingeliefert wurde.

Ein beklemmendes Kratzen in ihrem Hals, hervorgerufen von der eisigen Luft, ließ Frieda Schmidtke innehalten. Sie blieb stehen, hüstelte zweimal in den Handschuh ihrer linken Hand, streifte dabei wie zufällig ihre Manteltasche mit dem Kuvert darin und schaute sich fast schon ängstlich um. Die kalte Luft brannte in ihren Lungen wie ein doppelter Nordhäuser in der Speiseröhre. Sie kämpfte gegen ihre Kurzatmigkeit und verfluchte den Tag, an dem sie beschlossen hatte, der Wahrheit Genüge zu tun.

Nur langsam gewöhnten sich ihre Lungenflügel an die ungewohnt hohe Dosis Sauerstoff. Minuten vergingen, in denen sie, auf den kondensierten Nebelhauch ihrer Atmung konzentriert, allein auf dem Weißenseer Marktplatz stand und hoffte, dass dieser auch weiterhin so menschenleer bleiben würde. Dabei war ihre

Anwesenheit hier nicht auffälliger als die eines jeden anderen, der sich am Morgen ein paar frische Brötchen holte oder als Tourist den Marktplatz besuchte, wobei die Touristen zu dieser Jahreszeit freilich nur selten in der alten Landgrafenstadt zu sehen waren.

Sie sehen, was ich vorhabe, dachte sie ängstlich. Alle können es sehen!

Und wenn sie angesprochen wurde? Was sollte sie dann sagen? Dass sie nach vierundzwanzig Jahren ihr Gewissen erleichtern musste und nur deshalb so lange geschwiegen hatte, weil sie ihr Leben lang zu feige gewesen war? Weil ihr doch ohnehin niemand geglaubt hätte? Dass sie das, was sie an jenem Abend gehört hatte, selbst nicht glauben konnte oder wollte? Sie hatte es verdrängt, obwohl seither kein Tag vergangen war, an dem seine Worte nicht in ihren Ohren widergeklungen hatten, als wäre es gestern gewesen.

Wie sie diesen Abend verfluchte, den Alkohol, der seine Zunge gelockert und ihr sein düsterstes Geheimnis offenbart hatte! Ausgerechnet ihr. Fast schon hastig lief sie weiter. Dabei entfuhr ihr ein ungewollt lautes: »Das ist doch Blödsinn!«

Als wäre sie beim Äpfelstehlen erwischt worden, zuckte sie für einen Moment zusammen, erschrocken über ihren eigenen Ausbruch. Spätestens nach diesem Selbstgespräch würde man sie endgültig für eine senile alte Schachtel halten. Aber das störte sie nicht. Sollten ruhig alle denken, Frieda Schmidtke sei gaga.

Manchmal hat die Gebrechlichkeit des Alters durchaus etwas für sich, dachte sie und lächelte verschmitzt in sich hinein.

Der Hintern von Walther von der Vogelweide schien bereits zum Greifen nah, als ein weißer Lieferwagen neben ihr auftauchte und stoppte. Das Fenster der Fahrertür wurde herabgelassen, und ein junger, kahlköpfiger Mann um die dreißig grüßte freundlich. »Asiatischer Großhandel« stand mit dicken roten Buchstaben quer über das Fahrzeug geschrieben. Noch bevor der Mann nach dem Weg fragen konnte, was er zweifellos vorhatte, zeigte Frieda Schmidtke auf den Eingang zum Chinesischen Garten in ihrem Rücken. Auch wenn ihr Körper die gesamte Bürde ihrer neunundsiebzig Lebensjahre trug, hatte die Natur vor ihrem Kopf haltgemacht. Ihr Geist war so klar wie eh und je.

Der junge Mann lächelte erleichtert und legte fast schon

schneidig die linke Hand zum militärischen Gruß an seine Schläfe. Die Belehrung, zu ihrer Zeit habe man dafür noch die rechte Hand genommen, lag ihr auf der Zunge. Doch sie schwieg. Stattdessen nickte sie kurz und heftete ihren Blick noch für ein paar Sekunden an den seltsamen Ohrring ihres Gegenübers. Riesenpflöcke wie diesen hatte sie so bisher nur bei afrikanischen Stammeshäuptlingen in ihrer Lieblingsreportage »Kronzucker unterwegs« gesehen.

Der Motor des Lieferwagens heulte auf, und der ungewöhnliche Ohrschmuck verschwand aus ihrem Blickfeld. Wieder ruhig und gleichmäßig atmend, ging sie weiter. Die Lieferung für die »Tee & Kaffee-Terrasse« im Chinesischen Garten hatte ihr ein paar zusätzliche Minuten Verschnaufpause verschafft.

Ein chinesischer Garten, und ausgerechnet in der alten Residenzstadt der Landgrafen von Thüringen. Früher gab es so etwas nicht, dachte sie und bog endlich in die Marktstraße ein. Da sind wir über die Dörfer zum Tanz oder zum Paddeln auf den Gondelteich. Und die Nächte verbrachten wir im Burgkeller.

Frieda Schmidtke seufzte leise in ihren von der Atemluft feuchten Schal. Ihr lieber Herr Schmidtke, Gott hab ihn selig, hatte im Burgkeller öfter mal einen über den Durst getrunken, und meistens musste sie ihm auch noch sein Bier bringen. Fast vierzig Jahre lang hatte sie nicht nur ihren Mann, sondern die ganze Stadt bedient. Apoldaer Bier, Bockwurst mit Brötchen, Fassbrause, Hackepeter, Soljanka, Club-Cola, Würzfleisch, Goldbroiler, Strammer Max und im Sommer Softeis aus der Softeismaschine. Dann war die Mauer gefallen, und alle hatten nach den Segnungen des Westens in Form von Warsteiner und echtem Cordon bleu gegiert. Wenn die Gäste überhaupt noch kamen, denn den Westen gab es nicht zum Preis für den Osten.

Niemals würde sie das Gesicht von Heinz, dem Wirt, vergessen, als er die Zapfanlage in Betrieb nahm und das letzte Apoldaer in ein Glas laufen ließ. Mit Warsteiner und echtem Cordon bleu in den Frühruhestand, ohne Aufgabe und ohne den geliebten Klatsch und Tratsch einer rauchigen Bierkneipe. Jetzt seufzte Frieda Schmidtke noch tiefer. Die Wehmut legte sich wie ein Pfund Blei auf ihr Herz. Und ohne dass sie es verhindern konnte, lief die Vergangenheit wie ein alter, knittriger Schwarz-Weiß-Film vor ihrem inneren Auge ab. Vor allem jener Abend vor vierundzwanzig Jahren, den sie so oft und mit aller Kraft aus ihrem Kopf zu streichen versucht hatte und der sie an diesem Morgen zu körperlichen Höchstleistungen antrieb.

In der Postfiliale brannte Licht, und auch die Tür, gegen die sich Frieda Schmidtke mit ihrer ganzen Zierlichkeit stemmte, gab ohne Weiteres nach. Eine junge Frau mit blondierten Haaren und einem Kurzhaarschnitt, der gerade modern zu sein schien, schaute sie erwartungsvoll an. Frieda Schmidtke schnaufte. Die Luft in dem kleinen Lädchen, das ein buntes Sammelsurium der Dinge des täglichen Bedarfs anbot, war schwer vom würzig aromatischen Duft einer echten Thüringer Leberwurst. Der stammte augenscheinlich vom angebissenen Brötchen neben der Kasse. Die Verkäuferin, die Frieda Schmidtkes missbilligenden Blick bemerkt hatte, zuckte nur kurz mit den Schultern, wobei sie das Wort »Frühstück« murmelte, um dann mit geschäftiger Miene zur Tagesordnung überzugehen.

»Wie kann ich Ihnen helfen?« Sie lächelte freundlich über den Ladentisch.

Frieda Schmidtke befreite ihre Hände von den Handschuhen, schob ihre linke Hand in die Manteltasche und griff entschlossen nach dem Brief. Dabei fixierte sie die junge Frau, die mit einem fast schon herzlichen Lächeln gänzlich entspannt abwartete, was für eine Aufgabe wohl auf sie zukommen würde. Gerade als Frieda Schmidtkes Mut am größten war, öffnete jemand die Ladentür und grüßte mit einem kräftigen, sonoren »Guten Morgen«.

Die Stimme erkannte sie unter Tausenden.

Wie vom Blitz getroffen drehte Frieda Schmidtke sich um und starrte den Eintretenden mit weit aufgerissenen Augen an.

»Frieda, du schaust ja, als hättest du einen Geist gesehen.«

Das konnte kein Zufall sein. Der Teufel höchstpersönlich war ihr auf den Fersen! Was sollte sie jetzt bloß machen?

Geistesgegenwärtig stopfte sie ihre Handschuhe in die Manteltasche, als hätte sie das von Anfang an vorgehabt.

»Ich höre etwas spät«, log Frieda Schmidtke. »Du kannst vorgehen. Ich habe vergessen, was ich brauche, und muss noch einen Moment überlegen.« Auch das war eine Lüge, aber nur so würde sie den Brief unbemerkt abgeben können, ohne morgen noch einmal wiederkommen zu müssen.

Ihr kleiner Trick funktionierte. Zwei Minuten später stand sie wieder allein vor der Ladentheke.

»Der muss heute noch raus«, wies Frieda Schmidtke die junge Frau viel zu barsch an und schleuderte den frankierten Brief über den Tisch.

»Aber den hätten Sie doch einfach in irgendeinen der Postbriefkästen werfen können.«

»Nein, hätte ich nicht. Briefe gibt man persönlich auf.« Frieda Schmidtke zog ihre Handschuhe wieder an, machte kehrt und marschierte, so schnell es ihre Beine erlaubten, in Richtung Ausgang.

»Der geht heute Vormittag noch raus. In zwei Stunden wird er abgeholt«, rief ihr die Blondierte nach. Doch Frieda Schmidtke stand schon wieder auf der Straße.

Drinnen schaute sich die junge Frau den Brief einmal kurz von beiden Seiten an, um ihn kurz darauf lustlos in die Postbox zu befördern.

Was manche Menschen doch für ein Aufhebens wegen eines stinknormalen Briefes machen, dachte sie, griff mit ihrer manikürten Hand nach dem Leberwurstbrötchen und biss beherzt hinein. Die langen, in angesagtem Pink lackierten Fingernägel glänzten dabei grell im Neonlicht der Deckenleuchte.

EINS

»Ach, Schatz, was für ein herrlicher Morgen. Der Mai ist doch immer noch der schönste Monat.« Frank Adler ließ die Thüringer Allgemeine, die er jeden Morgen während des Frühstückes intensiv studierte, für einen kurzen Moment sinken und lächelte seine Frau Sabine glücklich an. Er war kein unhöflicher Mensch, und daher war ihm durchaus bewusst, dass sein Frühstücksritual seiner Gattin im Gegenzug seit fast fünfundzwanzig Jahren den Anblick des Mantelteils der Regionalzeitung bescherte. Doch als stolzer Bürgermeister der Stadt Weißensee sah er es als seine Pflicht an, allzeit über das politische Geschehen im Land informiert zu sein. Ein Amt wie das seine verlangte nun mal einen gewissen Tribut.

Und den zollte vor allem Sabine Adler. Denn für Frank Adler spielte es keine Rolle, ob er eine Millionenmetropole oder nur eine Dreitausend-Seelen-Gemeinde regierte, wie er sich ausdrückte, seine Leidenschaft und das Engagement für seinen Beruf kannten fast keine Grenzen. Adler kämpfte für sein Weißensee, wenn es sein musste, an den Wochenenden, im Urlaub, zu Familiengeburtstagen, ja sogar am Heiligen Abend. Erst die Politik, dann die Familie, sagte er immer. Und Sabine hielt ihm verständnisvoll den Rücken frei.

»Ein traumhaftes Wetter für unser Bierfest.« Frank Adler klappte die Thüringer Allgemeine zusammen und schob sie seiner Frau über den Tisch. »Im strahlenden Sonnenschein präsentiert sich Weißensee von seiner schönsten Seite. Da können die Leute von der UNESCO-Kommission gar nicht anders, als uns den Titel zu verleihen. Und die Bayern werden aus dem Staunen nicht herauskommen.« Seine Augen funkelten schelmisch. Dann griff er zu seinem Kaffeepott, dessen Vorderseite ein kleiner schwarzer Adlerkopf zierte, und trank ihn in einem Zug leer.

»Ich dachte, die kommen wegen des Reinheitsgebotes.« Sie lächelte, jedoch nicht ohne einen gewissen Anflug von Ironie um ihre Mundwinkel.

»Wir haben das ältere, da gibt es keinen Zweifel«, erwiderte Frank Adler umgehend. Seine Euphorie war nicht zu bremsen, und so bemerkte er die kleine Spitze seiner Frau nicht einmal. Seit

Monaten ließ ihm der Gedanke an den bislang sensationellsten historischen Fund in seiner Heimatstadt – das erste und damit älteste städtische Reinheitsgebot in Deutschland – keine ruhige Minute mehr. Mit dem Weltkulturerbestatus der UNESCO-Kommission wollte er alle Zweifler endlich eines Besseren belehren. Und tatsächlich sah alles danach aus, dass sein Plan aufging.

Sabine Adler wollte gerade etwas entgegnen, da ertönte eine immer lauter werdende Polizeisirene im Duett mit einem Martinshorn, die beide ziemlich genau unter dem Küchenfenster des Bürgermeisterehepaares verstummten.

»Was ist da denn los?« Frank Adler sah aus dem Fenster und entdeckte an der Stelle, an der sich seine Augen sonst an dem von zwei Löwen flankierten Eingang seines zweiten Lieblingsprojektes, dem städtischen »Garten des Ewigen Glücks«, erfreuen konnten, den Dienstwagen der Polizei neben einem Krankenwagen. »Das gibt es doch nicht. Was wollen die denn?«

Im nächsten Moment war er zur Tür hinaus.

»Sabotage, Terroristen, Gasexplosion ...«, hörte seine Frau ihn mit bebender Stimme schreien, während er auch schon die Stufen im Treppenhaus hinunterpolterte. Wenige Sekunden später sah Sabine Adler, wie er mit seinen karierten Birkenstocksandalen in den Chinesischen Garten stürzte.

»Wir haben doch überhaupt keinen Gasanschluss im China-Garten«, flüsterte sie.

★★★

»Tot, leider.« Der Notarzt schaute die Polizeibeamten bedauernd an und richtete den Blick dann wieder auf den Mann, zu dessen Rettung er vor zehn Minuten gerufen worden war. »Den Totenflecken nach zu urteilen, bereits seit mindestens acht Stunden«, fügte er hinzu und erhob sich schwerfällig aus seiner knienden Position. »Zur Todesursache kann ich leider nichts sagen. Äußere Wunden sind nicht erkennbar. Ich würde ›unklar‹ vermerken.«

»Wie, tot, seit Stunden, unklar? Wir haben doch noch nicht einmal geöffnet«, empörte sich Frank Adler. Der ungewohnte Sprint quer durch den Chinesischen Garten und das Entsetzen über den schrecklichen Fund machten ihn kurzatmig.

Eine kleine, zierliche Polizistin zog ihn ein Stück zur Seite. »Herr Bürgermeister, ich möchte Sie bitten, wieder nach Hause zu gehen«, sagte sie leise und mit ruhiger Stimme. Dabei richtete sie den Blick auf die karierten Birkenstocks an seinen Füßen. »Wir müssen hier unsere Arbeit machen.« An ihren Kollegen gewandt, sagte sie etwas lauter: »Bitte ruf unsere Männer in Erfurt an. Sicher ist sicher.«

»Kripo?« Frank Adler schnaufte wie nach einem Hundert-Meter-Lauf, besann sich dann aber darauf, eine gewisse, seinem Amt angemessene Würde an den Tag zu legen. »Sie machen Ihre Arbeit. Ich mache meine. Immerhin stehen wir hier im Chinesischen Garten der Stadt Weißensee, in dem ich, wie es das Gesetz besagt, als Bürgermeister das Hausrecht innehabe.«

Die Polizistin nahm dies ohne Gegenwehr zur Kenntnis. Sie bat Adler, etwas Abstand zu halten, damit die Kollegen ihre Arbeit tun konnten, und veranlasste alles Weitere. Knurrend folgte er ihrer Bitte und ging zurück zum Haupteingang, um dort unruhig vor dem Kassenautomaten auf und ab zu laufen.

Wenig später verließ der Notarzt das Gelände, nickte ihm kurz zu und stieg in sein Auto. Frank Adler sah dem abfahrenden Wagen hinterher, als ihm jemand auf die linke Schulter tippte, während gleichzeitig ein Paar braune Mokassins direkt vor seiner Nase auftauchten.

»Ich denke, die sehen unter diesen Umständen besser aus«, hörte er Sabine leise und in verschwörerischem Tonfall sagen.

Kurz darauf war seine Frau mit den bunten Birkenstocks auch schon wieder hinter der Orchideenzucht ihres Küchenfensters verschwunden.

»Wenn ich dich nicht hätte«, murmelte Adler.

Zeit zu überlegen, was er ohne seine Sabine tun würde, blieb ihm jedoch nicht, denn ein Großeinsatz dieser Art blieb in einer so kleinen Stadt wie Weißensee nicht lange unbemerkt. Daher musste er zunächst einmal all seine Autorität als politisches Oberhaupt geltend machen und die neugierigen Blicke einiger schaulustiger Weißenseer, die in den Garten drängen wollten, abwehren.

★★★

Der Opel mit Erfurter Kennzeichen fuhr langsam, im Schritttempo, den Marktplatz hinauf. Am Steuer saß der frischgebackene Hauptkommissar Timo Kohlschuetter in froher Erwartung auf seinen ersten eigenen Fall. Wenn es der Anstand nicht verboten hätte, er hätte vor lauter Vorfreude die Hits, die Antenne Thüringen über das Radio des Dienstwagens sendete, laut mitgeschmettert oder zumindest mitgepfiffen. Doch der Respekt vor den Toten und das hohe Maß an Pietät, das er gern in jeden weniger empathischen Kollegen transplantiert hätte, erlaubten ein solches Verhalten nicht. Mal ganz davon abgesehen, dass sein neuer Kollege, der ältere Hauptkommissar Friedhelm Bernsen, sicherlich kaum Verständnis für derartigen Frohsinn gezeigt hätte, da er nicht einmal den Anschein von Temperament erweckte.

Seit sie in der Landeshauptstadt losgefahren waren, schaute der kleine, schmächtige Mann mit dem dicken weißblonden Haarschopf und den seltsamen Klamotten schweigend aus dem Beifahrerfenster. Nur ab und zu schüttelte er ungläubig den Kopf, um kurz darauf ein paar unverständliche Grunzlaute von sich zu geben. Jeglicher Versuch, ein Gespräch anzufangen, den Kohlschuetter in der letzten knappen Stunde unternommen hatte, war an dem neuen Kollegen abgeprallt. Jetzt, so kurz vor dem Ziel, wollte er es noch ein letztes Mal versuchen.

»Über die A 71 ist man heutzutage richtig schnell hier, kein Vergleich zu früher.«

Pause.

»Ach, gab es die früher nicht?«, kam es mit einem unüberhörbaren norddeutschen Akzent vom Nebensitz, in einem Ton, der nicht das geringste Interesse an einer Antwort erkennen ließ.

Friedhelm Bernsen war nicht nach Reden zumute. Er hatte die erste Woche mit seinem Teamkollegen fast überstanden. Ohne besondere Vorkommnisse, wenn man von dem permanenten Gequatsche dieses Jungspundes absah. Und heute, ausgerechnet am Freitag, hatte irgendeiner dieser Hinterwäldler hier am Ende jeglicher Zivilisation eine Leiche gefunden. Konnte das nicht bis nach Pfingsten warten? Mann, wie er seinen ruhigen Innendienst vermisste – und das schon nach fünf Tagen.

Kohlschuetter gab auf. Immerhin konnte der neue Kollege sprechen. Es ist sicher was Gutes, wenn man ein Ermittlerteam bildet und wenigstens schon einmal die Stimme seines Teampartners vernommen hat, dachte er und lenkte den Wagen in die Einfahrt zum Chinesischen Garten, in der ein groß gewachsener, schlanker Mann wild gestikulierend auf einen Streifenpolizisten und ein paar Schaulustige einredete. Als sie ausstiegen, ließ der Mann von den Leuten ab und kam auf sie zugerannt.

»Guten Morgen. Adler, ich bin der Bürgermeister hier, und in meiner Stadt gibt es keine unnatürlichen Todesfälle«, polterte er schon von Weitem.

Drei Tage vor dem Bierfest eine Leiche im Chinesischen Garten liegen zu haben, hatte auf der Wunschliste des Bürgermeisters vermutlich nicht gerade ganz oben gestanden. Kohlschuetter war das große Werbeschild am Ortseingang nicht entgangen.

»Ach nee.« Bernsen verdrehte die Augen. »Das entscheiden immer noch wir.« Wenn er eines nicht leiden konnte, dann waren es aufgedrehte, wichtigtuerische Ossis, die ihm seine Arbeit erklären wollten. Seit fast vierzig Jahren war er nun schon bei der Polizei, vierundzwanzig davon bei der Kripo in Erfurt. Ja, nach der Wende, die Aufbauarbeit, das war was gewesen. Er hatte förmlich gespürt, wie die Menschen ihn brauchten und wie dankbar sie für die Hilfe waren; die hatten doch keine Ahnung gehabt, die armen Schweine hinter ihrer Mauer. Aber je mehr Jahre vergingen, umso aufmüpfiger waren sie geworden. Alles wollten sie selbst machen. Und jetzt, fünf Jahre vor der Pensionierung, schickte ihn der Schnösel von Landespolizeidirektionsleiter, ein typischer Aufsteiger-Ossi, zur Aufklärung in die Provinz. Lebe wohl, du schöne ruhige Zeit im Innendienst. Bernsen bemerkte nicht, dass die Gedanken auf seinem Gesicht einen mehr als unwirschen Ausdruck hinterließen.

Frank Adler schaute ihn nur verständnislos an, erstaunt über Bernsens Schroffheit. Kohlschuetter war das Benehmen seines Kollegen ein bisschen peinlich, doch er ließ sich nichts anmerken.

»Nun gut, mein Name ist Timo Kohlschuetter, und das ist mein Kollege Friedhelm Bernsen«, stellte er sie vor. »Kripo Erfurt. Bitte warten Sie hier.« Er wandte sich ab, ging auf den Streifenpolizisten zu, der etwas abseits stehen geblieben war, und begrüßte ihn freundlich.

Bernsen, der ihm folgte, begnügte sich mit einem Brummen und einem kurzen »Wo liegt die Leiche?«.

Der Streifenpolizist öffnete eine eher unscheinbare Nebeneingangstür direkt neben einem Drehkreuz, das nur nach bezahltem Eintritt betätigt werden konnte, und führte sie in den Garten.

»Wahnsinn«, entfuhr es Kohlschuetter, als sich die ganze chinesische Pracht vor ihnen auftat.

Bernsen zog den Mund breit, sagte aber kein Wort. Sein Blick schweifte über das Gelände. Die verschlungenen Wege, das plätschernde Wasser des riesigen Teiches mit seinen gelb leuchtenden Fischen, die roten Pavillons und natürlich die dicken Bambushecken, noch nie hatte er so etwas gesehen. Und das hier, in der Provinz. Die verbraten die Millionen, die bei uns im Westen fehlen, dachte er. Damit war seine Laune auf dem Tiefpunkt angekommen.

»Mehr als fünftausend Quadratmeter, in nur vier Monaten von richtigen Chinesen gebaut und, wie der chinesische Botschafter bei der Eröffnung sagte, der einzig stilechte chinesische Garten in Deutschland«, informierte sie der Streifenbeamte stolz.

Die Kommissare entgegneten nichts und folgten dem Kollegen, der sie auf einem geschlängelten Kiesweg an der Tee & Kaffee-Terrasse vorbei zu einem kleinen, offenen Pavillon führte, vor dem eine junge Polizistin auf sie wartete.

»Das ist der Pavillon der Freude. Von hier aus hat man einen wunderbaren Blick über den gesamten Garten«, erklärte der Beamte.

»Sind Sie Reiseführer oder Polizist?«, polterte Bernsen.

»Hier liegt der Mann«, antwortete der Beamte sichtlich beleidigt und zeigte in das Innere des Pavillons.

Kohlschuetter nickte der Polizistin zu, zog ein paar Latexhandschuhe aus seiner Jeans, streifte sie sorgsam über und betrat den Pavillon.

»Also, beim genaueren Hinsehen … ein Weißenseer ist das nicht.« Bürgermeister Adler, der den Polizisten in einigem Abstand gefolgt war, lehnte sich über das dunkelrot lackierte Holzgeländer und begutachtete die Leiche.

»Quarkbüdel«, presste Bernsen leise, aber für alle Anwesenden dennoch deutlich hörbar zwischen seinen Lippen hervor. Um nach einem dumpfen Grunzen ein versöhnlicher klingendes »Dann sein Sie man froh« nachzuschieben.

Bürgermeister Adler, der durch seine Arbeit allerlei Unflätiges gewöhnt war, zuckte nur mit den Schultern. Selbst wenn der seltsame Kommissar ihn gemeint haben sollte, konnte er sich darüber beim besten Willen nicht aufregen. Im größten und schönsten chinesischen Garten Deutschlands, in *seinem* Garten, lag drei Tage vor dem für die Stadt wichtigsten Ereignis des Jahres ein toter Mann. Eine Beleidigung war da sein kleinstes Problem. Wenn er Pech hatte, würde ihm die Kripo – zumindest dem Fischkopp ohne Kinderstube war dies durchaus zuzutrauen – den China-Garten für die Dauer der Ermittlungen dichtmachen. Das Bierfest konnte er dann vergessen. Und wie um alles in der Welt sollte er das den Vertretern der UNESCO-Kommission erklären? Schließlich vergaben die ihre Termine nicht einfach mal so zwischen zwölf und mittags. Die Bayern würden ihm den Titel des ältesten Reinheitsgebotes vor der Nase wegschnappen. Das durfte er nicht zulassen.

»Kann ich Ihnen einen grünen Tee oder vielleicht einen Aloedrink anbieten? Auf den Schreck brauchen Sie doch bestimmt eine Stärkung«, fragte er höflich.

»Welcher Schreck? Wir machen das doch nicht zum ersten Mal«, platzte es aus Bernsen heraus.

Bevor der Kollege sich noch mehr von seiner besten Seite zeigen konnte, ergriff Kohlschuetter das Wort und nahm das Angebot des Bürgermeisters dankend an. Der lächelte und eilte davon.

»Kollege, Sie haben eine interessante Art, mit den Menschen umzugehen«, sagte Kohlschuetter, während er die Leiche näher untersuchte.

»Nicht mein Problem«, antwortete Bernsen knapp. Dann wandte er sich den beiden Streifenpolizisten zu, die etwas unsicher neben dem Pavillon standen. »Hat hier schon jemand die Spurensicherung gerufen?«

Die junge Kollegin verneinte das schüchtern.

Mürrisch griff er nach seinem Handy, um die Erfurter Nummer zu wählen. Schließlich wollte er nicht den ganzen Tag in diesem Nest verdaddeln.

***

Susanne Summer, Abteilung 4, Kriminaltechnik, hätte sich sicherlich etwas Schöneres vorstellen können, als mit Hauptkommissar Friedhelm Bernsen zu telefonieren. Der Bericht über die Arbeit ihres Teams hinsichtlich der Einbruchsserie auf dem Erfurter EGA-Gelände flimmerte fertig geschrieben auf ihrem Bildschirm. Sie hatte sich gerade einen Kaffee eingeschenkt und die Jalousie heruntergelassen, um ihren Weihnachtsstern vor den warmen Strahlen der Maisonne zu schützen, als das Telefon klingelte.

Seit Dezember stand der rote Topf mit den aufgemalten Schneeflocken nun schon auf der Fensterbank, und die Euphorbia pulcherrima darin wurde von Tag zu Tag prächtiger. Zugegeben, sie griff regelmäßig zu unlauteren Methoden in Form ihres Jenapharm-Pillenblisters, aber die Slupetzki aus Abteilung 1 half bei ihrem Exemplar noch viel unlauterer nach, indem sie die Pflanze in regelmäßigen Abständen durch eine größere und schönere ersetzte. Ein Blick von Susanne Summer auf die Blumenerde genügte, um das zu erkennen, schließlich war sie nicht umsonst bei der Spurensicherung.

Seit zwei Jahren stand sie mit der Sekretärin des Abteilungsleiters in einem unausgesprochenen Wettstreit um den grünen Daumen, der ursprünglich nicht mehr als ein kleiner Spaß unter Kollegen gewesen war. Doch ihr Ehrgeiz war entfacht, gewiss eine Art Berufskrankheit.

»Summer, Kriminaltechnik«, meldete sie sich, nicht ahnend, dass gleich ein unverschämter Kollege seine gekränkte Eitelkeit an ihr auslassen würde.

»Bernsen. Männliche Leiche in Weißensee, Todesursache unklar. Beeilen Sie sich.«

»Ich wünsche Ihnen auch einen guten Morgen«, erwiderte Susanne Summer mit betont ruhiger Stimme und überlegte, woher sie den Namen dieses Kollegen kannte.

Einige Sekunden vergingen, doch Bernsen kam nicht einmal auf die Idee, ihre Grußformel zu erwidern. Er schwieg.

»Wie lautet die genaue Adresse des Fundortes?«, lenkte Susanne Summer ein.

»Chinesischer Garten. Ein Navi werden Sie doch wohl bedienen können?«

Susanne Summer schluckte. Bernsens Auftragsübermittlung

glich einem Befehl auf dem Kasernenhof, wobei ihr die wenig vorteilhafte Rolle einer Rekrutin zukam. Einen solchen Umgangston war sie nicht gewohnt, zumal sie seit Kurzem die Spurensicherung leitete und von ihren Kollegen wegen ihrer Fairness, vor allem aber aufgrund ihrer Professionalität mehr als geschätzt wurde. So wähnte sie sich während der gesamten dreißig Sekunden dieses Telefonates – denn länger benötigte Bernsen für seine Anweisungen nicht – im falschen Film.

Nachdem der unflätige Kerl mit den Worten »Ich erwarte Sie in einer halben Stunde am Tatort« grußlos aufgelegt hatte, saß sie noch einen Moment lang regungslos auf ihrem Schreibtischstuhl und schaute auf den Weihnachtsstern.

»Bernsen«, murmelte sie immer wieder. Das war doch dieser unmögliche Mensch, der eine gefühlte Ewigkeit in Abteilung 2 gearbeitet hatte. Glücklicherweise hatte sie mit dem bisher wenig zu tun gehabt. Der bildete doch jetzt mit Kohlschuetter das neue Ermittlerteam. Dann erwartete sie bei den Chinesen jetzt also nicht nur dieser Bernsen, sondern darüber hinaus auch Timo Kohlschuetter?

Der Tag hätte so schön werden können.

Wenig später raste sie mit ihrem Team über die A 71 in Richtung Sömmerda – freilich nicht wegen Bernsen, sondern weil sie immer recht schnell fuhr – und grübelte darüber nach, wie sie Timo Kohlschuetter gleich am besten gegenübertreten sollte.

★★★

»War das Susi, äh, Frau Summer?« Kohlschuetter klopfte sich den Staub von den Knien.

Bernsen zuckte gleichgültig die Schultern. Er hatte sich noch nie großartig für seine Kollegen interessiert, erst recht nicht für ihre Namen. Und er würde so kurz vor der Pensionierung nicht mehr damit anfangen. Entscheidend war, dass der Job gut lief und dieser Aufsteiger-Ossi von Polizeichef nicht noch auf die Idee kam, ihn in die Bußgeldstelle nach Artern abzuschieben. Unbeeindruckt ging er zur Tagesordnung über. »Was gefunden?« Er wies auf die Leiche.

Kohlschuetter schaute Bernsen an und blies die Wangen auf, um die Luft dann langsam wieder daraus entweichen zu lassen. Sie waren erst seit knapp zwei Stunden ein Team, aber irgendetwas sagte ihm, dass er mit diesem Kollegen noch so einiges erleben würde. »Alfons Weidinger, zweiundvierzig Jahre, aus Ingolstadt. Außergewöhnlich gut gekleidet, allein die Jacke sieht verdammt teuer aus.«

Mit hochgezogener Augenbraue warf Bernsen einen Blick auf den Toten. Ein Mann, der viel Geld für Klamotten ausgab? Absolut unverständlich für einen sparsamen Nordfriesen wie ihn.

»Keine äußeren Verletzungen, neben etwas Bargeld und seinem Ausweis habe ich in seinen Taschen nur den Zimmerschlüssel eines Hotels gefunden. Die zwei Bier hier«, fuhr Kohlschuetter fort und zeigte auf die beiden Flaschen auf dem Fußboden, »könnte er vor seinem Tod getrunken haben. Allein oder mit jemandem zusammen. Sonst lässt sich nichts Besonderes feststellen. Aber wie ich Susi kenne, findet sie etwas, das uns weiterhilft.« Kohlschuetter schmunzelte vielsagend und in einer Weise zweideutig, dass sogar ein unbeteiligter Passant bemerkt hätte, was in der Luft lag. Selbiges galt jedoch nicht für Bernsen. Für solcherlei Wahrnehmung bedurfte es zweifelsohne ein Maß an sozialer Kompetenz, über das Bernsen nicht verfügte beziehungsweise verfügen wollte.

»Ein toter Bayer also«, bemerkte er sichtlich unberührt.

»Bayer? Haben Sie toter Bayer gesagt?« Bürgermeister Adler hätte fast den Aloesaft von dem kleinen Holztablett auf den Toten befördert. Mit weit aufgerissenen Augen starrte er Bernsen an, als hoffte er, sich verhört zu haben.

Doch Bernsen nickte erbarmungslos.

»Das kann doch nicht Ihr Ernst sein.« Er drückte Kohlschuetter das Tablett in die Hand. »Ich kann hier wirklich keinen toten Bayern gebrauchen.« Verzweifelt raufte er sich die grau melierten Haare. Dann nahm er einen großen Schluck aus dem Aloeglas, das eigentlich für einen der beiden Kommissare bestimmt war.

»Ach, was hätten wir denn gern, einen Saarländer, Niedersachsen oder Sachsen-Anhaltiner?«, spottete Bernsen. »Gibt es nun bei Todesfällen schon Länderpräferenzen? Bitte einmal einen toten Hessen, zur Not geht auch ein Schleswig-Holsteiner, aber bloß keinen Bayern.« Genervt setzte er das andere Glas an, um kurz darauf den ersten und einzigen Schluck des grünlich gelben Saftes – begleitet von unappetitlichen Lauten – über die Brüstung des Pavillons zu spucken.

»Sind Sie irre? Das ist möglicherweise ein Tatort, Mann!«, schrie Kohlschuetter wütend.

»Das ist ein original chinesischer Aloetrunk!«, empörte sich Bürgermeister Adler.

»Mir doch egal. Ich lasse mich nicht vergiften. So was saufen bei uns nicht mal die Möwen«, antwortete Bernsen vollkommen unbeeindruckt. Er griff nach dem sichergestellten Hotelschlüssel und wedelte damit vor Adlers Nase herum. »Gibt es in diesem Dörfken ein Hotel?«

»In meiner Stadt gibt es *zwei* Hotels. Der Schlüssel stammt aus dem ›Promenadenhof‹, unserem ersten Haus am Platze.« Adler versuchte, den beleidigten Unterton in seiner Stimme zu unterdrücken. »Am Haupteingang links, die Nächste rechts, dann wieder links und immer der Straße folgen. Oder Sie gehen über die Promenade. Ich kann Sie auch hinbringen.«

Als Politiker war Adler es gewohnt, auch dann freundlich zu sein, wenn man ihm nicht dieselbe Höflichkeit entgegenbrachte, aber dieser Kommissar verlangte ihm dennoch einiges ab. Er musste sich zusammenreißen. Wenn der auf die Idee kam, ihm den China-Garten über Pfingsten dichtzumachen, hatte er ein Problem.

Am liebsten hätte er diesem schnöseligen Wessi einmal richtig die Meinung gegeigt. Es war doch vollkommen klar, was hier los war. Dass manche aber auch wirklich nie dazulernten. Der sieht uns auch nach über zwanzig Jahren immer noch im Trabant 601 sitzen und unserem Begrüßungsgeld entgegenfahren, dachte Adler grimmig. So ein Hinterwäldler.

Er nahm einen weiteren Schluck von dem Aloetrunk. Irgendwie musste er seine Nerven beruhigen. Und für ein Weißenseer Ratsbräu war es eindeutig zu früh, zumindest würde das seine Frau so sehen.

»Nett, dass Sie das anbieten. Aber wir finden den Weg«, beeilte sich Kohlschuetter zu sagen, bevor sein Kollege den nächsten Spruch raushauen konnte. »Wenn Sie sich nachher noch für ein Gespräch bereithalten könnten? Und bitte sorgen Sie dafür, dass der Garten erst einmal geschlossen bleibt.«

Adler nickte widerwillig und verschwand in Richtung Rathaus. Der Morgen präsentierte sich ihm nun gar nicht mehr so hell und strahlend wie noch vor wenigen Stunden.

Was für ein furchtbarer Tag, dachte er, als er seiner Frau, die noch immer am Küchenfenster stand, im Vorbeigehen zuwinkte.

Timo Kohlschuetter war unterdessen auf die junge Beamtin zugegangen, die als Erste vor Ort gewesen war und mit ihrem Kollegen das Gelände abgesperrt hatte.

»Wer hat den Toten eigentlich gefunden?«, wollte er von ihr wissen. Dabei leuchteten seine Augen in einer Art und Weise, die nichts mit seiner Frage, sondern eher mit der Attraktivität der jungen Kollegin zu tun hatte.

»Ein Herr Werner Podeiske. Er arbeitet hier als eine Art Hausmeister«, antwortete sie etwas schüchtern. »Er war sehr aufgeregt, und ich habe ihn da drüben in den Teepavillon gebracht, damit er sich ein wenig beruhigt.« Die junge Frau zeigte auf einen großen Pavillon direkt gegenüber, zu dessen rechter Längsseite sich ein lang gezogener Teich erstreckte.

»Das war sehr mitfühlend von Ihnen. Gute Arbeit«, flüsterte Kohlschütter verschwörerisch und zwinkerte ihr zu. Mit rotem Kopf wich die Polizistin seinem Blick aus.

Kohlschuetter war sich der Wirkung, die er auf Frauen hatte, durchaus bewusst. Und er nutzte sie, wo er nur konnte. Die Damenwelt war einfach nicht in der Lage, den Reizen seines großen, sportlich durchtrainierten Körpers und den stahlblauen Augen unter pechschwarzen, kurz rasierten Haaren zu widerstehen. Sie wartete förmlich darauf, erobert zu werden. Ein Wunsch, dem Kohlschuetter mit größtem Vergnügen nachkam. Selbstbeschränkung, wie er es nannte – mit anderen Worten: sesshaft werden –, kam ihm dabei überhaupt nicht in den Sinn. Mit seinen achtunddreißig Jahren lag das ganze Leben noch vor ihm.

Da sich auf dem geschlängelten Kiesweg, über den die Kommissare vorhin gekommen waren, gerade die Spurensicherung näherte, beschloss Kohlschuetter, den kürzesten Weg zum Teepavillon zu nehmen, um Werner Podeiske zu befragen und Bernsen die Zusammenarbeit mit den Kollegen zu überlassen. Susi würde schon mit ihm zurechtkommen. Außerdem nahm sie es ihm bestimmt noch übel, dass er sie letzte Woche beim Italiener versetzt hatte.

Frauen konnten so grausam sein, und er nahm es hin, wenn er es verdient hatte. Aber doch bitte nicht während der Arbeitszeit und vor den Augen des neuen Kollegen.

★★★

»Das ist eine Katastrophe, eine furchtbare Katastrophe«, schrie Frank Adler, als er sein Büro in der ersten Etage des frisch restaurierten Rathauses betrat. »Bea, ich sage es dir, eine einzige Katastrophe.« Laut hörbar ließ er sich in den dicken schwarzen Bürosessel hinter seinem Schreibtisch fallen.

Bea Meier, die seit über zwanzig Jahren das Vorzimmer des Bürgermeisters managte, kam neugierig auf ihren viel zu hohen Absätzen angewackelt. Jeden Morgen gehörte es zu ihren ersten Amtshandlungen, die Büro-High-Heels aus der untersten Schublade ihres Schreibtisches zu ziehen und ihre Füße für den gesamten Arbeitstag darin zu parken. Die kleine rundliche Frau liebte dieses Ritual, das insgeheim von allen Mitarbeitern im Rathaus belächelt wurde. Denn die Schuhe verschafften ihr weder die erhofften schlanken Fesseln, noch konnte sie darin auch nur wenige Meter am Stück laufen, was in einem Rathaus aus dem 12. Jahrhundert für die meisten ein wirkliches Problem darstellen würde. Doch Bea Meier war findig genug, um mit der passenden Ausrede immer irgendjemanden dazu zu kriegen, ihr die unliebsame Lauferei abzunehmen, im Zweifel sogar Frank Adler selbst.

»Was ist denn los?«, fragte sie und sah zur Bürotür des Bürgermeisters herein.

Und Bea Meier wäre nicht Bea Meier, wenn sie die Antwort nicht bereits seit mindestens einer Stunde kennen würde. Schließlich ging sie mit offenen Augen und Ohren durch ihre Stadt; als Sekretärin des Bürgermeisters war sie quasi von Amts wegen dazu verpflichtet. Ihr entging kaum eine Neuigkeit – und war das wider Erwarten doch einmal der Fall, schaffte der tägliche Morgenkaffee mit Margit Müller, der Chefin des Bau- und Ordnungsamtes, Abhilfe. Bis zehn Uhr am Vormittag war demzufolge auch dieses seltene Manko wieder ausgeglichen.

Der tote Bayer im Chinesischen Garten jedenfalls konnte sie

heute Morgen nicht mehr schocken. Gespannt, ob der Chef vielleicht schon etwas mehr wusste, schaute sie Frank Adler an.

»Unser Bierfest, wir können alles vergessen, absagen, *du* kannst, musst alles absagen«, stammelte der. »Niemals werden die uns den Titel verleihen. Sie werden sagen, wir haben den Bayern erschlagen, wegen unseres Bieres.« Während er sprach, fuhr er mit der Hand immer wieder über seinen grau melierten Oberlippenbart, als müsste er ihn von sämtlichen Kekskrümeln dieser Welt befreien.

Erschlagen, dachte Bea Meier. Also tatsächlich ermordet, interessant. Damit haben es diese Fanatiker nun aber wirklich übertrieben.

»Vielleicht trinkst du erst einmal einen grünen Tee. Dann sehen wir weiter.« Sie drehte sich auf ihren zehn Zentimetern um die eigene Achse, wobei sie sich behutsam am Türrahmen abstützte, um das Gleichgewicht nicht zu verlieren, und ging zurück zu ihrem Schreibtisch.

Kurz darauf bekam eine junge Auszubildende einen Anruf aus dem Vorzimmer des Bürgermeisters. Es wurde Teewasser benötigt.

»Bea, verbinde mich bitte mit dem Verein«, verlangte Frank Adler zehn Minuten später, seine Tasse mit dem dampfenden Grüntee am Mund. Die letzten beiden Worte zog er in die Länge, was unmissverständlich deutlich machte, dass nur einer der vielen Vereine der Stadt gemeint sein konnte. Als Bea den Anruf durchstellte und das Telefon des Bürgermeisters schrill zu klingeln begann, fiel am anderen Ende seines riesigen Schreibtisches eine Porzellanvase klirrend zu Boden.

»Frank, du wolltest mich sprechen?«, polterte eine raue Männerstimme, noch ehe Frank Adler sich melden konnte. Gebannt starrte er auf die Scherben der chinesischen Vase zu seinen Füßen.

»Klaus, im China-Garten liegt eine tote chinesische Leiche, ein asiatischer Bayer, verdammt, ein bayerischer Toter meine ich, möglicherweise ermordet.« Die Stimme des Bürgermeisters überschlug sich. An Bea Meier gewandt, die hereingestöckelt war und sich gerade daranmachen wollte, das zerdepperte Geschenk des chinesischen Botschafters in Einzelteilen vom Fußboden aufzusammeln, raunzte er: »Jetzt nicht! Raus und Tür zu.«

Klaus Bärmann am anderen Ende der Leitung schwieg verwundert. Vielleicht grinste er auch, denn so hatte er Frank Adler noch nie mit der in seinen Augen unmöglichen Bea Meier reden hören. Dann sagte er: »Davon redet bereits die ganze Stadt. Ich verstehe dein Problem nicht.«

»Mein Problem? Mein Problem? Ihr seid das Problem! Ihr könnt mit den Bayern über das älteste Reinheitsgebot streiten, aber sie nicht umbringen«, giftete Adler und holte japsend Luft. Sein Blutdruck hatte schwindelerregende Höhen erreicht, wobei das auch am grünen Tee liegen konnte.

»Wir? Du hast wohl ein bisschen zu oft an deinen Ginsengräucherstäbchen geschnüffelt. Wer beharkt sich denn seit Jahren mit dem bayerischen Brauerbund? Wir doch wohl nicht«, brüllte Klaus Bärmann erbost, sodass Alder reflexartig den Telefonhörer wegriss und sein Ohr in Sicherheit brachte. Bärmanns gleichermaßen ungedämpft aus dem Hörer schallendes »Du bist doch verrückt geworden!« hörte sich aus dieser Entfernung schon viel erträglicher an. Dann piepte es. Klaus Bärmann hatte aufgelegt.

***

Werner Podeiske lehnte am Geländer vor dem Teepavillon und rauchte. Mit zittrigen Fingern führte er die Zigarette zum Mund, warf sie kurz darauf zu Boden, um sie mit schwerem Schritt auszutreten und sich sofort eine neue anzuzünden. Dies schien er seit dem Morgen in einem fort getan zu haben, denn vor seinen Füßen lagen unzählige angerauchte Glimmstängel. Als er Kohlschuetter auf sich zukommen sah, versuchte er hektisch, den Haufen ein wenig zusammenzuschieben.

»Ich mache das alles gleich weg. Zigaretten haben hier nichts zu suchen, das weiß ich. Ich mache das alles gleich weg«, rief er dem Kommissar schon von Weitem zu. Dabei stotterte Werner Podeiske so sehr, dass Kohlschütter kaum ein Wort verstehen konnte.

Sein ganzes Leben schon stockten dem groß gewachsenen, breitschultrigen Mann mit der Schlichtheit eines Kindes die Worte. Besonders schlimm wurde es, wenn er aufgeregt war.

Kohlschuetter wartete geduldig. Er lehnte sich neben Werner Podeiske an die Brüstung, blickte in das Wasser des Teiches und zündete sich die Zigarette an, die der Hausmeister ihm spendierte. In langsamen, oberflächlichen Zügen inhalierte er und blies den

Rauch aus. Kohlschuetter rauchte nur bei Gelegenheit, und wenn, eher abends, nachdem er einige Bier intus hatte, denn Nikotin war ja bekanntlich schlecht für die Haut. Daher kostete es seine Lunge einige Mühe, doch der Glimmstängel schien ihm die einzige Möglichkeit zu sein, mit dem sichtlich verängstigten Mann ein ordentliches Gespräch zu führen. Erst als er bemerkte, dass Werner Podeiskes Atmung ruhiger wurde und er mit tiefen Lungenzügen nun sogar den Filter der Zigarette erreichte, begann Kohlschuetter mit seinen Fragen.

»Wie lange arbeiten Sie schon hier?«

»Seit zwei Jahren.«

»Was machen Sie genau? Ein chinesischer Garten ist ein ungewöhnlicher Arbeitsplatz, aber sehr schön.«

»Wunderschön.« Ein kurzes Lächeln huschte über Podeiskes Gesicht. »Bin Mädchen für alles. Was Bürgermeister Adler will, mache ich«, fuhr er schüchtern fort.

»Verstehe. Und was will er so?«

»All das, was ein Hausmeister eben so macht«, antwortete Podeiske stolz. Wie ein Kind, das das erste Mal allein zum Bäcker gehen darf, fügte er hinzu: »Manchmal darf ich sogar den Einlassautomaten leeren.«

»Was war heute Morgen? Was haben Sie da gemacht?«

»Alles wie immer.«

»Was genau?« Kohlschuetter verzog keine Miene. Doch insgeheim war er froh, dass Bernsen mit der Spurensicherung alle Hände voll zu tun hatte. Der wäre ihm hier sicher keine große Hilfe mit seiner ruppigen Art.

»Die Uhr am Rathausturm hat acht geschlagen. Ich fange *immer* um acht an.« Podeiske betonte den Satz, als handelte es sich um ein unwiderrufliches Dogma.

»Jeden Tag?«

»Außer Heiligabend und Neujahr. Sonst bin ich jeden Tag hier.«

Den Arbeitsvertrag möchte ich einmal sehen, dachte Kohlschütter. »Bitte erzählen Sie weiter.«

»Zuerst sammle ich den Müll auf. Sie glauben ja nicht, was die Leute alles wegwerfen oder liegen lassen. Schon von Weitem sind mir die beiden Bierflaschen aufgefallen. Ich habe geflucht, weil doch gleich neben dem Pavillon der Papierkorb ist.« Podeiske schaute Kohlschuetter an, als wartete er auf eine Reaktion. Da dieser keinerlei Regung zeigte, erzählte er weiter. »Dann sah ich den Mann. Ich dachte, er ist besoffen, und habe zweimal gegen seine Füße getreten. Doch er hat sich nicht bewegt. Also habe ich laut gerufen. Ein chinesischer Garten ist doch keine Kneipe. Das ist Kultur. Große Kultur, sagt Bürgermeister Adler. Die haben nur wir in Weißensee. Und *die* wollen uns alles kaputt machen.« Die letzten Worte sagte er schrill und ohne zu stocken, fast als hinge sein Leben davon ab.

»Wer sind ›die‹?«, bohrte Kohlschuetter nach.

»Die Säufer, die Jugendlichen mit ihren Zigarettenkippen überall und …« Podeiske zögerte. Mit der Hand fuhr er verlegen durch seine dicke goldblonde Lockenmähne, in der trotz seines fortgeschrittenen Alters keine einzige graue Strähne zu sehen war. »Na, und eben die Bayern«, ergänzte er unsicher, wobei seine Hand in den Locken festzustecken schien.

Kohlschuetter überlegte einen Moment lang angestrengt, was er von dieser Bemerkung zu halten hatte. Es wäre absurd gewesen, ihr irgendeine Bedeutung beizumessen, wenn sie nicht gerade die Identität des Toten festgestellt hätten. Aber so … allerdings konnte Podeiske davon doch überhaupt nichts wissen. Oder?

»Kannten Sie den Toten?«, fragte Kohlschuetter vorsichtig.

»Nein, wieso?«

»Sie haben ihn doch nicht angefasst?«

»Nein, niemals. Der war doch tot. Ich … einen Toten … das ist doch … nein«, antwortete Podeiske erschrocken. Ihm liefen dicke Angstschweißtropfen über die Stirn. »Ich habe sofort die Polizei gerufen.«

»Und den Bürgermeister?«

»Nein. Nur die Polizei. Die haben gesagt, ich soll mich nicht fortbewegen, nur warten. Das habe ich gemacht.« Aufgeregt sprang er von einem Bein auf das andere, was ihn bei seiner Größe und Statur etwas albern aussehen ließ. »Sie müssen mir glauben. Ich habe den gefunden, sonst nichts. Ich schwör's!« Verzweifelt wischte er sich über die nasse Stirn.

»Ich glaube Ihnen doch«, entgegnete Kohlschuetter beschwichtigend. »Aber wie meinten Sie das mit den Bayern?«

»Welchen Bayern?« Podeiske konnte dem Kommissar vor lauter Aufregung nicht mehr folgen.

»Den Bayern, die hier alles kaputt machen?«

Podeiske seufzte tief. »Ich weiß doch auch nicht. Das sagt Bürgermeister Adler immer.« Die letzten Worte flüsterte er mit zittriger Stimme.

»Hmmm.« Kohlschuetter kratzte sich brummend den Dreitagebart. »Ist der Garten nachts eigentlich frei zugänglich?«

»Nein, natürlich nicht. Da könnte ja jeder … Ich schließe immer alles ab«, empörte sich Podeiske fast schon übertrieben. »Um sieben ist Feierabend.«

Seine Stimme klang jetzt viel sicherer und entschlossener, ein bisschen so, als müsste er einen Schatz verteidigen.

»Dann hat sich der Tote von Ihnen einschließen lassen?«

»Ich … von mir? Nein. Da war niemand. Ganz sicher«, beteuerte er mit weit aufgerissenen Augen. »Bestimmt ist er über die Mauer geklettert.«

»Wer hat alles einen Schlüssel?«

»Bürgermeister Adler natürlich. Und ich.«

»Keiner sonst?«

»Nein.«

»Wo waren Sie gestern Nacht, nachdem Sie den Garten verlassen hatten?« Kohlschuetter versuchte, seinen Worten einen ruhigen, fast schon liebenswürdigen Tonfall zu geben, um ihre Bedeutung zu verschleiern – was angesichts der Situation und des Gemütes des Befragten zwar empfehlenswert, aber dennoch vollkommen sinnlos war.

Schlagartig sackte Podeiske in sich zusammen. Sein massiger Körper schien jegliche Spannkraft verloren zu haben. Für einen Moment sah es aus, als würde er zwischen den Holzstreben des Geländers hindurch in den Teich rutschen. Sein Gesicht war kreidebleich, und seine Mundwinkel zuckten. »Nicht hier«, flüsterte er.

Kohlschuetter schaute ungläubig. Die Körpersprache und die Antwort des Hausmeisters passten für ihn nicht zusammen. »Was heißt nicht hier? Wo waren Sie denn?«

In Werner Podeiskes gutmütigen Augen standen die Tränen. Mit bebenden Lippen antwortete er: »Bei Willi in der Sportlerklause.

Sky-Bundesliga. Das Spiel war so spannend, da hatte ich keine Lust, noch mal herzukommen.«

»Wie, keine Lust, noch mal herzukommen?« Kohlschuetter verstand kein Wort. Wollte Podeiske sich gerade ein Alibi besorgen oder sich mit aller Gewalt um eines bringen?

»Ich schaue sonst gegen elf immer noch mal, ob alles in Ordnung ist. Wir haben doch keinen Sicherheitsdienst«, stotterte Podeiske, dass es eine Qual war. »Aber gestern nicht. Ausgerechnet gestern. Ich bin schuld ...«

»Wie lange waren Sie bei diesem Willi?«

»Bis halb zwei.« Podeiske quälte sich, die Worte herauszubringen. »Dann bin ich nach Hause gegangen. Hätte ich doch nur noch einmal hier vorbeigeschaut.«

»Machen Sie sich keine Gedanken«, sagte Kohlschuetter, um den mehr als unglücklich dreinschauenden Podeiske zu trösten. »Ich glaube nicht, dass Herr Weidinger noch leben würde, wenn Sie später noch mal im China-Garten gewesen wären.« Natürlich konnte er sich dessen keinesfalls sicher sein, aber Werner Podeiske tat ihm einfach nur leid, und das aus ganzem Herzen.

»Wieso musste das auch ausgerechnet mir passieren? Ich wollte doch nur ein wenig Ordnung schaffen, bevor die Gäste kommen. Und dann liegt hier ein toter Mann. Bitte, Herr Kommissar, der Bürgermeister, sagen Sie ihm nichts. Ich verliere meine Arbeit. Endlich habe ich wieder eine Aufgabe, nach den vielen Jahren. Weg von den Leuten auf dem Amt und diesem Hartz IV. Ich habe doch nur den Chinesischen Garten.« Die Worte knatterten aus Podeiskes Mund wie aus dem Auspuff eines alten ZT 303. So einen hatte Kohlschuetters Vater bei der LPG Leimbach, einem Ortsteil seiner Heimatstadt Nordhausen, gefahren.

Podeiske schob die rechte Hand nervös in die breite Brusttasche auf seiner grünen Latzhose und holte die zu Beginn ihres Gesprächs darin verstauten Zigaretten hervor, ein Päckchen F6 Original. Er hatte in seinem ganzen Leben noch nie etwas anderes geraucht. Mühevoll versuchten seine großen, dicken Finger, eine der Zigaretten zu greifen. Erfolglos.

»Von mir erfährt niemand etwas, keine Sorge.« Armes Schwein, dachte Kohlschuetter. Dann beschloss er, die Befragung für heute zu beenden, und verabschiedete sich kurz, aber herzlich. »Gehen

Sie einen Kaffee trinken. Das hilft«, riet er Podeiske noch, bevor er von dannen zog.

Schon von Weitem entdeckte er Susanne Summer, die in ihrem weißen Overall vor dem »Pavillon der Freude« stand. Selbst in diesem Tyrek-Anzug waren ihre perfekten Rundungen wunderbar zu erkennen.

Kohlschuetter seufzte. Sie war wirklich ein »scharfer Biber«, so sein Sammelbegriff für schöne Frauen. Vielleicht hätte er an diesem bewussten Abend doch lieber Maria versetzen sollen. Die Sache mit den Weibern war aber auch wirklich kompliziert.

***

Das Objekt seiner Begierde hatte unterdessen ganz andere Probleme. Seit Susanne Summer mit ihren Leuten in Weißensee angekommen war, hielt ihr dieser unverschämte Kollege Vorträge über effektive Spurensicherung und professionelle Tatortarbeit. Nicht einmal vor der Kundgabe seiner ausgesprochen fragwürdigen Interpretation der Gesetze zur Gleichstellung machte er halt. Überhaupt war dieser Bernsen reichlich seltsam, allein schon seine Art, sich zu kleiden. In diesem viel zu großen Fischerhemd, das ihm fast bis an die Knie reichte, sah er aus wie der Klabautermann persönlich.

Bis jetzt war es ihr gelungen, ihn schlichtweg zu ignorieren, schließlich ging die Arbeit vor. Doch der innere Vulkanausbruch stand kurz bevor. Umso erfreuter war sie, als der im Vergleich zu Bernsen wie ein Segen auf sie wirkende Kohlschuetter am Pavillon auftauchte.

»Timo, wie schön, freut mich, dich zu sehen.« Sie küsste ihn mit einem herzlichen Lächeln erst auf die linke und dann auf die rechte Wange. Wenn er schon umsonst beim Italiener auf sie gewartet hatte, sollte sie wenigstens jetzt nett sein. Männer ließen sich doch gern einwickeln, was brauchte es also große Worte?

Kohlschuetter lächelte irritiert.

»Also, wir haben Fingerabdrücke von zwei Personen an den beiden Bierflaschen, eine davon könnte eine Frau sein – oder ein Mann, der Lippenstift trägt«, erklärte sie nüchtern. »Der Tote scheint sich hier mit jemandem getroffen zu haben.«

»Gute Arbeit. Sonst noch etwas?«, säuselte Kohlschuetter übertrieben.

»Nein, noch nicht. Nur eine undefinierbare Flüssigkeit neben dem Pavillon, die jemand ausgespuckt zu haben scheint. Ich gebe eine Probe davon ins Labor.«

»Äh, Susi. Das brauchst du nicht … Ich meine, ich glaube, das gehört nicht dazu«, beeilte sich Kohlschuetter zu sagen.

Susanne Summer schaute ihn fragend an.

»Das ist bloß das Brackwasser, das mir der durchgeknallte Bürgermeister einflößen wollte«, mischte sich Bernsen polternd ein.

»Wie bitte? Sie haben auf einen potenziellen Tatort gespuckt?« Aus Susanne Summers Augen schienen Feuerfunken zu sprühen. Ihr Overall raschelte, so sehr spannte sich ihr Körper, und ihre Hände ballten sich zu Fäusten. Ganz langsam drehte sie sich vollends zu Bernsen um und sagte mit vollkommen ruhiger Stimme: »Das ist der pure Dilettantismus. Sollten Sie sich mir oder meinen Leuten gegenüber jemals wieder im Ton vergreifen, trete ich Ihnen in die Eier, dass Sie Ihr ganzes Leben nur noch im Sopran singen können.« Dabei verzog sie ihr Gesicht zu dem süßesten Lächeln, das eine Frau haben konnte.

Kohlschuetter konnte sich eine gewisse Schadenfreude nicht verkneifen. »Das war deutlich«, sagte er und grinste verhalten.

Während Susanne Summer ohne Umschweife wieder an ihre Arbeit ging, blieb Bernsen regungslos stehen und schaute, als wäre Werder Bremen in die Regionalliga abgestiegen.

»Kollege, wir sollten dann mal. Die Bereitschaftspolizei wird sich um die Anwohner kümmern, wir machen uns auf zum Hotel Promenadenhof. Vielleicht kriegen wir dort auch etwas zu essen. Schließlich ist gleich Mittagszeit. Auf dem Weg dorthin kann ich Ihnen von dem Gespräch mit dem Hausmeister berichten.«

Bernsen folgte ihm ohne ein Wort.

ZWEI

Der Promenadenhof befand sich in einer der schönsten Ecken von Weißensee. Kohlschuetter war beeindruckt von den dicken alten Kastanienbäumen, die wie im Spalier den Weg über die Promenade säumten. Thüringen ist doch einfach immer wieder herrlich, dachte er. Auch wenn er Weißensee bisher nur namentlich gekannt hatte, war ihm die gemütliche Stadt mit ihrem umtriebigen Bürgermeister bereits ans Herz gewachsen. Ein chinesischer Garten, eingebettet in eine mittelalterliche Stadtkulisse – das bekam man nicht wirklich häufig zu sehen.

Während des kurzen Fußwegs hierher hatte Kohlschuetter die Schönheit der Stadt auf sich wirken lassen und seinem Kollegen ausführlich von der Befragung des Hausmeisters erzählt. Bernsen hatte sich alles schweigend angehört.

»Die Sache mit den Bayern ist schon irgendwie seltsam«, hob Kohlschuetter nun an, um vielleicht doch noch ein Gespräch in Gang zu bringen.

Bernsen nickte zustimmend.

»Aber warum sollte jemand mitten in Thüringen einen Bayern um seiner Herkunft willen umbringen, noch dazu in einem chinesischen Garten?«, redete Kohlschuetter weiter.

»Es gab schon unsinnigere Gründe für einen Mord, wenn es denn überhaupt einer war«, antwortete Bernsen.

Der Kollege klang jetzt deutlich sanftmütiger als noch vor ein paar Minuten im Chinesischen Garten, zumindest kam es Kohlschuetter so vor. Da hat wohl jemand seine Lektion gelernt, dachte er und grinste in sich hinein, während sie über eine breite Steintreppe die Rezeption des Hotels betraten. Er ahnte nicht, wie sehr er sich irrte.

»Bernsen, Kripo Erfurt, gehört der Schlüssel zu einem Ihrer Zimmer? Wenn ja, wer bewohnt es und wo ist dieser Jemand jetzt?« Die Salve an Fragen prasselte stakkatoartig auf die Dame hinter dem Tresen ein.

Die schöne Frau in den besten Jahren schaute den Kommissar für den Bruchteil einer Sekunde vollkommen unbeeindruckt an, um sich dann wieder ihrem Telefongespräch zu widmen. »Es tut mir leid, Herr Huber, aber Weißwürste bietet unser Restaurant nicht an. Unser Frühstücksbüfett hat hervorragende einheimische Wurstspezialitäten zu bieten, die Sie morgen früh unbedingt einmal probieren sollten. Sie sind ausgezeichnet.«

Herr Huber am anderen Ende der Leitung schien sich jedoch nicht für Thüringer Würste begeistern zu können.

»Nein, einen Preisnachlass für fehlende Weißwürste kann ich Ihnen leider nicht gewähren. Ich bitte um Ihr Verständnis«, sagte die Empfangsdame geduldig. »Herr Huber?« Sie lauschte angestrengt in den Hörer. »Hallo?«

Tief durchatmend legte sie auf. Herr Huber hatte die Verbindung offenbar unterbrochen.

»Diese Bayern«, murmelte sie resigniert. Dann schaute sie die beiden Kommissare freundlich an. »Guten Tag. Was kann ich für Sie tun?«

»Das sagte ich bereits«, brummte Bernsen ungehalten und hielt ihr den Hotelschlüssel direkt unter die Nase. »Schlüssel, Gast, wo?«

Kohlschuetter schob seinen impulsiven Kollegen rasch ein wenig zur Seite und erklärte der Empfangsdame den Sachverhalt. Sie wurde kreidebleich, nickte aber verständnisvoll, tippte einmal kurz auf die Tastatur ihres Computers und sagte: »Zimmer 8, Bärbel und Alfons Weidinger. Sie gehören zu einer bayerischen Reisegruppe, einem Kegelverein, der gestern angereist ist.«

»Eine bayerische Invasion bei den blutrünstigen Thuringi«, spottete Bernsen. »Ich kann kaum an mich halten vor Begeisterung.«

»Ich lache später«, antwortete Kohlschuetter und stieg die Treppe hinauf. Bernsen folgte ihm, ohne die Empfangsdame eines weiteren Blickes zu würdigen.

»Ich weiß nicht, ob noch jemand da ist. Die Gruppe wollte heute an einer Stadtführung teilnehmen«, rief sie ihnen nach.

★★★

Bärbel Weidinger gehörte zu den Frauen, denen ihr Aussehen enorm wichtig ist und die viel Zeit, Geld und Anstrengung darin investieren. Doch auch wenn sich das Ergebnis mehr als sehen lassen konnte, täuschte es nicht darüber hinweg, dass sie mit sich und der Welt nicht im Reinen war.

Sie hatte gerade ihren dunklen Kurzhaarschnitt mit etwas Gel in modische Fransen gezupft, als es an ihrer Zimmertür klopfte. Mürrisch über die Störung öffnete sie die Tür.

»Was wollen Sie? Ich brauche keinen Zimmerservice«, fuhr sie die beiden Kommissare an.

»Sehen wir aus, als wollten wir Ihnen die Betten aufschütteln?«, raunzte Bernsen erbost. »Kripo Erfurt, Bernsen und Kohlschieber, wir müssen mit Ihnen reden.«

»Kohl*schuetter*.«

»Dann eben Kohl*schuetter*.« Bernsen verdrehte die Augen und setzte seinen rechten Fuß auf die Schwelle. »Dürfen wir reinkommen?«

Kohlschuetter wusste nicht, was ihn mehr faszinierte, die schönen braunen Rehaugen von Frau Weidinger oder die auffallend winzigen Füße seines Kollegen. Schließlich gewannen die Pheromone der attraktiven Bajuwarin.

Frau Weidinger bewegte sich nicht von der Stelle und schaute, als stünde sie zwei Trickbetrügern gegenüber. Erst als Kohlschuetter ihr seinen Ausweis in die Hand drückte, bat sie die beiden Kommissare mit einer zackigen Handbewegung herein.

Die Nachricht von ihrem toten Mann nahm sie vollkommen teilnahmslos, fast schon desinteressiert auf. Sie saß reglos auf der Bettkante, das Gesicht entspannt, ihre gut gebräunten Hände ruhten ineinandergeschlagen in ihrem Schoß. Nur ihre Blicke wanderten unentwegt durch das Zimmer, so als suchte sie etwas.

Kohlschuetter musterte sie auffällig. Sie war klein und von einer Zierlichkeit, die ihn befürchten ließ, sie könnte jeden Moment auseinanderbrechen. Fast automatisch verspürte er das Bedürfnis, sie in den Arm zu nehmen und vor der großen bösen Welt zu beschützen. Ihre Haut war zart und ebenmäßig, trotz ihres Alters. Er schätzte sie auf Mitte vierzig. Das weiße T-Shirt ließ eine Vorliebe für teure Spitzenunterwäsche durchblicken, was Kohlschuetter keineswegs missfiel. Ein wirklich scharfer Biber, dachte er, aber auffallend teilnahmslos. Wir hätten ihr auch den Wetterbericht vorlesen können oder den DAX-Index aus dem Jahr 2001.

»War das alles?« Frau Weidinger kramte ausgiebig in ihrer Handtasche, um schließlich einen kleinen Klappspiegel hervorzuziehen und ihr dezentes Make-up zu überprüfen.

»Wann haben Sie Ihren Mann zuletzt gesehen?«, wollte Bernsen wissen.

»Gestern Abend, beim Abendessen. Es gab Thüringer Bratwürste. Ich hasse Thüringer Bratwürste.«

Der Spiegel flog geräuschvoll zurück in die Handtasche. Sie schaute erst auf Kohlschuetter, dann auf Bernsen, wobei nicht klar war, ob ihr ablehnender Gesichtsausdruck etwas mit den Bratwürsten oder mit den Kommissaren zu tun hatte.

»Was haben Sie nach dem Abendessen gemacht?«

»Ich bin zu Bett gegangen.«

»Ohne Ihren Mann?«

»Natürlich«, empörte sich Frau Weidinger. »Es war bereits kurz vor zehn, und er saß noch mit den anderen beim Bier.«

»Sie waren allein auf dem Zimmer?«

»Ja, natürlich, was denken Sie denn?«

»Haben Sie das Hotel noch einmal verlassen?«

»Nein.«

»Aber Sie haben bemerkt, dass Ihr Mann die ganze Nacht nicht aufs Zimmer gekommen ist?«

»Nein.«

»Auch nicht heute Morgen? Ist Ihnen das nicht seltsam vorgekommen?«

»Nein.«

»Können Sie uns die Namen der Gäste nennen, mit denen Sie beim Abendessen saßen?«, mischte sich Kohlschuetter ein.

»Das war die gesamte Reisegruppe, fragen Sie doch einfach Herrn Sonnleitner, den Reiseleiter.«

»Waren Sie schon einmal hier im Chinesischen Garten?«

»Nein. Ich war noch nie zuvor in Weißensee.«

»Und Ihr Mann auch nicht?«

»Nicht dass ich wüsste.« Sie warf sich ihre Handtasche über die Schulter und stand auf. »Sind wir jetzt fertig? Die Stadtführung beginnt gleich, und ich kann meinen Schal nicht finden.«

Bernsen nickte nur. Diese Kaltschnäuzigkeit schien sogar ihm zu viel zu sein. Kurz darauf standen die beiden Kommissare wieder auf dem Flur und schauten sich verwundert an.

»Eine trauernde Witwe sieht anders aus«, fasste Kohlschuetter die Situation zusammen.

»Bei der Alten da drin kann der Kerl froh sein, wenn er ein ordentliches Begräbnis bekommt und sie ihn nicht den Fischen in der Donau zum Fraß vorwirft«, erwiderte Bernsen.

Kohlschuetter warf ihm im Gehen einen prüfenden Seitenblick zu. Mit seinen weißblonden wuscheligen Haaren und den herben Gesichtszügen mit der großporigen Haut und den tiefen Furchen erinnerte ihn der Kollege an einen wikingischen Seefahrer, der, Wind und Wetter trotzend, über die Weltmeere segelte. Ein richtiger Kerl. Nur seine Statur entsprach dem nicht so ganz. Und mit seinen Manieren war es nicht weit her. Aber eigentlich war er ihm nicht unsympathisch.

Mit seinen Gedanken woanders, stieß Kohlschuetter auf dem Gang mit irgendetwas Weichem zusammen. Eine Frau schrie erschrocken auf.

»Entschuldigung, ich habe Sie nicht gesehen.« Er schaute in zwei außerordentlich blaue Augen und danach in das ausladende Dekolleté eines Dirndls.

»Kein Problem, ich hätte ja auch aufpassen können«, erwiderte die junge Frau und eilte ohne ein weiteres Wort davon.

»Wow, das war ja mal eine Anmache«, murmelte Kohlschuetter. »Heute scheint der Tag der schönen Frauen zu sein.«

»Die hat schon einen Kerl, nämlich den, der ihr das dicke Veilchen am rechten Auge verpasst hat«, meinte Bernsen knapp.

»Welches Veilchen? Komisch, das ist mir überhaupt nicht aufgefallen.«

»Wir sollten endlich eine Kleinigkeit essen, dann klappt es auch mit der Wahrnehmung besser. Ich bin gespannt, ob die in dem Kaff einen ordentlichen Fisch auf die Reihe kriegen.«

»Sicher, die Thüringer Küche ist ja auch weithin bekannt für ihre Fischgerichte«, antwortete Kohlschuetter mit unverhohlenem Sarkasmus.

Bernsen nickte. »Aber zuerst lassen Sie uns die Bayern noch einen Moment von ihrer Stadtführung abhalten.«

★★★

Die bayerische Reisegruppe, die mit ihren Dirndln und Lederhosen eher an eine Volkstanzgruppe aus Hintertupfingen als an einen

Kegelverein erinnerte, hatte sich auf dem Parkplatz des Hotels versammelt. Als die beiden Kommissare sich näherten, begrüßte man sie sogleich mit einem fröhlichen: »Na, da sind ja unsere Herren Stadtführer. Etwas spät, oder?«

»Wieso meinen diese arroganten Bayern eigentlich immer, alle Welt müsste zu ihren Diensten sein? Die haben doch bis vorletzte Woche alle noch auf ihren Almen gehockt und Heuharken geschnitzt«, murmelte Bernsen. Wie er die Hochnäsigkeit dieser – aus seiner Sicht – Südländer hasste.

Kohlschuetter grinste.

»Sind Sie die Reisegruppe aus Ingolstadt?«, fragte Bernsen laut.

»Wir sind von der Kripo Erfurt und haben ein paar Fragen zu Alfons Weidinger.«

»Der ist noch nicht da. Seine Frau auch nicht. Die zwei liegen bestimmt noch im Bett und machen sich warme Gedanken«, witzelte ein älterer Herr in Lederhosen und erntete verhaltenes Gelächter.

»Herr Weidinger ist bereits seit einigen Stunden kalt, und ich bezweifle, dass er jemals wieder warm wird«, entgegnete Bernsen schroff. »Er wurde heute Morgen tot aufgefunden.«

»Wir untersuchen diesen Todesfall und wären für jede Hilfe dankbar«, ergänzte Kohlschuetter, um von den Worten seines Kollegen abzulenken.

»Josef und Maria, die arme Bärbl«, entfuhr es einer viel zu stark geschminkten Dame. Die anderen Frauen nickten stumm.

»Wann haben Sie Herrn Weidinger zuletzt gesehen?«

»Gestern Abend, wir saßen nach dem Essen noch eine Weile beim Bier zusammen. Er ist so gegen zweiundzwanzig Uhr gegangen, kurz nach der Bärbl, frische Luft schnappen, wie er sagte«, antwortete ein junger Mann aus der hinteren Reihe. Jetzt nickten die Männer.

»Danach nicht mehr? Keiner von Ihnen?«

»Nein«, kam die Antwort wie aus einem Munde.

»Und beim Frühstück heute Morgen haben Sie ihn nicht vermisst?«, hakte Bernsen nach.

Kohlschuetter fiel auf, dass auch die junge Frau, mit der er gerade auf dem Flur zusammengeprallt war, bei den Damen stand. Komisch, dass er sie vorher nicht bemerkt hatte, wo sie so ganz und gar nicht zu den anderen Damen passte. Und tatsächlich, das Veilchen an ihrem rechten Auge war eigentlich nicht zu übersehen.

»Nein«, murmelte jemand.

Bernsen schaute erwartungsvoll in die Runde. »Noch etwas?«

»Keiner hat ihn vermisst. Wir waren froh, wenn er uns in Ruhe gelassen hat, war immer auf Angriff gebürstet, der Alfons«, antwortete ein anderer.

»Der konnte ziemlich unleidlich werden, wenn ihm was nicht passte. Denkt doch nur daran, wie er gestern die Bedienung abgekanzelt hat, nur weil sie sein Essen ein paar Minuten später gebracht hat. Wir haben nur darauf gewartet, dass er ihr die Bratwürste vor die Füße wirft. Wie der getobt hat.«

Zustimmendes Gemurmel. Alfons Weidinger war anscheinend das schwarze Schaf in der Gruppe, ein Kegelbruder, den man aus Angst vor seinen Wutanfällen duldete, aber keineswegs mochte.

»Er war kein einfacher Mensch«, bestätigte eine der Frauen.

»Aber er konnte sehr charmant sein. Das muss man ihm lassen.«

»Ach, Schmarrn, der Weidinger Alfons war ein Arsch vor dem Herrn. Niemand wollte mit ihm etwas zu tun haben, nicht einmal seine Frau«, entfuhr es einem der Männer. »Ein menschliches Schwein, wenn Sie verstehen.«

»Xaver, bitte«, wurde er von einer der Damen zurechtgewiesen.

»Ist doch wahr.«

Nun nickten sämtliche Damen und Herren. Nur die unbekannte Schöne schaute teilnahmslos zu Boden.

»Dann brauchen wir ja die Frage nach den Feinden des Herrn Weidinger nicht zu stellen«, bemerkte Kohlschuetter süffisant.

Der Mann namens Xaver winkte ab. »Ganze Busladungen voll.« Als ihm auffiel, was er da gerade von sich gegeben hatte, lief er dunkelrot an.

»Na, dann sagen uns die Busreisenden doch mal bitte, wo Sie alle gestern Abend waren, als das Schwein Luft geschnappt hat!«, verlangte Bernsen zu wissen.

»Wir haben noch bis weit nach eins zusammen an der Hotelbar gesessen. Das Hotelpersonal kann das bestätigen«, antwortete nun wieder der ältere Mann in den ebenso alten Lederhosen.

»Alle?« Bernsen ließ nicht locker.

»Ja, bis auf die Bärbl, die ist, wie schon gesagt, gegen zehn auf ihr Zimmer gegangen«, erklärte die stark geschminkte Dame. Kohlschuetter schaute sie sich einen Moment lang genauer an. Wenn er nur wüsste, an wen oder was sie ihn erinnerte.

Als die beiden Kommissare sich verabschiedeten, kam Frau Weidinger gerade in einer knallengen Jeans und mit einem großen bunten Seidenschal, den sie locker um ihre schmalen Hüften geschlungen hatte, den Weg zum Parkplatz herunter. Sie lächelte.

★★★

Im Chinesischen Garten packte die Spurensicherung zusammen, und Werner Podeiske schob den letzten Bissen eines Stücks Erdbeertorte in seinen Mund. Gleich nachdem der Kommissar gegangen war, hatte er sich auf der Tee & Kaffee-Terrasse in den Schatten gesetzt und jedes Stückchen Torte, das Franka, die Pächterin, ihm anbot, genüsslich verspeist.

»Iss alles auf, Werner, morgen kann ich das sowieso nicht mehr verkaufen«, hatte sie gesagt. Und Werner Podeiske, dem der Schreck noch in den Knochen saß, war ihrem Wunsch gern nachgekommen. Er freute sich über die kostenlosen Kohlenhydrate, die sich wie eine Glückskur für seine nervösen Nerven anfühlten.

Dass Franka während des Essens ununterbrochen redete, störte ihn nicht im Geringsten. Die Spekulationen über die Ereignisse der letzten Nacht, das Bierfestwochenende mit den unverschämten Touristen, die in der Hitze verderbenden Torten und die bis auf Weiteres ausbleibenden Gäste – die Worte sprudelten nur so aus Frankas Mund mit dem breiten Piercing in der Oberlippe.

Als Werner Podeiske die junge Frau in einem dieser weißen Plastikoveralls, wie er sie bisher nur im Fernsehen gesehen hatte, auf den Ausgang zusteuern sah, stand er wortlos auf, zog sein gelbes BVB-Taschentuch aus der rechten Gesäßtasche, schnäuzte laut hörbar hinein, wischte sich damit einmal quer über das ganze Gesicht und lief ihr nach.

Franka zuckte nur gleichgültig mit den Schultern, um kurz darauf die Reste der Erdbeertorte im Kühlschrank zu verstauen. Einen Versuch war es schließlich wert.

»Entschuldigung … ähh … bitte warten Sie«, rief Podeiske Susanne Summer nach, und sie blieb stehen.

»Wie kann ich Ihnen helfen?« Sie schaute ihn freundlich an.

Werner Podeiske spürte, wie sein Gesicht dunkelrot anlief.

»Ähh, ich wollte nur, ich müsste nur fragen, ob ich den Garten, er müsste wieder sauber gemacht werden«, stotterte er noch unsicherer als sonst.

Susanne schob ihre vollen Lippen zu einem Kussmund zusammen – das machte sie immer, wenn sie überlegte – und sagte: »Wir brauchen noch etwas Zeit. Vielleicht morgen früh. Kann sein, dass die Kollegen noch einmal herkommen wollen. Sie sollten noch warten.«

»Aber ich könnte doch wenigstens den Toten zudecken.«

»Nicht doch, nein.« Susanne Summer versuchte, ihren freundlichen Gesichtsausdruck beizubehalten, um nicht laut loszulachen, aber es fiel ihr wirklich schwer. Der Ordnungssinn dieses Herrn war wirklich zu süß. »Der Leichnam wurde bereits heute Morgen in die Rechtsmedizin nach Jena gebracht.«

»Nach Jena?« Werner Podeiskes Blick verriet, dass er überhaupt keine Ahnung hatte, wovon sie sprach.

»Bei ungeklärten Todesfällen, also auch dann, wenn wir einen Mord vermuten, kommen die Toten nach Jena.«

»Mord«, murmelte Werner Podeiske. »Mörder.« Dann drehte er grußlos ab und verschwand in Richtung Seepavillon.

Komischer Kauz, dachte Susanne Summer und wandte sich wieder in Richtung Ausgang.

Als sie auf die Straße trat, hörte sie Reifen quietschen, und ein schwarzer Transporter kam abrupt direkt vor ihr zum Stehen.

»Seid ihr hier alle schon am Tag besoffen?«, brüllte der Fahrer ein paar arglose Touristen an, die vor dem geschlossenen Chinesischen Garten ganz spontan ihr Interesse für die gegenüberliegende, wegen Sanierungsarbeiten jedoch ebenfalls geschlossene St.-Peter-und-Paul-Kirche entdeckt hatten und dabei fast von ihm überfahren worden waren. Hastig überquerten sie unter den wüsten Beschimpfungen des Fahrers die Straße.

Der nicht mehr ganz so junge Mann, dessen Gesicht die Formen eines Vollmondes hatte und dessen Bierbauch locker das Lenkrad erreichte, ließ erst von ihnen ab, als sein Blick auf Susanne Summer fiel. »Hey, scharfes Outfit, bin gespannt, was du darunter hast«, pöbelte er lautstark, um anschließend zweimal lang und einmal kurz auf die Hupe zu drücken.

»Komm her und ich zeige es dir«, erwiderte Susanne Summer unbeeindruckt. Sie zog aus dem Seitenfach ihrer Autotür ein paar Handschellen, winkte dem Kerl damit auffordernd zu und sagte: »Und dann probieren wir die aus.«

Dem selbst ernannten Komiker schien die gute Laune mit einem Mal vergangen zu sein. Vielleicht hatte ihn aber auch nur der Mut verlassen, in jedem Fall gab er Gas und raste in Richtung Rathaus davon.

Als Susanne Summer zwei Minuten später dort vorbeifuhr und bei seinem Anblick noch einmal heftig winkend ihren Standpunkt deutlich machte, stand er neben den geöffneten Hintertüren seines Transporters und wagte es nicht einmal, seinen Kopf zu heben. Große Selbstüberschätzer, die Männer, allesamt, dachte sie und beschleunigte. Dieser eine hatte sich für heute ausreichend geschämt, schließlich war sie kein Unmensch.

★★★

»War wohl deine Olle, was?« Der junge Mann von höchstens achtzehn Jahren grinste den dickbäuchigen Transporterfahrer an. Drei andere Männer um die dreißig lachten laut.

»Haltet bloß die Klappe und seht zu, dass ihr das Auto abladet. Morgen muss die Bühne stehen, sonst gibt es Ärger«, antwortete der Fahrer, um Coolness bemüht, mit leuchtend roten Wangen.

»Wo soll der denn so ein scharfes Teil herkriegen? So blöd sind nicht einmal die Weiber«, lästerte einer der älteren Männer.

»Mensch, die Tusse war von den Bullen. In dem Schlitzaugengarten haben sie doch einen abgemurkst.«

»Einen Chinesen?«

»Keine Ahnung.«

»Bullen? Hier? Scheiße!« Der junge Mann ließ die Eisenstangen, die eigentlich die Trägerkonstruktion für die große Bühne bilden sollten, schlagartig fallen, als hätte er sich daran die Hände verbrannt. Dann sprang er über einen der Blumenkübel, die den Marktplatz zierten, und rannte davon.

Er kam nicht weit, denn er lief direkt in die Arme von Kohlschuetter und Bernsen, die unterwegs ins Stadtcafé waren, weil es im Promenadenhof kein Mittagessen gab, und den lautstarken Wortwechsel ungewollt mit angehört hatten.

»Na, na, junger Freund, willst du die Arbeit nicht erst zu Ende machen?« Bernsen grinste, während er den linken Arm des jungen Mannes fest umklammerte. »Warum so eilig? Die Bullen, wie du die Thüringer Polizeibeamten nennst, tun doch braven Menschen nichts. Und du warst doch brav, oder etwa nicht?«

»Hey, was soll das? Loslassen!«, rief der junge Mann und versuchte immer wieder, seinen Arm zu befreien. »Ich habe vergessen, meine Kaffeemaschine auszumachen. Mir brennt die Bude ab, Mensch.«

»Soso, die Kaffeemaschine. Die kann warten. Vorher will ich erst noch deinen Ausweis sehen«, antwortete Bernsen gelassen. Nach vierzig Jahren Polizeidienst konnte er den Dreck am Stecken des jungen Mannes förmlich riechen. Diese Typen kannte er zur Genüge, und er war sie leid. Kaum volljährig, steckten sie schon in einer kriminellen Karriere, die sie irgendwann so fest im Griff haben würde, dass man die Schlüssel der Justizvollzugsanstalten bereits klappern hören konnte. Diese naiven Bürschchen, die meinten, mit Dummheit das große Geld machen zu können, und für die ehrliche Arbeit so viel wert war wie die Wetterprognosen vom gestrigen Tag.

Bernsen spürte, wie die Wut in ihm aufstieg. »Deinen Ausweis, aber sofort!«, schrie er mit einem Gesichtsausdruck, der bei Kohlschuetter alle Alarmglocken angehen ließ. Dabei drückte er den Kopf des jungen Mannes in die dicken roten Pelargonien des städtischen Blumenbeetes, Sorte Boneta. Die vier anderen Männer starrten den Kommissar erschrocken an.

»Also gut, Kollege, der Herr will Ihnen den Ausweis zeigen«, schaltete sich Kohlschuetter ein.

»Scheiß Bullen«, kam es frustriert aus den Pelargonien, als Bernsen von dem jungen Mann abließ. Der richtete sich auf und zog mit grimmiger Miene und ein paar Blütenblättern im Haar seine Brieftasche aus der zerschlissenen Jeans. Mit ihr kam ein Tütchen zum Vorschein, das sich durch die Hitze des Tages wohl ein wenig mit dem Portemonnaie verklebt hatte und nun unbeabsichtigterweise direkt vor die Füße der Kommissare fiel. Noch ehe der junge Mann dies realisiert hatte, hob Bernsen es auf und untersuchte interessiert den Inhalt, eine gelbgrünliche Masse.

»Eigenbedarf, nehme ich an.« Er feixte wie jemand, dem das Rechthaben eine kindliche Freude bereitete. »Da hast du dich aber etwas verschätzt. Mit dieser Menge Haschisch kannst du eine ganze Fußballmannschaft lahmlegen.«

»Ist für meine Oma, als Krebstherapie«, behauptete der junge Mann kleinlaut.

»Genau, und ich bin der Kaiser von China«, entgegnete Bernsen.

»Das passt doch super«, mischte sich der Transporterfahrer ein. »Der Botschafter war neulich auch schon da.« Als er bemerkte, dass niemand über seinen Spruch lachte, verzog er sich ins Führerhaus seines Autos.

»Haben Sie noch weitere Therapiemittel für Ihre Oma dabei?« Kohlschuetter wollte die Angelegenheit etwas beschleunigen. Ihm hing der Magen vor Hunger in den Kniekehlen, und er hatte keine Lust, jetzt auch noch zusätzlich gegen einen kleinen Drogendealer ermitteln zu müssen. Außerdem fand er Bernsens Terminator-Anwandlungen einfach nur peinlich.

»Nein, ehrlich nicht. Nichts«, entgegnete der junge Mann hastig.

»Taschen ausräumen!«, brüllte Bernsen.

Der junge Mann fing an, in seine Hosentaschen zu kramen. Doch alles, was aus den Jeans zum Vorschein kam, waren ein Schnäuztuch, eine abgerissene Kinokarte vom Cinestar Erfurt, ein paar Kaugummis und ein Schlüsselbund.

Bernsen begutachtete Letzteres von allen Seiten, denn einer der Schlüssel sah ungewöhnlich aus, und blaffte: »Und der Mercedes-schlüssel hier ist von deinem Fahrrad, oder was?«

»Nein, der gehört zu meinem Wagen.« Ein Herr mit grauen Schläfen und dem Aussehen eines englischen Landlords war zu ihnen getreten. Seine Cordhosen, das Polohemd, die Slipper, ja, sogar das Tuch um seinen Hals waren so perfekt aufeinander abgestimmt, dass es niemanden gewundert hätte, wenn auch noch ein Jagdhund an seiner Seite aufgetaucht wäre. »Mein Name ist Walter Kemper. Der junge Mann hier ist mein Enkelsohn«, stellte er mit kräftiger Stimme fest. Dabei schaute er den jungen Mann flüchtig, aber mit strengem Blick an.

»Ach, dann sind die Drogen hier für Ihre Frau?«, erwiderte Bernsen unbeeindruckt, nun aber deutlich ruhiger.

»Ich verbitte mir derartige Anschuldigungen. Meine Frau ist seit fünf Jahren tot.« Walter Kemper verzog keine Miene, auch die Tonlage seiner Stimme hatte sich nicht verändert. Sein Blick sagte jedoch alles. Mit einer Mischung aus verächtlich und eiskalt, Kohlschuetter konnte es nicht genau deuten, schaute er doch Bernsen an. Aber den schien das überhaupt nicht zu beeindrucken.

»Also gut, halten wir einmal Folgendes fest«, sagte er trocken. »Die Drogen in der Tasche Ihres Enkels gehören nicht seiner Großmutter, sondern ihm. Grob geschätzt würde ich sagen, es handelt sich dabei um weit mehr als zehn Gramm. Damit wird der junge Mann die Bekanntschaft des Staatsanwaltes machen dürfen, wenn die beiden nicht schon alte Bekannte sind.«

»Sie stimmen sicherlich mit mir überein, dass es bei dieser Angelegenheit auf Ihre Schätzungen nicht ankommt. Darüber hinaus setze ich Sie hiermit davon in Kenntnis, dass ich die Hälfte des Cannabis mein Eigentum nenne, die Arthrose, Sie verstehen. Ich bitte Sie daher, das Cannabis zu konfiszieren und unsere Personalien aufzunehmen. Alles Weitere klärt mein Anwalt, sollte das überhaupt notwendig sein. Und jetzt bitte ich Sie um meinen Autoschlüssel.« Er wandte sich dem jungen Mann zu und sagte, als sei nichts gewesen: »Matthias, bitte macht euch jetzt wieder an die Arbeit. Heute Abend muss die Bühne stehen. Du willst den Heimat- und Bierverein doch nicht blamieren. Ich zähle auf dich.«

Kohlschuetter schickte ein Stoßgebet zum Himmel, dass Bernsen die Nerven behalten möge.

Sein Wunsch ging in Erfüllung. Bernsen händigte Kemper wortlos das Schlüsselbund aus und nahm die Personalien auf. Zwanzig Minuten später saßen beide Kommissare mit der Tüte Cannabis und einem improvisierten Protokoll im Stadtcafé und warteten auf ein Cordon bleu mit Pommes und einen Chefsalat ohne Croûtons.

Draußen schepperten die Bühnenteile.

***

»Thüringen trifft Bayern, ja, ja, so lautet das diesjährige Motto unseres Bierfestes.« Bürgermeister Adler wickelte die Telefonschnur langsam um den Zeigefinger seiner linken Hand, um diesen kurz darauf ebenso langsam wieder herauszudrehen und das Spiel von Neuem zu beginnen. Bei Telefonaten mit der Presse konnte er sich eines gewissen Maßes an Nervosität nicht erwehren, auch nach den vielen Jahren nicht, die er nun schon im Amt war. Heute allerdings war er regelrecht aufgeregt. Schon als Bea Meier den Anruf von Frau Zeban, der Chefredakteurin der Sömmerdaer Lokalausgabe der Thüringer Allgemeinen, durchgestellt hatte, war sein Hemdkragen voll Wasser gelaufen.

Seit vierzehn Jahren – so lange feierte Weißensee das Bierfest schon – telefonierte er zwei Tage vor dem großen Festbieranstich mit »dem Zebra«, wie Bea Meier die Journalistin immer nannte, ein kleines Interview, nichts weiter. Die Zeitung bekam eine nette Geschichte und Adler eine kostenlose Werbung für sein Fest. Doch dieses Jahr war alles anders. Adler befürchtete das Schlimmste, denn ein Toter war nachrichtentechnisch zweifellos vielversprechender als ein Festbieranstich. Bisher schien sich Frau Zeban dafür aber gar nicht zu interessieren. Ihre Fragen galten dem Ablauf der Feierlichkeiten.

»Natürlich, natürlich. Morgen, am Samstag, ist Jahrmarkt, und am Sonntag stechen wir das Fass an, ganz in alter Tradition um vierzehn Uhr vierunddreißig. Sie wissen doch, aus dem Jahr 1434 stammt unser Reinheitsgebot, das älteste in ganz Deutschland.« Adler nestelte an seinem Krawattenknoten. »Die Bayern? Von 1516, nicht zu vergleichen.«

Er konnte hören, wie sich Frau Zeban am anderen Ende der Leitung Notizen machte. Ihr Bleistift kratzte über das Papier. Geduldig wartete er auf die nächste Frage.

»Wer den feierlichen Anstich in diesem Jahr macht?« In der Stimme des Bürgermeisters schwang ein breites Grinsen mit. »Der Chef der UNESCO-Kommission Deutschland. Wir haben uns mit unserem Reinheitsgebot um den Titel UNESCO-Weltkulturerbe beworben, die Entscheidung steht kurz bevor. Und wir haben gute Chancen. Dass unser Reinheitsgebot das älteste in Deutschland ist und Weißensee daher eine besondere Rolle in der Welt der Bierbraukunst zukommt, davon werde ich die Herren von der UNESCO höchstpersönlich überzeugen.« Als ob das seine Worte unterstreichen könnte, nahm Adler auf seinem Schreibtischstuhl

Haltung an. »Die Bayern? Mag sein, dass sie sich auch beworben haben. Davon weiß ich nichts«, log er, ohne rot zu werden. Wieder das Kratzen des Stiftes.

»Was sich bewährt hat, wird fortgeführt, Frau Zeban. Die Besucher dürfen sowohl bayerische als auch thüringische Spezialitäten erwarten, Blasmusik mit Showeinlagen der hiesigen Tanzgruppe, einen kleinen Flohmarkt, ein spektakuläres Feuerwerk – und natürlich Bier. Schließlich veranstalten wir das Ganze zu Ehren unseres Reinheitsgebotes. Vierzehn Uhr vierunddreißig, Sie verstehen.«

Auf die nächste Frage hatte er schon gewartet.

»Dreist, unser Motto? Nein, aber wirklich. Thüringen und Bayern sind doch Freunde. Was soll denn daran dreist sein? Wie Sie wissen, wählen wir uns jedes Jahr ein anderes Land aus, mal eine Nation, mal ein Bundesland. Letztes Jahr war es Frankreich, davor Hessen, davor wiederum Mexiko. Die Welt ist groß, und Weißensee liegt mittendrin, Frau Zeban. Dieses Mal geht es eben um die Bayern mit ihren Weißwürsten und Lederhosen. Ein Zufall.« Adler grinste vor sich hin. »Natürlich hätten es auch die Sachsen sein können. Selbstverständlich. Aber nun heißt es eben: ›Thüringen trifft Bayern‹.«

Den Bürgermeister beschlich eine fast schon diebische Freude über den Schachzug, der ihm hier gelungen war. Natürlich war es frech, die Bayern im Kampf um den Weltkulturerbestatus in Sachen Reinheitsgebot herauszufordern und dann siegessicher ein Fest mit dem Motto »Thüringen trifft Bayern« zu feiern. In der ganzen Stadt wimmelte es nur so von bayerischen Gästen. Der eine oder andere könnte ihm das schon übel nehmen, zumal die Stadt mit dem Bayerischen Brauerbund seit Jahren im Streit lag. Zu gern hätte er die Münchner zum Bierfest eingeladen. Doch seine Frau hatte es ihm verboten. Einen Kampf zu gewinnen, war eine Sache, aber den Gegner dann auch noch an einem Nasenring durch die Arena zu führen, eine andere.

»Das Organisatorische?« Adler überlegte. Wen interessierten denn schon die Interna? Was das Zebra aber auch immer alles wissen wollte. »Wir, also die Stadtverwaltung unter meiner Führung, haben den Hut auf. Wer zahlt, schafft an, Sie wissen schon. Der Heimat- und Bierverein hilft beim Aufbau der Hütten. Mehr können die überhaupt nicht leisten. Aber wir freuen uns natürlich über jedes ehrenamtliche Engagement.« Adler gluckste. Dieser kleine Seitenhieb auf den unliebsamen Verein war einfach nur genial.»Oh, ja, schreiben Sie etwas Schönes. Weißensee braucht Publicity, wie es so schön neudeutsch heißt.« Er lachte in den Telefonhörer. Dann verabschiedete er sich und legte zufrieden auf. Die Sache mit dem Toten hatte sich also noch nicht bis nach Sömmerda herumgesprochen. Bis heute Abend durfte nichts durchdringen, so lange müsste die Geheimhaltung noch zu schaffen sein. Was die Schreiberlinge am Dienstag nach Pfingsten bringen würden, konnte ihm egal sein. Bis dahin hatte er mit etwas Glück den bislang größten Coup für seine Stadt gelandet. Wer interessierte sich noch für einen Toten im Chinesischen Garten, wenn er einen UNESCO-Titel hatte?

Mit einem leichten Anflug von Euphorie griff Adler nach den Unterschriftenmappen. Vor dem Festwochenende musste noch einiges an Post raus, so hatte es Bea ihm zumindest aufgetragen. Schwungvoll kritzelte er mit seinem goldenen Füllhalter – ein Geschenk des chinesischen Botschafters – »F. Adler« unter die Schreiben, als seine Bürotür geöffnet wurde.

»Frank, das Zebra ist noch mal dran. Willst du sie sprechen?«

»Oh, vielleicht will sie wissen, wie sich unser neuer Braumeister so macht. Da hätte ich auch selbst drauf kommen können.« Adler winkte Bea auffordernd zu. »Stell sie durch.«

Bea Meier machte ein skeptisches Gesicht und stöckelte zurück an ihren Schreibtisch. Kurz darauf hörte er abermals Frau Zebans Stimme.

»Herr Adler, bitte entschuldigen Sie, dass ich Sie noch einmal störe, aber was ist das eigentlich für eine Sache mit der Leiche in Ihrem Chinesischen Garten?«

»Ähh, was, Leiche, wo?«, stammelte der Bürgermeister.

»Ach, Herr Adler, Sie wissen schon. Ihre ganze Stadt spricht davon.«

»Frau Zeban, bitte nicht vor dem Bierfest. Es ist bestimmt alles ganz harmlos, lassen Sie uns nach dem Bierfest darüber reden.«

»Aber unsere Leser haben ein Recht darauf. Schließlich ist ein Mord keine Alltäglichkeit. Und wir haben einen Informations- und Bildungsauftrag gegenüber den Menschen in unserem Landkreis.«

Informations- und Bildungsauftrag? Adler hätte am liebsten in die Kante seines Schreibtisches gebissen. Die Zeban wollte nichts weiter als eine Story, und das auf Kosten seiner Stadt.

»Kann das Bierfest unter diesen Umständen überhaupt stattfinden?«

»Natürlich! Sie werden sehen, morgen ist alles aufgeklärt, ein Missverständnis, weiter nichts. Mord, also wirklich. Wer sagt denn so etwas?« Adlers Hemd fühlte sich an wie nach einem Tausend-Meter-Lauf bei vierzig Grad. »Außerdem hat die Polizei darum gebeten, Stillschweigen zu bewahren. Behinderung der Polizeiarbeit, Sie wissen doch, wie das läuft.« Er hielt gespannt die Luft an. Hoffentlich schluckte die Chefredakteurin diese Notlüge.

Sie tat es. »Gut, wenn das so ist. Aber sobald die Polizei Ihnen grünes Licht gibt, möchte ich eine Stellungnahme. Wir haben schließlich die Pflicht …«

Den Rest ihrer Worte konnte Adler schon nicht mehr hören. Die überdimensionale Luftbildaufnahme der Stadt Weißensee, die an der Wand gegenüber seinem Schreibtisch hing, hatte zu flirren begonnen und verschwand vor seinen Augen. Frank Adler hing bewusstlos in seinem Schreibtischstuhl.

»Frank, Franki, aufwachen.« Bea Meier hatte sich tief über den Bürgermeister gebeugt und tätschelte sein Gesicht. Langsam kam er wieder zu sich.

»Bea, bitte. Ich bin glücklich verheiratet«, hauchte er beim Anblick ihres Dekolletés immer noch leicht benommen.

»Blödsinn. Du warst bewusstlos.« Sie richtete sich auf, um ihm ein Glas Wasser zu reichen. »Ich hätte dich hier auf deinem Stuhl versauern lassen sollen, so wie du mich heute Morgen angeschrien hast. Aber ich bin ja nicht so. Geht's wieder? Ich wusste immer, dass das Zebra dich mal zur Strecke bringt.«

»Ach Bea, alles Quatsch. Die Hitze, der Dauerlauf heute Morgen und der Tote …« Adler seufzte herzerweichend. »Das haut selbst den stärksten Bürgermeister um.«

Mit großen Schlucken trank er das Glas aus. Langsam kehrten seine Lebensgeister zurück.

»Außerdem habe ich seit dem Frühstück nichts mehr gegessen. Aber was nützt es? Jetzt muss ich erst einmal die Polizisten suchen.

Das Bierfest *muss* stattfinden.« Er stand auf und wankte in Richtung Bürotür. »Hoffentlich sind die noch im Promenadenhof.«

»An deiner Stelle würde ich es im Stadtcafé versuchen. Heute gibt es Kartoffelsuppe. Die magst du doch«, rief Bea Meier ihm hinterher.

★★★

Bernsen bekam gerade seine zweite Portion Pommes serviert, als am Nachbartisch ein Streit ausbrach. Dort hatte, während die Kommissare ihr verspätetes Mittagessen zu sich nahmen, das Bierfestkomitee des Heimat- und Biervereins getagt. Die Wortfetzen, die hin und wieder die Ohren von Kohlschuetter und Bernsen erreicht hatten, deuteten zumindest darauf hin.

Bis zu einem bestimmten Punkt war die Unterhaltung augenscheinlich friedlich und in höchstem Maße professionell verlaufen. Alles hatte nach einer letzten Absprache vor dem großen Termin geklungen. Es ging um die freiwilligen Helfer, die Sicherheit, den Marktplan und den Einweisungsdienst auf dem Parkplatz am Gondelteich. Hin und wieder hatte sich jemand einen Scherz erlaubt, den die anderen mit gelassener Heiterkeit honorierten.

Zeitgleich aber, da die Bedienung mit einem breiten Grinsen die zweite Portion Pommes und ein Stück Apfelkuchen vor Bernsen abstellte, betrat ein Mann das Stadtcafé und setzte sich zu den anderen an den Nachbartisch, der die Runde zu spalten schien. Es handelte sich um den Vereinsvorsitzenden Klaus Bärmann, der mit seinem lauten und auffallend unflätigen Benehmen umgehend die Diskussion an sich riss.

Die Atmosphäre im Stadtcafé sank ihrem Nullpunkt entgegen. Sogar die Gespräche der anderen Gäste verstummten schlagartig oder fanden nur noch im Flüsterton statt.

»Jetzt legen uns die Bazis schon mit Absicht ihre Leichen in die Stadt. Die wollen uns mit allen Mitteln die Sache mit dem Reinheitsgebot versauen«, polterte Bärmann. Er griff nach dem Bier, das ihm der Wirt unaufgefordert vor die Nase gestellt hatte, und trank einen kräftigen Schluck.

»Klaus, das ist doch Quatsch. Wer weiß, wie der Tote in den

Chinesischen Garten gekommen ist«, widersprach eine der beiden Frauen am Tisch.

»Das ist Krieg, Inge, offener Krieg. Thüringen gegen Bayern.« Bärmann wischte sich den Schaum von der Oberlippe und schaute auffordernd in die Runde.

»Bierkrieg, ja genau«, pflichtete ihm ein älterer Mann bei. »Zu den Waffen! Die blöden Bayern haben uns lange genug auf der Nase herumgetanzt. Jetzt schlagen wir zurück.«

»Es geht doch im Grunde nur um ein Stück Papier. Außerdem sollten wir uns vielleicht einmal fragen, ob wir unter diesen Bedingungen überhaupt feiern sollen«, schaltete sich die andere Frau ein. »Schließlich ist ein Mann gestorben.«

»Ha, dass ich nicht lache. Ein Stück Papier.« Bärmanns Blick hatte etwas Wahnsinniges angenommen. »Darin liegt die Zukunft unserer Stadt. Werbung, Touristen, Geld, alles!« Er sprang auf, leerte sein Glas in einem Zug, deutete dem Wirt durch ein kurzes Kopfnicken an, dass er den Zapfhahn bedienen sollte, und rief: »Wenn das Bierfest nicht stattfindet und wir die UNESCO nach Hause schicken müssen, dann war es das, und zwar für alle Zeit. Dann bekommen diese Scheißbayern den Titel. Wollt ihr das?«

»Bitte, Klaus, setz dich doch wieder hin«, versuchte ein weiterer Mann zu vermitteln. »Natürlich wollen wir das nicht. Aber es liegt nun mal nicht in unserer Hand.«

»Ja genau, immer schön die Verantwortung von sich weisen. Wenn wir früher mit dieser Einstellung unsere Möbel gebaut hätten, würdet ihr heute noch auf dem Boden sitzen. Wir haben die Produktion aufrechterhalten, auch ohne genügend Material. Das VEB Möbelwerk Weißensee war ein Vorzeigebetrieb. Man muss für seine Sache einstehen, bis zum letzten Mann.«

»Für Frieden und Sozialismus, seid bereit!«, murmelte Bernsen in seine Kaffeetasse. Dann schob er sich ein paar Pommes in den Mund.

Wie auf Kommando schauten die Vereinskollegen mit weit aufgerissenen Augen zu den beiden Kommissaren herüber. Wie eine aufgescheuchte Herde ängstlicher Schafe, deren Leithammel man beleidigt hatte.

Einzig Bärmann zeigte keine Reaktion. Geräuschvoll nahm er wieder auf seinem Stuhl Platz, um seine Rede in gleicher Lautstärke fortzusetzen. »Ich habe deswegen mit Walter gesprochen. Er lässt sich entschuldigen, dringende Termine. Aber er stärkt uns voll und ganz den Rücken. Er ist auch der Meinung, dass die Stadt sich von nichts und niemandem die Butter vom Brot nehmen lassen sollte. Nicht einmal von den Bayern. Wenn das der Bürgermeister nicht schafft, ist er der falsche Mann. Und wenn es sein muss, jagen wir die Bayern selbst aus unserer Stadt. Die werden schon sehen ...«

»Wenn man von der Wüste spricht, kommt das Kamel ...«, meinte einer der Anwesenden lakonisch und deutete zur Tür. Bürgermeister Adler hatte das Café betreten und schaute sich suchend um. Als er die Kommissare entdeckte, lächelte er erleichtert und kam mit großen Schritten an ihren Tisch.

»Gut, dass Sie noch da sind«, begann er. »Ich muss dringend mit Ihnen reden.«

»Das trifft sich gut. Wir auch mit Ihnen«, antwortete Kohlschuetter.

Adler wollte sich gerade setzen, da klopfte ihm Klaus Bärmann auf die Schulter. »Ich komme nachher in dein Büro. Ich gehe davon aus, dass du dann da bist«, sagte er in einem Ton, der keine Widerrede erlaubte. Die anderen Vereinsmitglieder nickten Adler mit versteinerten Mienen zu, als sie, am Tisch der Kommissare vorbei, geschlossen das Stadtcafé verließen.

»Was für ein Tag«, sagte Adler mehr zu sich selbst und ließ sich auf einen freien Stuhl fallen. Dann rief er die Bedienung und bestellte sich einen grünen Tee und eine Kartoffelsuppe.

»Sagen Sie mal, Herr Bürgermeister, Ihre Heimatliebe in allen Ehren«, begann Kohlschuetter und schaute Frank Adler dabei herausfordernd an, »aber meinen Sie nicht, dass Sie es etwas übertreiben?«

»Wie, übertreiben? Ich verstehe nicht.«

»Na ja, wenn man Ihren Leuten eben zugehört hat, dann kommen einem schon ein paar Zweifel an der kulturellen Ausrichtung Ihrer Bemühungen. Sind Sie sicher, dass es bei dem anstehenden Bierfest nur um gesellschaftliches Engagement und nicht um blanken Hass geht?«

Bernsen aß nun das Stück Apfeltorte. Kohlschuetter begnügte sich mit einem halben Stück, natürlich ohne Sahne. Doch er genoss es ausgiebig. Die konnten hier aber auch backen, wie seine Mutter. Bei der Gelegenheit fiel ihm ein, dass er seine Eltern lange nicht besucht hatte. Vielleicht jetzt am Pfingstwochenende. Heute Abend Kino mit Anne, morgen Bowling mit Katja, Sonntag war noch frei. Gut, Sonntag würde er nach Nordhausen fahren.

»Ach, Sie meinen den Heimat- und Bierverein um Klaus Bärmann? Die sind doch harmlos.«

»So harmlos hörte sich das aber nicht an«, entgegnete nun auch Bernsen.

»Könnte es vielleicht sein, dass Ihre Leute vom Heimat- und Bierverein oder eine so arglose Gestalt wie der Hausmeister Podeiske glauben, dass die Bayern hier alles kaputt machen wollen?«, fragte Kohlschuetter. »Was gibt es hier überhaupt für ein Problem mit dem Nachbarfreistaat?«

Frank Adler legte die rechte Hand auf seine Brust, holte tief Luft und erwiderte: »Das ist doch alles nur wegen des Reinheitsgebotes.«

Und dann hörten die Kommissare die Geschichte von den *Statuta Thaberna* aus dem Jahr 1434, die ein findiger Historiker vor fast genau vierzehn Jahren im städtischen Archiv gefunden hatte. Dabei handelte es sich um spätmittelalterliche Wirtshausregeln und Gesetze über das Brauen von Bier, die dem Erlass des Reinheitsgebotes durch Bayernherzog Wilhelm IV. im Jahr 1516 um fast hundert Jahre vorausgegangen waren, weshalb der Stadt Weißensee der UNESCO-Titel vor den Bayern gebühre. Adler redete ohne Punkt und Komma von der Weißenseer Ratsbräu-Brauerei und der großen Chance für die kleine Stadt, geriet ins Schwärmen und verhaspelte sich, um dann wieder fast schon kleinlaut für das diesjährige Bierfest zu werben.

Nach mehr als einer gefühlten halben Stunde Weißenseer Dauerwerbesendung fiel Bernsen dem Bürgermeister ins Wort: »Das ist ja alles schön und gut, aber können Sie sich vorstellen, dass jemand wegen eines Reinheitsgebotes mordet?«

»Ich weiß es nicht, ich weiß es wirklich nicht!« Adler sackte in sich zusammen. Der Teller mit der mittlerweile kalten Kartoffelsuppe begann, vor seinen Augen zu verschwimmen.

»Nicht schlappmachen, Bürgermeister.« Bernsen fasste ihn unsanft an die Schulter. »Essen Sie erst mal Ihr Süppchen, und dann sagen Sie uns, wo Sie gestern Nacht waren. Wir müssen das jeden fragen, also ganz ruhig bleiben.«

»Donnerstags habe ich Chinesisch in der Volkshochschule Sömmerda, von zwanzig bis zweiundzwanzig Uhr. Danach war ich noch mit den anderen im ›Thüringer Hof‹. Der Chef der Abfallwirtschaft beim Landratsamt hat einen auf seinen Geburtstag ausgegeben. Netter Kerl. Gegen halb zwei hat mich meine Frau abgeholt. Ich fahre nie, wenn ich getrunken habe.« Adler stutzte. »Was ist denn nun mit dem Bierfest? Haben Sie etwas dagegen einzuwenden, dass es wie geplant stattfindet?«

»Nein. Aber vielleicht sollten Sie einmal mit der Ehefrau des Toten reden. Sie kann es Ihnen nicht verbieten, aber aus Höflichkeit würde ich es tun. Sie wohnt im Promenadenhof«, antwortete Kohlschuetter.

»Und der Chinesische Garten? Die Stadt ist voller Touristen.«

»Wir müssen noch mit den Kollegen sprechen, aber wenn Sie heute nichts Gegenteiliges mehr von uns hören, machen Sie in Gottes Namen morgen früh wieder auf«, beruhigte ihn Bernsen.

Mit den Steinen, die dem Bürgermeister in diesem Moment nahezu hörbar vom Herzen fielen, hätte man wohl den kompletten Graben des Wahrzeichens der Stadt, der Runneburg, auffüllen können. Enthusiastisch sprang er auf, stieß dabei seinen Stuhl laut polternd um, rief den Kommissaren unter der Tür noch ein »Danke!« zu und verschwand in Richtung Marktstraße.

»Frank, anschreiben?«, rief der Wirt ihm hinterher. Doch Frank Adler hörte nichts.

»Der Typ geht mir wirklich langsam auf die Nerven. Er scheint keine anderen Sorgen zu haben. Man muss schon sagen, wenn ihr Ossis für eine Sache brennt, dann könnt ihr zäh wie Leder sein. Wenn Sie mich fragen, der ist total verrückt.« Bernsen schüttelte den Kopf, während er darauf wartete, dass die Telefonauskunft ihn mit dem Sömmerdaer Landratsamt verband.

»Aber er bewegt etwas für seine Stadt. Davon können sich andere eine Scheibe abschneiden«, sagte Kohlschuetter mehr zu sich selbst. Bernsen machte nämlich nicht den Eindruck, als ob er sich sehr für Stadtentwicklung interessierte. Lieber klingelte er an einem Freitagnachmittag das halbe Landratsamt durch, was seinen ohnehin nur spärlich ausgeprägten Geduldsfaden offenbar auf eine harte Zerreißprobe stellte, denn sein Gesicht wurde mit jedem Versuch röter.

Am Ende erreichte er nur noch die Zentrale und musste die Überprüfung von Adlers Alibi bis auf Weiteres verschieben.

»Mein Gefühl sagt mir, dass die Sache hier zum Himmel stinkt, irgendetwas ist faul«, erklärte Kohlschuetter, als Bernsen wutschnaubend sein Handy weggesteckt hatte.

»Sie lesen zu viele Kriminalromane. Die versuchen jetzt, diesen Abfallmenschen aufzutreiben, und rufen mich zurück. Und wir zwei beide machen jetzt ebenfalls Schluss.«

»Wie? Aber ich wollte doch noch mal in den Chinesischen Garten.«

»Ohne mich. Ich muss noch nach Bremen fahren, es ist Wochenende, meine Frau wartet.« Er griff nach seinem in der Brusttasche vibrierenden Handy. »Das ging aber schnell beim Landratsamt.« Er nahm das Gespräch entgegen. »Bernsen. – Ach, meine Rotfeder, du bist es. – Hier ist alles ruhig, nichts Wichtiges. – Ich? Ja, schon losgefahren. – Natürlich, wie versprochen. – Bis dann.«

Rotfeder, dachte Kohlschuetter und grinste innerlich. Wie kann man seine Frau nach einem Indianer nennen? Und bei aller Griesgrämigkeit auch noch so unter dem Pantoffel stehen? Seit wann war ein toter Mensch nichts Wichtiges, oder was hatte er damit gemeint?

»War meine Frau«, erklärte Bernsen, als er aufgelegt hatte. »Ich muss dann. Kommen Sie mit?«

»Wir haben eine Leiche. Da ist Wochenenddienst angesagt, Herr Kollege.«

»Bei einem Mord, meinetwegen. Aber solange es nur eine Leiche ist, kann sie bis nach Pfingsten warten. Los, kommen Sie endlich. Meine Frau wartet.«

»Mir bleibt wohl nichts anderes übrig.«

DREI

Kohlschuetter erwachte mit den ersten Sonnenstrahlen, die durch die Dachfenster seiner Altbauwohnung in der Erfurter Futterstraße fielen, zu seinem Bedauern allein. Die ganze Nacht über hatte er auf dem Weißenseer Marktplatz gegen die Terrakotta-Armee des ersten chinesischen Kaisers Quin Shi Huangai gekämpft. Ein ziemlich verstörender Traum, der ihn, kaum dass er die Augen geöffnet hatte, wieder über diesen seltsamen Fall nachgrübeln ließ. Und das ausgerechnet an einem Samstag.

Ihm gefiel Weißensee. Die Menschen dort engagierten sich für ihre Stadt. Den neuen Kollegen aber konnte er nicht recht einschätzen. Über Bernsens kriminalistisches Gespür konnte er sich noch kein Urteil erlauben, dafür waren sie erst zu kurze Zeit ein Team. Seine Ignoranz und das unmögliche Benehmen sprangen einen aber direkt an. Wie ein Elefant im Porzellanladen. Dass er sich gestern einfach so aus dem Staub gemacht hatte, obwohl es einen Fall aufzuklären gab, war für Kohlschuetter nach wie vor unverständlich. Als ordentlicher Polizist konnte man doch mit einem ungeklärten Todesfall auf der Agenda nicht einfach arglos ins Wochenende starten, nicht einmal, wenn es Pfingsten war.

Gedankenverloren stieg er aus dem Bett und ging ins Bad. Eine kalte Dusche würde helfen, den Kopf nach dieser grauenvollen Nacht wieder frei zu bekommen, außerdem war kaltes Wasser gut für eine straffe Haut. Wenn er nur wüsste, was in dieser netten kleinen Stadt am Rande des Thüringer Beckens vor sich ging. Alfons Weidinger, ein Tourist, der zum ersten Mal in Weißensee weilte, war am Tag nach seiner Ankunft tot im Chinesischen Garten aufgefunden worden. Ein natürlicher Tod war nicht ausgeschlossen, doch die Biere am Fundort deuteten auf die Anwesenheit einer zweiten Person hin. Die Reisegruppe, mit der er da war, hatte ihn nicht besonders leiden können, doch die Kegelfreunde schienen sich eher seine Abwesenheit gewünscht zu haben als sein Ableben. Ein richtiges Mordmotiv sah Kohlschuetter da nicht. Den Bürgermeister von Weißensee und den ortsansässigen Heimat- und Bierverein dagegen brachte der Leichenfund offenbar in arge Bedrängnis. Dabei war der Mann für die Weißenseer ein vollkommen Fremder, allein seine Herkunft war diesen Leuten Grund genug für haltlose Verdächtigungen.

Kohlschuetter konnte schwerlich glauben, dass an dem Vorwurf, die Bayern hätten auf diese Weise einen Krieg begonnen, etwas dran war. Sagten sie das vielleicht nur, um von sich selbst abzulenken? Ach was, nein. Kein Mensch legte sich eine Leiche in die Stadt, wenn deren bloße Anwesenheit ihn um all seine Träume bringen konnte. Es sei denn, jemand wollte der Stadt ganz bewusst schaden. Also doch die Bayern? Aber die brachten sich dafür doch nicht gegenseitig um.

Und wenn es ein Weißenseer war, der diesem ganzen Aufhebens um das Bierfest ein Ende bereiten wollte?

Vielleicht war aber auch alles ganz anders. Die Ehefrau zumindest weinte dem Toten keine Träne nach. Und gerade deswegen musste er noch einmal mit ihr reden.

Das Klingeln des Handys holte Kohlschuetter aus seinen Gedanken und aus der Dusche. Nach zehn Minuten unter einem eiskalten Brausestrahl bewahrte der Anrufer ihn dadurch vermutlich vor Erfrierungen ersten Grades oder zumindest vor einer handfesten Grippe. Unzählige Wassertropfen um sich herum verteilend rutschte er halsbrecherisch über den nassen Fliesenboden und verfluchte die Tatsache, dass er Badvorleger einfach nur spießig fand.

Als er endlich splitterfasernackt vor dem Telefon stand, hatte der morgendliche Ruhestörer aufgegeben.

Kohlschuetters nasse Finger hantierten auf dem Touchscreen. Susanne Summer hatte versucht, ihn zu erreichen.

Dann musste er sein Frühstück im Café Rommel, dem ältesten Kaffeehaus in Erfurt, heute vielleicht doch nicht allein einnehmen. Seit es vor einiger Zeit wiedereröffnet worden war, gehörte der samstägliche Besuch zu Kohlschuetters festen Wochenendritualen. Natürlich kam er immer in Begleitung – in wechselnder, versteht sich. Doch das Personal war diskret. Und wenn er Susi nicht nach einer gemeinsamen Nacht dorthin ausführen konnte, dann möglicherweise davor. Man konnte nie wissen. Erwartungsvoll drückte er auf Rückruf.

»Du bist ja doch schon wach, wie schön«, hörte er Susi sagen.
»Ich war gerade unter der Dusche und nicht schnell genug. Hattest du Sehnsucht?«

Susanne Summer überging seine Anspielung. »Wegen der Sache in Weißensee. Ich habe da noch etwas für dich«, flötete sie.

»Jetzt schon? Hast du eine Nachtschicht für mich eingelegt?«

»Komm wieder runter. Die Fingerabdrücke an den Bierflaschen stammen vom Opfer und einer zweiten Person. Deren Abdrücke sind zwar nicht im System. Aber sie trägt den Lippenstift Nr. 21 Rivoli von Chanel. Ein dunkles Weinrot, nichts Besonderes, findest du in jeder Parfümerie.«

»Aber woher ...«

»Ich habe den gleichen. Wenn du mich fragst, hatte der Tote ein Rendezvous. Die Fingerabdrücke und Faserspuren auf und am Geländer sprechen ebenfalls dafür. Die an der Vorderseite sind von seiner Hose.«

»Du meinst, die haben ...« Kohlschuetter grinste breit.

»Vermutlich, aber das werden die Jenenser herausfinden.«

»Noch etwas?«

»Leider nein. An dem Nebeneingang wimmelte es nur so von Fingerabdrücken, das kannst du vergessen. Und das einzige Mauerstück, das überwindbar gewesen wäre, war sauber.«

»Also war es womöglich gar kein widerrechtliches Betreten ...«, dachte Kohlschuetter laut.

»Ach so, im Mülleimer direkt neben dem Pavillon haben wir einen zerrissenen Brief gefunden. Der hat mir echt Mühe bereitet.«

»Aber du bist hart im Nehmen.« Kohlschuetter hatte immer noch das gemeinsame Frühstück vor Augen.

»Glücklicherweise. Denn der Brief könnte dir helfen. Die Eheleute Weidinger wollten sich scheiden lassen. Ich habe ein Foto davon gemacht und schicke es dir auf dein Handy.«

»Du bist die Beste. Was hältst du davon, wenn wir uns gleich bei Rommel treffen? Ich lade dich ein.«

»Erstens ja, zweitens nein. Viel Erfolg bei deinem Fall.«

»Susi, warte! Meinst du, die Rechtsmediziner können mir schon etwas sagen?«

»Kommt auf einen Versuch an. Der Professor hat eine schöne

junge Assistentin. Ich an deiner Stelle würde es bei ihr versuchen. Wenn du das nicht schon lange hast …« Dann legte sie auf.

»Mist«, murmelte Kohlschuetter und lief zurück ins Bad. »Ich esse nie allein bei Rommel.« Aber offenbar war Susi noch sauer auf ihn wegen des verpassten Abendessens. Und es war schließlich immer irgendwann das erste Mal.

Er war gerade angezogen, da piepte es zweimal kurz hintereinander. Beide Nachrichten waren von Susi.

»Melanie Anders, RM Jena«, las er laut und wiederholte: »Melanie.« Er spürte dem Klang des Namens nach. Schöner Name, schöne Frau, ganz einfache Regel. Dann öffnete er die zweite Nachricht, warf einen flüchtigen Blick auf den Brief vom Amtsgericht Ingolstadt und drückte im Anschluss daran kurz entschlossen die Sperrtaste an seinem Handy.

Nach dem Frühstück würde er weitersehen. Und auch wenn er dabei keine neue Eroberung machte, Katja würde heute Abend bestimmt nicht so herumzicken wie Anne gestern. Laut pfeifend machte er sich auf den Weg in sein Stammlokal.

Für einen Samstagvormittag war unten auf der Straße erstaunlich wenig los. Langsam schlenderte er zum Café. Das lag noch vollkommen im Dunkeln, Kohlschuetter stand vor verschlossener Tür.

»Haben die heute nicht geöffnet?«, fragte er einen älteren Mann, der mit seinem Dackel gerade das Nachbarhaus verließ. Der schaute auf Kohlschuetter, dann auf seine Armbanduhr und wieder auf Kohlschuetter.

»Halb zehn, wie immer«, war die verwunderte Antwort. »Kommen Sie in einer Stunde wieder, junger Mann.«

»Das darf ja wohl nicht …« Kohlschuetter sah auf seine eigene Armbanduhr und schlug sich mit der flachen Hand gegen die Stirn. Er war doch wirklich sage und schreibe zwei Stunden zu früh aufgestanden. »Wo kriege ich denn jetzt mein Frühstück her?«, empörte er sich lautstark.

Der ältere Mann schüttelte nur den Kopf und zog mit seinem Dackel in Richtung Anger davon.

Unschlüssig blieb Kohlschuetter vor dem Café stehen. Das Handy vibrierte in seiner Jackentasche.

Ohne einen Blick auf das Display zu werfen, nahm er das Gespräch an und säuselte erwartungsfroh: »Na, Schönheit, doch noch anders überlegt?«

»Nach einem einzigen gemeinsamen Arbeitstag wollen wir es mal lieber nicht übertreiben. Moin. Bernsen hier.«

Scheibenkleister, dachte Kohlschuetter, dem dieser Fauxpas mehr als peinlich war. »Ich dachte ...«

»Ihre Sache«, fiel ihm Bernsen ins Wort. »Ich wollte nur kurz durchgeben, dass dieser Abfallmensch vom Landratsamt Sömmerda sich gestern tatsächlich noch bei mir gemeldet hat, muss mir irgendwie durchgerutscht sein. Wie dem auch sei, das Alibi des Bürgermeisters ist wasserdicht.« Er betonte das Wort »Bürgermeister« auffallend abfällig. Im selben Atemzug schrie er wütend: »Fahr doch mal auf deiner Spur, du Döspaddel. Haben die ihren Führerschein denn alle auf dem Jahrmarkt gewonnen?«

»Denen geht es nicht anders als dir, alles durch und durch gereizte Menschen«, hörte Kohlschuetter eine Frauenstimme im Hintergrund sagen.

»Ich bin nicht gereizt!«

»Natürlich bist du das, wie immer, wenn wir zu meiner Mutter fahren.«

Kohlschuetter beschlich eine tiefe innere Freude darüber, dass es ihm bis dato stets gelungen war, diesen mit dem Stand der Ehe zwangsläufig einhergehenden Plänkeleien erfolgreich auszuweichen. Er beschloss, auch weiterhin Standhaftigkeit zu beweisen – eine Frage seines männlichen Egos –, und wartete geduldig und nicht ohne ein gewisses Mitleid darauf, wieder in das Gespräch einbezogen zu werden. Ein »Sie waren nicht gemeint« seines Kollegen bedeutete ihm, dass der Moment gekommen war.

»Das Alibi, ich sagte es bereits ...«, fuhr Bernsen fort.

»Ja doch«, ertönte wieder die Frauenstimme.

»... ist wasserdicht. Die gesamte High Society dieses Landkreises scheint Chinesisch zu lernen, und alle haben an dem Abend auf den Abfallmann angestoßen. Der Bürgermeister muss ziemlich viel Luft im Glas gelassen haben, wenn Sie wissen, was ich meine. Seine Frau hatte offenbar Mühe, ihn ins Auto zu bekommen.«

»Gut. Ich habe noch ein paar Neuigkeiten von der Spurensicherung.«

»Das hat Zeit bis Dienstag. Wir sehn uns.«

»Für mich nicht«, wollte Kohlschuetter noch entgegnen, aber es war schon zu spät. Offenkundig hatte Bernsen bereits aufgelegt. Er beschloss, sich auf den Weg nach Weißensee zu machen. Sein Rührei bekam er höchstwahrscheinlich auch im Stadtcafé, und mit etwas Glück gab es vielleicht noch die eine oder andere Information obendrauf.

★★★

Frank Adler stand auf dem Gehweg vor seinem Haus und beobachtete Werner Podeiske, der den Eingang zum Chinesischen Garten fegte. Auf dem Marktplatz spielte sich eine Blaskapelle warm, das Klingen der Instrumente begleitete die letzten Vorbereitungen zum Fest. Eigentlich lief alles wie geplant. Doch er hatte letzte Nacht trotzdem kein Auge zugetan. Sogar die heiße Milch mit dem doppelten Wodka, die Sabine ihm gegen halb zwei verabreicht hatte, ein Hausrezept seiner Mutter, war ohne Wirkung geblieben. Die Bilder des vergangenen Tages hatten ihn nicht losgelassen, egal auf welche Seite er sich auch gedreht hatte, die Leiche im Pavillon verfolgte ihn. Nicht so sehr der Anblick des toten Alfons Weidinger, sondern eher die Tatsache, dass es sich um eine bayerische Leiche handelte. Fast glaubte er, dass ihm ein toter Weißenseer lieber gewesen wäre, nicht generell natürlich, aber so kurz vor dem Bierfest. Ein Gedanke, den er immer wieder mit aller Kraft beiseiteschob.

Irgendwie war die Sache aus dem Ruder gelaufen. Jemand hatte es übertrieben, und er, Frank Adler, der seit fast vierundzwanzig Jahren nur das Beste für seine Stadt wollte, war womöglich nicht ganz unschuldig daran.

»Guten Morgen, Herr Bürgermeister«, hörte er Werner Podeiske vom Eingang des China-Gartens her drängend sagen, so als hätte der Hausmeister ihn schon mehrfach gegrüßt und vergeblich auf eine Antwort gewartet.

»Ach, guten Morgen, Werner. Entschuldige bitte. Ich war in Gedanken«, gab Adler zurück. »Du bist schon wieder fleißig?«

»Na, wo wir doch heute wieder aufmachen dürfen«, murmelte Podeiske schüchtern in den Besen.

»Ja, ja, glücklicherweise. Auf die Einnahmen hätten wir nur schlecht verzichten können.« Frank Adler hatte die Straße überquert und stand nun direkt neben dem guten Geist des Gartens. »Und mit dem Jahrmarkt geht es auch voran. Die Hütten sehen super aus. Danke, dass du sie mit aufgebaut hast, Werner.«

Normalerweise hätte sich Werner Podeiske über dieses Lob gefreut wie ein Erstklässler über seine Zuckertüte, doch heute schien er es gar nicht zu hören. Mit seinen großen Händen umklammerte er den Besenstiel, als könnte der ihn vor der Antwort schützen, und flüsterte: »Sind wir Mörder?«

Frank Adler entglitten die Gesichtszüge. Er räusperte sich, um etwas Zeit zu gewinnen. Dann sagte er betont entschieden: »Nein, Werner. Das sind wir nicht. Es wird alles gut.«

Erleichterung huschte über das Gesicht des Hausmeisters. Als Podeiske gerade etwas entgegnen wollte, ertönte hinter ihnen eine alles durchdringende Stimme.

»Ich war eigentlich der Meinung, wir beide wären gestern verabredet gewesen, Bürgermeister.«

Adler wandte sich um und sah Klaus Bärmann, der an der Seite von Walter Kemper die Marktstraße heraufkam. »Ich musste mich um das Fest kümmern«, antwortete er ungewohnt schroff. »Wir könnten sonst heute nicht starten.«

»Da sind wir aber froh«, ätzte Klaus Bärmann in einem Ton, der dem Bürgermeister mehr als missfiel. »Doch eine Verabredung bleibt eine Verabredung. Daran muss sich auch ein hoch geschätzter oder doch wohl eher hochnäsiger Bürgermeister halten.«

»Klaus, bitte«, mischte sich Walter Kemper ein und wandte sich begütigend dem Bürgermeister zu. »Die Stadt sieht wunderbar aus, Frank. Das haben wir gemeinsam gut hinbekommen. Das Bierfest wird wieder ein voller Erfolg.« Er klang fast schon herzlich, als er Adler nun auch noch die Hand auf die Schulter legte. Doch wie immer war sein Handeln so überlegt wie seine ganze Erscheinung. Diese beiden Kompagnons konnten gar nicht gegensätzlicher sein. Kempers beiger Leinenanzug mit dem lindgrünen Einstecktuch, das von der Farbe seiner Socken wieder aufgenommen wurde, stand im krassen Gegensatz zur zerschlissenen Jeans und dem an der Tankstelle gekauften karierten Hemd, das Bärmann trug.

»Dann versau das mal bloß nicht mit dem Reinheitsgebot, Franki«, höhnte Bärmann. »Du weißt, der Stuhl eines Bürgermeisters kann schnell einmal wackeln. Und dann fällt der wichtigste Mann der Stadt unwiderruflich sehr, sehr tief.« Um seine Entschlossenheit zu unterstreichen, stemmte er die kräftigen Arme in die Hüften. Sein Blick war von einer erschreckenden Kälte.

»Und?«, antwortete Frank Adler mit ruhiger Stimme, obwohl es in seinem Inneren brodelte wie in einem Wurstkessel.

»Will heißen, du bist am Arsch, wenn das hier schiefgeht. Dafür sorge ich.«

»Einen schönen Tag noch.« Walter Kemper lächelte freundlich. »Wir sehen uns später.«

Dann gingen die beiden wichtigsten Männer des hiesigen Heimat- und Biervereins einträchtig davon.

»Und der Tote?« Werner Podeiske, der die ganze Zeit über geschwiegen hatte, schaute den Bürgermeister fragend an.

»Diese Frage scheinen sich die beiden Herren nicht zu stellen, vielleicht weil sie die Antwort schon kennen.«

»Mörder«, brummte Podeiske. Dabei schien seine Angst dem Unwillen gewichen zu sein. »*Die* machen hier alles kaputt.«

»Hoffentlich irrst du dich, Werner, hoffentlich«, murmelte Frank Adler leise. Dann machte er sich auf den Weg in Richtung Marktplatz. Schließlich musste irgendjemand den Jahrmarkt eröffnen.

★★★

Auf dem Marktplatz der alten Landgrafenstadt wimmelte es nur so von Menschen. Kohlschuetter fuhr einmal quer durch die Innenstadt, parkte seinen Wagen in der Landgräfin-Jutta-Straße/Ecke Comthureistraße und bummelte langsam über den Kirchplatz in Richtung Stadtcafé. An der großen Bühne direkt vor dem Café blieb er einen Moment stehen, unschlüssig, ob er die Rühreier heute einmal ausnahmsweise durch ein Weißwurstfrühstück ersetzen sollte. Die Angebote der »Bayernhütte«, die direkt vor der alten Apotheke aufgebaut worden war, sahen schon von Weitem überaus verlockend aus. Ein bayerisches Blasorchester – die Trachten ließen darauf schließen – bemühte sich nach allen Kräften um die Aufmerksamkeit und vor allem die nicht recht aufkommen wollende ausgelassene Stimmung der Gäste an den Bierzeltgarnituren, was aber wohl eher der Tageszeit als dem musikalischen Können geschuldet war.

Die Bühne mit »Seppl und seinen Bursch'n«, wie sich die Musiker nannten, wurde von riesigen »Thüringen trifft Bayern«-Transparenten flankiert. Überhaupt sprangen dem Besucher die beiden Landesfarben von überall her ins Auge. An den Fassaden der Häuser flatterten blau- und rot-weiße Wimpel in trauter Nachbarschaft friedlich im Wind. Im städtischen Blumenschmuck, der gestern noch die Bekanntschaft mit dem Kopf des jungen Kemper gemacht hatte, steckten unzählige weitere papierene Zeugen des Patriotismus. Nicht einmal vor Walther von der Vogelweide hatte die thüringisch-bayerische Freundschaft haltgemacht.

Eigentlich ein schönes Fest, dachte Kohlschuetter, wenn es unter denen, die hier die Gemeinsamkeiten feierten, nicht immer auch ein paar Menschen geben würde, die insgeheim nur die Gegensätze sahen und Heimatliebe falsch verstanden. Er seufzte und steuerte auf die Bayernhütte zu, die Entscheidung war gefallen. Doch nicht nur er schien auf bayerische Spezialitäten Appetit zu haben. Vor der Hütte hatte es eine Traube von Menschen auf Brezeln, Leberkäse und original Münchner Weißwürste abgesehen.

»Endlich a paar g'scheide Waiswuaschde«, rief ein Mann in Lederhosen, der gerade an der Reihe war. Er schlug seinem Nachbarn, der ebenfalls Tracht trug, kräftig auf den Rücken und ergänzte: »Schdimmd's oder hab i recht?«

Sein Freund nickte zustimmend. »Trotzdem sind wir nicht nach Thüringen gekommen, um Waiswuaschde zu essen«, erwiderte er in nahezu sauberem Hochdeutsch und nahm seine eigene Bestellung entgegen. »Du solltest die Wurst im Hotel wirklich einmal probieren, Xaver.«

»Schmarrn!« Xaver winkte ab und zuzelte gierig die Wurst aus der Pelle, während seine Begleiter versuchten, ihr Essen und das Weißbier sicher durch die Menge zu einem der Biertische zu balancieren.

Das scheint Herr Huber aus dem Promenadenhof zu sein,

dachte Kohlschuetter. Welch ein Glück für ihn, dass auf seine Weißwurstbeschwerde nun doch noch eine Weißwurst folgte. Der arme Mann wäre sonst hungrig geblieben.

Inmitten einer Gruppe von fünf bis sechs Frauen, die nach Kohlschuetters Einschätzung ebenfalls der bayerischen Gruppe angehörten, entdeckte er den dunkelhaarigen Fransenkopf von Bärbel Weidinger. Kohlschuetter grüßte freundlich. Die schöne Frau Weidinger aber blickte durch den Kommissar hindurch, als hätte sie ihn noch nie vorher in ihrem Leben gesehen. Das betrachtete der als Aufforderung, das Gegenteil deutlich zu machen.

»Frau Weidinger, ich müsste noch einmal mit Ihnen reden. Haben Sie einen Moment Zeit?« Er streifte kurz ihren linken Arm, nur um ganz sicherzugehen, dass sie ihn auch tatsächlich bemerkt hatte.

Bärbel Weidinger zog genervt die linke Augenbraue nach oben und schaute ihn mit einem Ausdruck aus Ablehnung und Langeweile an. Dann stellte sie sich hinter einen der freien Stehtische, als könnte dieser die Barriere zwischen ihr und dem Kommissar noch verstärken.

»Es ist wegen Ihres Mannes«, sagte Kohlschuetter eindringlich, um ihr eisiges Schweigen zu durchbrechen.

»Er ist tot«, antwortete sie fast schon beiläufig und kratzte mit ihren hellrosa lackierten Fingernägeln akribisch die dicken Salzkristalle von ihrer Brezel.

»Das ist ja das Problem«, entgegnete Kohlschuetter. »Er ist womöglich ermordet worden.«

»Dann beglückwünsche ich den, der es getan hat. Dieses Schwein hat mich lange genug gequält. Aber jetzt, wo er tot ist, kann es doch noch ein schönes Pfingstwochenende werden.«

»Bärbl«, raunte eine untersetzte Dame mit viel zu rotem Lippenstift, die Bärbel Weidinger nicht von der Seite gewichen war. Kohlschuetter war sie schon gestern im Promenadenhof wegen ihres übertriebenen Make-ups aufgefallen. »Versündige dich nicht!«

Als würden diese Worte im Kopf von Bärbel Weidinger einen Schalter umlegen, schaute sie Kohlschuetter nun fast freundlich an. »Was wollen Sie wissen?«

»War Ihr Mann krank?«

»Ich dachte, er ist ermordet worden!«

»Wir wissen noch nichts Genaues und können nichts ausschließen. Also, war er krank?«

»Nur im Kopf«, entgegnete Frau Weidinger schnippisch.

»Bärbl!«

Kohlschuetter schaute die Witwe erwartungsvoll an.

»Nein. Immer kerngesund. Noch etwas?«

»Sie wollten sich scheiden lassen?«

»Ja«, antwortete sie mit einer Entschlossenheit, als stünde sie vor dem Scheidungsrichter und müsste ihn von der Richtigkeit ihrer Entscheidung überzeugen. »Und er sollte bluten, für jedes verschenkte Jahr. Bezahlen zu müssen, war das Einzige, was ihm wirklich wehtat. Dabei wusste er nicht, wohin mit seinem Geld.« Sie biss beherzt in ihre Brezel.

Bereits zum zweiten Mal an diesem Morgen lobte Kohlschuetter sich insgeheim für seine militante Ehelosigkeit. »Warum sollte er bluten?«

»Weil er ein hinterhältiges, egoistisches Schwein war.« Bärbel Weidinger legte die Brezel ab und klammerte sich erregt mit beiden Händen an die weiße Plastikplatte des Tisches. Kohlschuetter hätte es nicht gewundert, wenn dieser mit einem riesigen Knall vor seinen Füßen gelandet wäre. Doch es passierte nichts dergleichen. Bärbel Weidinger schaute ihn nur mit kalten, leeren Augen an. Dann streifte ihr Blick ihre ungleiche Freundin und blieb an einem der Biertische hinter Kohlschütter hängen. Der wandte den Kopf, um zu sehen, was sie sah. Ihm schien, als starrte sie auf eine hübsche junge Frau mit auffallend weiblichen Rundungen, die gerade auf ihrem Handy herumtippte. Als die junge Schöne beim Lesen kurz ihre Sonnenbrille hob, wurde ein dickes Veilchen um ihr rechtes Auge sichtbar.

Auf sein Gedächtnis in puncto Frauen konnte Kohlschuetter sich hundertprozentig verlassen. Diese hier war ihm gestern schon aufgefallen. Hatte es etwas zu bedeuten, dass Bärbel Weidinger ausgerechnet sie angesehen hatte? Doch deren Blick wanderte bereits ziellos weiter. Kurz darauf ließ sie abrupt den Tisch los, um sich in der Bayernhütte ein Weißbier zu bestellen.

»Er hat sie schon vor der Hochzeit betrogen«, raunte ihm die

Freundin zu. »Bärbl stammt aus gutem Hause. Sie braucht sein Geld nicht. Aber ihn auszunehmen wie eine Weihnachtsgans wäre süße Rache gewesen.«

»Mit was hat denn Herr Weidinger sein Geld verdient, wenn ich fragen darf?«

»Er verkaufte Getränkeschankanlagen.«

»Zapfhähne?«

Die Dame nickte. »Seine Firma rüstet Gaststätten und Tankstellen in ganz Deutschland damit aus. Ein Familienbetrieb in der dritten Generation.«

»Und Frau Weidinger war die schöne Tochter eines Brauereibesitzers«, mutmaßte Kohlschuetter.

»Woher wissen Sie das?«

»Polizeilicher Instinkt«, antwortete er knapp. Langsam entwickelte sich ein Muster. In dieser schönen Stadt schien es kaum jemanden zu geben, Thüringer oder nicht, der nichts mit Bier am Hut hatte. »Könnten sie sich vielleicht wieder versöhnt haben?«

»Bärbl und Alfons?« Die Dame schaute ihn an, als hätte er im Münchner Hofbräuhaus eine Thüringer Bratwurst bestellt. Dabei fiel ihm auf, dass dieses extreme Make-up ihr gesamtes Gesicht wie ein Bild von Emil Nolde aussehen ließ. Eine seiner Freundinnen hatte einmal ein Praktikum im Nolde-Haus in Seebüll gemacht, daher kannte er diesen Maler. »Niemals, vollkommen ausgeschlossen. Die Scheidung wäre in wenigen Wochen rechtskräftig geworden.«

»Aber wieso waren sie dann gemeinsam hier?«

»Rache.« Sie zuckte mit ihren fleischigen Schultern. »Sein Auto stand schon da, als wir hier ankamen. Die beiden Einzelzimmer hat er hinter ihrem Rücken heimlich umgebucht. Er hätte zahlen müssen, verstehen Sie, dafür wollte er ihr das Leben bis zur letzten Minute zur Hölle machen.«

»Aber das muss doch genauso auch seine Hölle gewesen sein, wer macht denn so was?«

»Alfons Weidinger«, antworte sie trocken.

Schon allein damit der Psychoterror aufhörte, hätte sich ein Mord gelohnt, dachte Kohlschuetter.

Als hätte das Emil-Nolde-Modell seine Gedanken gelesen, fuhr sie ihn von der Seite an: »Niemals wäre Bärbl zu einem Mord fähig.

Sie hat ihn gehasst, ja, aber ermordet, nein. Außerdem wäre sie ihn bald sowieso ein für alle Mal losgewesen.«

Bärbel Weidinger kehrte an den Tisch zurück. »Komm, Traudl, wir gehen noch einmal in den Chinesischen Garten. Es ist so herrlich dort«, sagte sie.

Kohlschuetter starrte auf das halb volle Weißbierglas in ihrer Hand und traute seinen Ohren nicht. Gestern hatte man ihren Mann dort tot aufgefunden, und heute kam sie, um das Feng-Shui des Ortes zu genießen. Der Kommissar war fassungslos. Entweder handelte es sich hier um eine besonders kaltschnäuzige schwarze Witwe, die wegen des Nervenkitzels immer wieder an den Tatort zurückkehrte, oder Bärbel Weidinger war nicht ganz bei Verstand. Kohlschuetter konnte keines von beiden ausschließen.

»Bist du sicher?« Ihre Freundin schaute die Freundin durch den Tuschekasten in ihrem Gesicht hindurch unsicher an.

»Ja, natürlich.« Und als wäre nichts gewesen, fügte Bärbel Weidinger hinzu: »Wir haben doch eine Tageskarte.«

Grußlos drehte sie ab.

»Ach, Frau Weidinger«, rief Kohlschuetter ihr nach, als er seine Sprache wiedergefunden hatte. »Wer erbt eigentlich das Vermögen Ihres Mannes?«

Unerwartet schnell drehte sie sich wieder zu ihm um. »Selbstverständlich ich.« Für einen Augenblick glaubte Kohlschuetter, dass diese Frage sie erschreckt hätte. »Einen schönen Tag noch.«

Das ungleiche Paar verschwand in Richtung Chinesischer Garten. Kohlschuetter blieb noch einen Moment vor der Bayernhütte stehen und beobachtete die junge Frau mit dem Veilchen. Während die anderen der Reisegruppe ausgelassen dem Treiben um sich herum folgten, nippte sie nur zurückhaltend an ihrem Wasser. Ihr Banknachbar schien Gefallen an ihr gefunden zu haben, zumindest legte er seinen Arm in einem fort auf fast schon anzügliche Weise um ihre Schultern, worauf sie jedes Mal mit einem konsequenten Wegdrehen, aber ohne ein Wort reagierte. Eine andere Dame am Tisch beobachtete dieses Spielchen eingehend und mit einem Gesichtsausdruck, der Bände sprach.

Ein lautes »Guten Morgen!« ließ Kohlschuetter zusammenzucken. Vor ihm stand eine Frau, klein, rundlich, jenseits der fünfzig, mit seltsamen lila-weiß gestreiften Turnschuhen. Normalerweise achtete Kohlschuetter nicht auf das Schuhwerk der Damen, die oberen Regionen fanden eher sein Interesse und lagen räumlich deutlich näher. Doch in diesem Fall – im Kontrast zum farblosen Rest der Kleidung – fielen die Schuhe auf wie ein Karnevalsprinz in einer Trauergesellschaft.

»Sie sind Kommissar Kohlschuetter«, begann die Dame das Gespräch, bevor er in irgendeiner Form auf ihren Gruß reagieren konnte. »Schön, dass die Thüringer Polizei auch am Sonnabend arbeitet.«

Kohlschuetter nickte etwas irritiert. Wieso kam die Dame eigentlich nicht auf die Idee, sich vorzustellen? Sie konnte doch unmöglich davon ausgehen, dass er wusste, wer sie war? Aber genau diesen Eindruck machte sie.

»Franki übertreibt es manchmal, aber im Grunde ist er ein gutmütiger Kerl. Dass er es unmöglich gewesen sein kann, wissen Sie bereits. Niemals würde er einem Menschen etwas zuleide tun, erst recht nicht in seinem geliebten Chinesischen Garten. Sie müssen nämlich wissen, unser Bürgermeister hat eine ausgeprägte China-Macke neben seinem Bierwahnsinn. Das mit dem Garten war alles seine Idee. Früher war das Gelände nur eine unansehnliche Brache. Dann ist er nach China geflogen, hat den wichtigen Leuten in Erfurt wegen des Geldes mächtig auf die Füße getreten, und zack die Bohne stand hier der erste chinesische Garten, und unsere kleine Stadt war in aller Munde. Haben Sie das braune Schild an der Autobahn gesehen?«

Kohlschuetter, der das Schild nicht bemerkt hatte, verkniff sich die Antwort. Bea Meier ließ ihn ohnehin nicht zu Wort kommen. »Ach, und da Sie fragen: der Podeiske, na ja, fleißig, aber einfältig, ein großer Teddy, der keine Fliege von der Wand schlagen kann. Der Mann ist froh, dass er wieder eine Arbeit hat. Sonst hat der doch nur den Fußball. Ich sage ja immer, die Margit soll sich mit ihm zusammentun. Der nichtsnutzige Müller ist doch schon lange weg. Kein Verlust, wenn Sie mich fragen. Der Werner aber ist ein Guter. Was will man mehr als einen arbeitsamen Mann, der keine Widerworte gibt? Ich glaube, der Werner wäre nicht abgeneigt.«

Kohlschuetter verdrehte die Augen. Gleich würde sie ihm noch erzählen, was jeder einzelne Weißenseer gestern im Diska-Markt in seinem Einkaufswagen hatte.

»Und, Herr Kommissar, die Ehefrau, eine arme, unglückliche kleine Person, aber mit wasserdichtem Alibi. Nur dass sie sich gestern eine Tageskarte für den Chinesischen Garten gekauft hat, wundert mich ein bisschen. Na ja, jeder Mensch trauert anders. Aber flott sieht sie aus.« Um Bea Meiers Mund hatten sich vom vielen Quatschen kleine Spuckefäden gebildet.

Kohlschuetter überlegte, ob er sich einfach umdrehen und weggehen konnte, ohne die Höflichkeit zu wahren und sich zu verabschieden. Sein Magen knurrte in einer Lautstärke, die es mit der Blaskapelle aufnehmen konnte. In diesem Zustand fiel es ihm schwer, die Nerven zu behalten. Die Dame war so penetrant wie ihre Schuhe.

»Wenn Sie mich fragen, sollten Sie sich einmal bei den Leuten vom Bierverein umsehen. Da sind ein paar üble Burschen dabei, vollkommen fanatisch. Die sind zu allem fähig und der drogensüchtige kleine Kemper sowieso. Das findet übrigens auch Margit Müller.«

Warum habe ich die Frau nicht schon gestern Morgen kennengelernt, dann wäre der Fall bereits gelöst, dachte Kohlschuetter angesäuert. Woher wusste sie das mit dem Alibi der Witwe? Und wer um alles in der Welt war sie überhaupt? Und was hatte diese Margit Müller damit zu tun?

»Ach, Herr Kommissar, schön, dass Sie unser Fest besuchen«, sagte in diesem Moment eine wohlbekannte Stimme neben Kohlschuetter. Frank Adler hatte die Hand fast schon freundschaftlich auf seine Schulter gelegt und lächelte siegessicher. »Ich hoffe, Sie haben meine Begrüßungsrede auch gehört?« Das hatte Kohlschuetter nicht, aber Frank Adler schien ohnehin keine Antwort zu erwarten. »Und Bea, äh Frau Meier, die gute Seele aus meinem Büro, haben Sie auch schon kennengelernt. Bestimmt kann sie Ihnen weiterhelfen.«

»Bestimmt«, murmelte Kohlschuetter. Der Bürgermeister kam ihm heute aufgedrehter vor als gestern. In seinem karierten Freizeithemd und der verwaschenen Jeans sah er aus wie Ende zwanzig. Und irgendwie benahm er sich auch so.

Während er mit ihm sprach, winkte Adler mit einem breitlippigen Dauergrinsen immer wieder in die Massen, schüttelte Hände, umarmte, küsste und herzte jeden, der ihm zu nah kam.

Diese heitere Ausgelassenheit ging Kohlschuetter bereits nach fünf Minuten auf die Nerven, und vor allem stand sie im auffallenden Gegensatz zu dem besorgten Mann, den er gestern kennengelernt hatte. Irgendetwas musste über Nacht passiert sein. Oder der Bürgermeister spielte eine Rolle, übertrieb dabei aber gehörig.

»Komm, Bea«, hörte er Frank Adler sagen. »Unsere Tourismusleute haben einen zauberhaften Stand mit Weißenseer Produkten, nur ein paar kleine Sachen. Das musst du dir unbedingt ansehen. Und außerdem wartet Sabine vor der Brauerei auf mich. Wir wollen uns zur Feier des Tages ein anständiges Weißenseer Ratsbräu gönnen, und wenn wir uns nicht beeilen, sind die Plätze im Außenbereich alle besetzt.« Er schob seine Sekretärin in Richtung Rathaus. »Ach übrigens, die Frau Weidinger ist eine reizende Person. Sehr schade, was mit ihrem Mann passiert ist«, rief Adler noch, dann waren der Bürgermeister und die lila-weiß gestreiften Turnschuhe in der Menschenmenge verschwunden.

★★★

»Ich muss mit dir reden!«, zischte Klaus Bärmann dem fast schon ausgelassen wirkenden Walter Kemper ins Ohr.

»Setz dich doch. Und bitte lass meinen Arm los. Du verknitterst mir den Anzug«, antwortete der ungerührt.

»Ich scheiß auf deinen Anzug. Wir müssen reden, sofort! Komm.« Bärmann brüllte fast, sodass der ganze Tisch erschrocken aufsah. Der Vereinsvorsitzende machte einen ziemlich zerstreuten Eindruck, er wirkte fast ein wenig ängstlich, wenn man diese Eigenschaft einem wie ihm überhaupt unterstellen konnte.

Bis vor einer knappen Stunde hatten beide Männer noch mit zufriedenen Gesichtern am Tisch gesessen, den Begrüßungsworten des Bürgermeisters gelauscht und sich gönnerhaft zugeprostet. Dann war Bärmann nach Hause gegangen, um sein vergessenes Portemonnaie zu holen, und jetzt benahm er sich wie ausgewechselt.

»Hast du einen Geist gesehen?« Walter Kemper stand langsam auf. Er wusste, dass mit der cholerischen Ader seines Freundes nicht zu spaßen war, und da er jegliche Peinlichkeit vermeiden wollte, folgte er der allzu deutlichen Aufforderung ohne weitere Widerworte.

Bärmann lief eilig in Richtung Stadtkirche davon. Walter Kemper folgte gemächlichen Schrittes, er blieb hin und wieder sogar stehen, um den einen oder anderen Weißenseer per Handschlag zu begrüßen und sich auszutauschen. Bärmann wartete ungeduldig vor dem Portal von St. Peter und Paul.

»Gehen die Sanierungsarbeiten nicht voran, oder warum schleppst du mich in die kalte Kirche?«, meinte Kemper, als sie eintraten, und fügte, ohne Bärmanns Antwort abzuwarten, hinzu: »Ach, es ist doch immer wieder schön, ein Gotteshaus zu betreten. Es war eine gute Idee von mir, sie ihre Pforten zum Bierfest öffnen zu lassen. Da können alle sehen, wie schön unsere Kirche bald wieder sein wird.«

»Ja, eine super Idee, wie alle Ideen des feinen Herrn Kemper. Wirklich klasse«, krakeelte Bärmann aufgebracht.

Kemper schaute sich verstohlen um. »Bitte zügle dein Temperament. Wir stehen in einer Kirche. Außerdem haben auch geweihte Wände Ohren.«

Bärmann drehte sich in alle Richtungen, kein Mensch war zu sehen. »Wir sind allein.«

»Dann sag mir bitte endlich, warum ich mein Bier warm werden lassen muss, und stiehl mir nicht länger meine kostbare Zeit.«

»Ich bekam vorhin einen Anruf«, begann Bärmann zögerlich.

»Ja, das soll vorkommen.«

»Sein Sohn ist in der Stadt.«

Walter Kemper überkam ein leichtes Frösteln. Leise raunte er: »Was will er?«

»Sich mit uns treffen.« Klaus Bärmann blickte seinem Gegenüber starr ins Gesicht. Walter Kemper hatte ihm schon damals im Möbelwerk gesagt, wo es langging, und er vertraute ihm blindlings. Nun hoffte er, dass der schlaue Walter auch dieses Mal eine Lösung parat hatte.

»Warum?«, flüsterte Kemper.

»Ich denke, er will reden.« Bärmann schaute ängstlich in Richtung Chorraum, als würde er befürchten, dass Jesus gleich vom Kreuz herabsteigen könnte.

»Reden. Gut, gute Idee, dann machen wir das.« Kemper schloss die Augen. Er scheint ganz nach seinem Vater zu kommen, dachte er, das ist gut. Von der Sorte, die Probleme ausdiskutieren muss. Ein anständiger Kerl, bis ins Mark. Hoffentlich.

Mit lautem Quietschen schwang die schwere Eichentür auf. Kemper und Bärmann zuckten zusammen. Zwei kleine Jungs stürmten schreiend herein und ließen sich mit voller Wucht auf die in den Boden eingelassene Grabplatte des »Guten Conrad« fallen.

»Hey, ihr Rabauken, das ist eine Kirche. Hier wird nicht getobt!«, schimpfte die Mutter der beiden, die mit einem dritten Kind auf dem Arm folgte.

Walter Kemper grüßte kurz beim Hinausgehen. Er war kreidebleich.

★★★

Nicht nur wegen der Impertinenz, die des Bürgermeisters Sekretärin an den Tag gelegt hatte, stand Kohlschuetter, jetzt, da er sie los war, der Schweiß auf der Stirn. Langsam war sein Hunger einer ekelerregenden Übelkeit gewichen, die außerdem von einem pochenden Schmerz in seiner linken Schläfe begleitet wurde. Die Mittagssonne stand fast schon senkrecht am Himmel, und er hatte noch immer nichts im Magen. Die Käse-Nachos, die Anne ihm gestern im Cinestar spendiert hatte, seine letzte feste Nahrung seit fast sechzehn Stunden, taugten nicht als Astronautennahrung.

Die bayerische Reisegruppe hatte die Bayernhütte schon lange freigegeben, sodass er ohne zu warten zwei Weißwürste, ein Glas Wasser und einen Kaffee bestellen und mit seinem Tablett den nächsten freien Tisch ansteuern konnte. Mit jedem Bissen, der seinen Blutzuckerspiegel wieder ansteigen ließ, freute er sich etwas mehr an der guten Stimmung seiner bierseligen Tischnachbarn und den fröhlichen Massen. Frisch gestärkt machte er sich schließlich gemächlichen Schrittes auf den Weg in den Chinesischen Garten, wo er sein Glück bei der Rechtsmedizin versuchen wollte. Die vier Euro Eintritt konnte er verschmerzen. Hauptsache, er fand zum Telefonieren ein ruhiges Plätzchen in diesem ganzen Trubel.

Direkt hinter der Bühne hatten ein paar Händler ihre Stände aufgebaut. Ein kleiner Flohmarkt aus Militaria, gebrauchten Kaffeemühlen und sozialistischen Druckerzeugnissen, der sich bis zur Johannesstraße hinzog. Kohlschuetter, der Schallplatten liebte, blieb stehen und begutachtete ein altes Grammophon, das sich aber nur auf den ersten flüchtigen Blick als wirklich antik herausstellte. Der Verkäufer merkte schnell, dass kein wirkliches Kaufinteresse bestand, und ließ nach zwei, drei belanglosen Sätzen von ihm ab.

Dem Kommissar war das ganz recht, denn neben ihm entspann sich eine Unterhaltung, die ihn stutzig machte. Zwei Damen mit ausgeprägtem bayerischem Dialekt prüften ausgiebig jeden Haushaltsgegenstand, den der Stand zu bieten hatte, ohne auch nur ein Wort darüber zu verlieren, weshalb der Händler, der augenscheinlich einen guten Riecher für ernsthafte Interessenten hatte, sie nach der dritten Kaffeemühle ebenfalls kommentarlos gewähren ließ.

»Also wirklich, Annamirl, wie sollte das denn jemand merken? Das ganze Hotel ist voller Bayern.«

»Die schauen uns alle so an.«

»Schmarrn. Attraktive Frauen schaut man eben an.«

Das, was Kohlschuetter aus dem Augenwinkel sehen konnte, bestätigte diese Behauptung keineswegs. Und da sich die Damen ohnehin jenseits der fünfzig bewegten, konzentrierte er sich lieber auf das, was sie zu erzählen hatten. Er hätte nicht einmal sagen können, ob es der bayerische Dialekt war, der ihn mittlerweile sensibel machte, oder seine berufsbedingte Neugier.

»Du weißt, was der Ferdl gesagt hat. Augen offen halten, lächeln und abwarten, was passiert.«

»Aber es ist doch noch überhaupt nichts passiert.«

»Und unser ermordeter Landsmann? Ist der etwa nichts? Es ist doch genau so, wie es der Ferdl es gesagt hat, für den Titel schrecken die vor nichts zurück.«

»Im Hotel haben sie aber gesagt, es sei die Ehefrau gewesen.«

»Schmarrn. Die kämpfen mit unlauteren Mitteln. Und wir bekommen es raus. Wellnesswochenende am Wörthersee, wir kommen.«

»Meinst du, die betrügen? Die sind doch alle so nett.«

»Nett, nett. Hier geht es um Macht, Ansehen und Geld, da ist man nicht nett.«

»Aber das ist doch verrückt!«

»Mag sein, aber wenn der Ferdl mit seinen Brauereien den Titel holt, wird ganz Bayern Augen machen. *Mein* Ferdl. Und wir haben ihm geholfen.«

Die beiden Damen hatten nun auch von den gusseisernen Bügeleisen abgelassen und schlenderten langsam in Richtung Johannesstraße. Kohlschuetter beschloss, ihnen nachzugehen. Die Bayern schienen doch tatsächlich ein paar Spioninnen engagiert zu haben. Zugegeben, die beiden waren mehr als unprofessionell, aber immerhin. Anscheinend beäugten sich die Thüringer und die Bayern wegen des Reinheitsgebotes gegenseitig, und die bayerische Leiche gab auf beiden Seiten jede Menge Anlass für Spekulationen. Vielleicht lag Kohlschuetter mit seiner ersten noch vagen Vermutung, dass das Ganze etwas mit dem Kampf um den Weltkulturerbestatus zu tun haben könnte, gar nicht so daneben. In jedem Fall gäbe das ein gutes Mordmotiv, sollte die Obduktion einen gewaltsamen Tod ergeben.

Vor der Stadtkirche St. Peter und Paul blieben die Damen für einen Moment stehen, um die Informationstafel zu lesen. Eine Gruppe Jugendlicher saß auf dem Rasen vor der Kirche und hatte sichtliches Vergnügen daran, sich über die Touristen lustig zu machen. Vor ihnen stand ein Kasten Bier, der, dem Geräuschpegel nach zu urteilen, schon gut geleert war.

Kohlschuetter schloss zu der Informationstafel auf. Als er sich näherte, wären die Damen beinahe von dem poltrigen Vereinsvorsitzenden Bärmann über den Haufen gerannt worden. Er schien aus der Kirche gekommen zu sein. Mit einer knappen Entschuldigung hastete er weiter.

»Die Witwe soll ja ein Verhältnis mit ihrem Anwalt gehabt haben.«

»Woher weißt du denn das schon wieder?«

»Von meinem Ferdl. Der Anwalt berät ihn beim Verband. In den gehobenen Kreisen von Ingolstadt kennt man sich eben.«

»Dass der arme Mann ausgerechnet im Urlaub sterben musste. Wie furchtbar.«

Sieht ganz so aus, als würde sich halb Ingolstadt zurzeit hier in Weißensee aufhalten, dachte Kohlschuetter. Dann setzten sich die beiden Damen gemächlichen Schrittes wieder in Bewegung, und er konnte zu seinem Bedauern nur noch Wortfetzen verstehen. Bei einer Menschengruppe, die vor der Traumzauberbaum-Grundschule einem Kinderchor lauschte, machten sie halt, und es sah nicht so aus, als wollten sie sich da heute noch wegbewegen. Daher beschloss der Kommissar zwischen »Der Kuckuck und der Esel« und »Grüß Gott, du schöner Maien«, dass seine Observierung keinen Sinn mehr machte, und wollte gerade zum China-Garten zurückgehen, als ihm die Schönheit mit dem Veilchen ins Auge fiel. Sie stand nur ein paar Meter weiter direkt vor dem Eingang eines kleinen Hauses in der Johannesstraße und diskutierte mit einem jungen Mann, dessen Kopf von einer übergroßen schwarz-weiß karierten Basecap geziert wurde. Der Junge fuchtelte unentwegt mit den Armen. Offensichtlich stritten die beiden.

Die Schönheit schüttelte zunächst immer wieder stumm den Kopf. Erst als er von ihr abließ, sagte sie etwas. Daraufhin deutete der junge Mann mit seiner rechten Hand auf das Haus und schlug verärgert mit der Faust gegen die Haustür.

Kohlschuetter überlegte. Bisher hatte er gedacht, die Dame würde zu den Bayern aus dem Promenadenhof gehören und als Touristin niemanden hier kennen. Aber wer war dann dieser Kerl? Langsam ging er auf die beiden zu. Als er etwa auf ihrer Höhe war, schien ihn die Frau zu bemerken. Hastig griff sie nach dem Arm ihres Gegenübers und zog den jungen Mann in Richtung Johannesmauer davon.

Kohlschuetter betrachtete neugierig das Haus, vor dem die beiden gerade gestanden hatten. Eine dicke Staubschicht auf den Fensterscheiben, hinter denen graue Gardinen wie alte Lappen herabhingen, und vollkommen verwahrloste Blumenkästen auf den Fensterbänken deuteten darauf hin, dass das kleine Haus seit geraumer Zeit leer stand. Hier hatte sich noch nicht einmal jemand die Mühe gemacht, den Schmuck vom letzten Weihnachtsfest zu entfernen.

Ein Klingelschild suchte Kohlschuetter vergebens. Nur am Briefkasten klebte ein Stück Papier, auf dem mit krakeligen Buchstaben ein Name zu lesen war. Der Kommissar hatte einige Mühe, ihn zu entziffern.

»Schmidtke«, murmelte er danach immer wieder, als ob ihm auf diese Weise eine Idee kommen könnte, warum die Schönheit ausgerechnet hier gestanden hatte.

Natürlich fiel ihm nichts dergleichen ein. Eines jedoch wusste er: Wenn es damit etwas auf sich haben sollte, würde er es herausfinden.

VIER

In einem abgelegenen Winkel des Hochzeitspavillons saßen Bärbel Weidinger und das Nolde-Modell und analysierten die Pflanzordnung im Chinesischen Garten. Die schöne Frau Weidinger hielt einen Papp-Kaffeebecher in ihrer Hand, in dessen Rand sie unaufhörlich hineinbiss.

»Bärbl, du sollst den Kaffee trinken und nicht den Becher essen«, tadelte ihre Freundin sie in liebenswertem Tonfall. »Sei doch bitte nicht so nervös.«

»Wenn sie deinen Mann tot aufgefunden hätten, könntest du meinetwegen zehn Becher gleichzeitig kauen.«

»Wir hätten nicht herkommen sollen. Ich wusste es.«

»Quatsch. Alfons ist mir tot lieber als lebendig. Das weißt du doch.« Bärbel Weidinger trank einen kräftigen Schluck.

»Was ist denn dann los mit dir? Du bist heute irgendwie anders.«

»Ich habe gestern Abend lange mit Harmen telefoniert«, hob sie an. »Alfons hat letzte Woche das Testament ändern lassen.«

»Er hat dich enterbt«, hauchte die Freundin mit weit aufgerissenen Augen.

»Ja, und zwar im Falle eines unnatürlichen Todes.« Um Bärbel Weidingers Mundwinkel zuckte es.

»Er hat wohl geglaubt, du verlierst irgendwann die Nerven, dabei wäre es wohl wahrscheinlicher gewesen, dass es eine seiner zahlreichen Freundinnen tut. Das ist total krank.«

»Allerdings. Alfons war ein Spieler, der sich einen Spaß daraus machte, andere Leute zu quälen. Vor allem aber machte es ihm Spaß, *mich* zu quälen. Und wenn ihn eine von seinen Huren um die Ecke gebracht hätte, wäre ich doppelt bestraft worden.« Bärbel Weidinger war aufgesprungen und lief aufgeregt im Pavillon hin und her.

»Ein Verrückter. Bärbl, ein komplett Verrückter.«

»Trotzdem sieht es ganz so aus, als ob er das Spiel gewinnt. Du hast doch die Polizei gehört, es könnte sich tatsächlich um Mord handeln.«

»Die vermuten bestimmt, dass du ihn umgebracht hast.« Vor

Schreck, ihre Gedanken ausgesprochen zu haben, biss sich Bärbel Weidingers Freundin auf die Unterlippe. »Entschuldige bitte. Aber wieso hast du dem Kommissar denn nicht erzählt, dass Alfons dich enterbt hat? Dann hättest du kein Motiv mehr«, fügte sie hinzu.

»Das spielt doch gar keine Rolle. Ich habe ihn ja nicht umgebracht.«

»Und woher soll die Polizei das wissen? Bärbl, manchmal glaube ich, du bist von einem anderen Stern.« Sie stand auf und nahm Bärbel Weidinger in den Arm.

»Es wäre vielleicht einfacher, in der Tat«, gab Bärbel Weidinger zu. Sie schaute über die Schulter ihrer Freundin in den »Teich der vier Jahreszeiten« und lächelte.

★★★

Nicht viele weitere Besucher hatten sich in den Chinesischen Garten verirrt. Der Ansturm kam wohl erst in den Nachmittagsstunden. Im Moment waren der Bratwurstduft und das frisch gezapfte kalte Bier für die meisten anscheinend noch verlockender als die große asiatische Gartenkunst. Kohlschuetter nahm instinktiv einen Weg durch den Garten, der nicht am »Pavillon der Freude« vorbeiführte. Er lief die breite Treppe vom Haupteingang hinunter zum Teepavillon, überquerte die Zickzack-Brücke, die über den »Teich der vier Jahreszeiten« führte, und ließ den »Hochzeitspavillon« links liegen. Am anderen Ende des Gartens angekommen, blieb er einen Moment stehen und schaute nach unten auf den Gondelteich.

Am anderen Ufer tobten ein paar Kinder am Wasser.

Langsam stieg er die hölzernen Stufen zum »Pavillon des duftenden Wassers« hinab und gelangte über einen Steg zu seinem Ziel. Er setzte sich unter das schattige Dach des Seepavillons und schaute den Enten auf dem Gondelteich beim Tauchen zu. Was für ein herrliches Plätzchen für einen romantischen Abend!

»Der Garten des ewigen Glücks«, murmelte er immer wieder vor sich hin. Dabei fielen ihm die Worte von Susanne Summer ein. Alfons Weidinger hatte ein Rendezvous gehabt, und das sicherlich nicht mit Frau Weidinger. Nur: Wie konnte man in einer fremden Stadt binnen weniger Stunden eine Frauenbekanntschaft machen und sie zum Bier einladen, um ihr danach im »Pavillon der Freude« Freude zu spenden? Kohlschuetter hegte keinerlei Zweifel daran, dass es diese Sorte Frauen hier in Weißensee gab und auch die Orte, um sie zu treffen, aber ob Weidinger der Typ dafür war? Leisten konnte er es sich. Möglicherweise hatte er seine Frau auf diese Weise einmal mehr demütigen wollen. Andererseits war sie seine Eskapaden gewohnt; um sie zu betrügen, musste er nicht die weite Fahrt von Ingolstadt nach Weißensee machen. Und er hatte ja auch gar nicht vorgehabt, mit dem Kegelverein herzukommen, fiel Kohlschuetter ein.

Kein Zweifel, Alfons Weidinger musste diese Frau gekannt haben. *Deswegen* war er doch noch hergefahren. Und wenn es sich bei seiner heimlichen Geliebten nicht um eine Thüringerin handelte – was Kohlschuetter tendenziell ausschließen konnte, da Weidinger ja niemals zuvor hier gewesen war –, konnte der Lippenstift an der Bierflasche nur zu einer Dame aus der Reisegruppe gehören. Aber soweit er das beurteilen konnte, waren die alle jenseits der fünfzig. Nun gut, auch reife Frauen konnten sehr reizvoll sein, aber nach der schönen Witwe zu urteilen, bevorzugte Alfons Weidinger einen anderen Typ Frau.

Und was war mit der geheimnisvollen Schönheit mit dem dicken Veilchen? Sie gehörte zur Ingolstädter Reisegruppe aus dem Promenadenhof, so viel stand schon einmal fest. Und sie stach unter den anderen Damen schon allein aufgrund ihres Alters deutlich hervor. Kohlschuetter musste sich die Ingolstädter noch einmal genauer ansehen. Und zwar heute noch.

Blieb die Frage nach dem ungewöhnlichen Liebesnest. Der China-Garten schließt offiziell um neunzehn Uhr. Wie aber gelangten die beiden Turteltäubchen nach zweiundzwanzig Uhr hinein? Hatte außer Werner Poedeiske und dem Bürgermeister vielleicht doch noch jemand einen Schlüssel?

Kohlschuetter zückte ein kleines rotes Büchlein, schlug die erste Seite um, drückte die Falz glatt, um besser schreiben zu können, und kritzelte mit etwas ungelenker Schrift seine Überlegungen und natürlich den mit einem dicken Fragezeichen versehenen Namen »Schmidtke« hinein.

Nie hätte er geglaubt, einmal ein Notizbuch zu benutzen. Doch Anke, die Streifenpolizistin, mit der er vor ein paar Wochen dreimal ausgegangen war, also für seine Verhältnisse relativ regelmäßig, hatte ihm dieses Buch geschenkt, und heute verspürte er tatsächlich das Bedürfnis, es zu gebrauchen.

Während Kohlschuetter schrieb, schlenderte ein junges Pärchen verliebt über die Brücke zum Pavillon. Die Unterhaltung, die er zwangläufig mithörte, drehte sich um ihre baldige Hochzeit hier im Chinesischen Garten. Kohlschuetter schmunzelte. Noch einer dieser armen Tölpel, die sich in ein Abenteuer stürzten, das sie spätestens nach der Unterschrift auf dem Standesamt nicht mehr selbst beherrschten.

Als die beiden an ihm vorbeigegangen waren und sich langsam wieder entfernt hatten, griff er nach seinem Telefon und wählte die Nummer der Rechtsmedizin in Jena. Etwa zwanzigmal ließ er es klingeln. Umsonst. Die attraktive Melanie Anders schien heute nicht in die grausigen Keller des Institutes hinabgestiegen zu sein. Zu schade. Aber es war Samstag und noch dazu ein herrliches Wetter, wer konnte es ihr verdenken?

Er überlegte einen Moment, was er als Nächstes tun sollte. Unschlüssig spielte er mit den Funktionen seines Telefons. Susis E-Mail, der Brief des Amtsgerichts an den Toten. Jetzt las er ihn konzentriert Wort für Wort durch. Vielleicht hatte er heute Morgen etwas übersehen. Doch im Brief stand noch immer nichts Brauchbares, nur dass der Termin für die Scheidung anberaumt war. Demnach hatten sich die Anwälte der Eheleute über die Vermögensaufteilung, Unterhaltszahlungen und vergleichbare Dinge geeinigt.

Alfons Weidinger hatte der Scheidung also tatsächlich zugestimmt, fragte sich nur, zu welchen Bedingungen.

»Bloom und Partner«, murmelte Kohlschuetter, drückte das Safari-Symbol auf dem Display seines Handys und tippte den Namen der Kanzlei ein. Kurz darauf öffnete er die Homepage. Das Internet fand eben alles. Dann wählte er die Nummer. Irgendjemand musste doch schließlich samstags arbeiten.

Es klingelte ein paarmal, dann knackte es in der Leitung, um kurz darauf wieder zu klingeln, dieses Mal in einem etwas anderen Ton. Der Anruf wurde auf ein Handy umgeleitet.

»Bloom«, meldete sich eine männliche Stimme.

Kohlschuetter rasselte sein Sprüchlein herunter und bat den

Rechtsanwalt um einige Informationen zum Scheidungsfall Weidinger.

»Sie glauben doch nicht im Ernst, dass ich Ihnen diese Frage am Telefon beantworte. Wie arbeitet denn die Thüringer Polizei?«, antwortete er mit auffallend holländischem Akzent.

Meistens ausgezeichnet, dachte Kohlschuetter, verkniff sich aber diese Bemerkung, um den schnöseligen Anwalt nicht zum vorschnellen Auflegen zu bewegen.

»Hören Sie, der Mann liegt auf dem Tisch des Rechtsmediziners, die Frau benimmt sich, wenn Sie mich fragen, reichlich seltsam, und zu allem Überfluss war sie zum vermuteten Todeszeitpunkt allein. Wenn sich herausstellt, dass Weidinger umgebracht ...«

»Wann war das?«, fiel ihm Bloom ins Wort. Er klang jetzt zugänglicher und auffallend interessiert.

»Donnerstagnacht zwischen Mitternacht und zwei Uhr morgens. Ungefähr.«

»Dann hat sie eins. Ein Alibi, meine ich.«

»Wie?«

»Frau Weidinger hat mich an dem Abend mit einer Flut von E-Mails bombardiert. Gegen zweiundzwanzig Uhr kam die erste. Moment, ich kann es Ihnen gleich genau sagen.«

Es raschelte im Hintergrund.

»Zweiundzwanzig Uhr zweiundvierzig, zweiundzwanzig Uhr fünfundfünfzig, dreiundzwanzig Uhr fünfzehn. Kurz darauf rief sie mich an. Wir sprachen fast zwei Stunden. Der Anruf kam übrigens vom Hotel, die Rezeption hat uns verbunden«, erklärte der Anwalt.

»Was wollte sie?«

»Hauptsächlich psychologischen Beistand, wie immer. Und ein gerichtlich erwirktes Annäherungsverbot, eine einstweilige Verfügung, nach der sich ihr Ehemann ihr nicht unter einem Abstand von zehn Metern nähern darf. Sein überraschendes Auftauchen in Thüringen hatte ihr wohl sehr zugesetzt.«

»Das kann ich verstehen, zumal ein Doppelzimmer vor dem Scheidungsrichter nicht gerade glaubhaft wirkt.«

»Ja, aber das ist natürlich nicht durchsetzbar.«

»Verstehe«, murmelte Kohlschuetter. »Aber im Fall einer Schei-

dung wird sie für ihre Unannehmlichkeiten sicher königlich ent-
lohnt.«

Herr Bloom atmete tief ein. »Ich darf Ihnen über die Höhe
nichts sagen.«

Kohlschuetter dachte sich seinen Teil. Schließlich waren die
Worte der Freundin von Frau Weidinger mehr als deutlich gewesen. »Sie haben mir sehr geholfen, vielen Dank.«

»Moment bitte, ich war noch nicht fertig. Die E-Mail-Flut ging
bis etwa drei Uhr weiter, lauter Zeitungsartikel mit Scheidungs-
urteilen. Wenn Sie wollen, schicke ich Ihnen alles. Es handelt sich
dabei um nichts Vertrauliches, wie gesagt, Internetrecherchen.
Aber Sie sehen dann die Uhrzeiten.«

»Sehr nett.« Kohlschuetter gab seine E-Mail-Adresse durch.
»Ach, sagen Sie, Herr Bloom, etwas wäre da noch: Führen Sie mit
all Ihren Mandanten nächtliche Mammuttelefonate?«

Herr Bloom schwieg ein paar Sekunden zu lang. Dann antwortete er: »Ich kenne Frau Weidinger seit vielen Jahren und helfe,
wo ich kann.«

Das war eindeutig. Kohlschuetter schob sein Telefon wieder in
die Hosentasche.

Also war die Weidinger doch keine schwarze Witwe. Aber wieso
hatte sie ihnen das nicht gleich erzählt? Was wäre besser als ein
Alibi von einem Anwalt vorzuweisen, noch dazu mit Zeitstempel?
Frau Weidinger schien der Ernst der Lage nicht bewusst zu sein.
Sollte der Tod ihres Mannes durch Fremdeinwirkung erfolgt sein,
gehörte sie als seine Alleinerbin zu den Hauptverdächtigen. War
dieser Frau denn alles vollkommen gleichgültig?

Kohlschuetter saß noch immer im Seepavillon mitten im Gondelteich. Die Sonne brannte für Mai ungewöhnlich heiß auf die
schwarzen Dachpfannen. Nichts ist schlimmer als eine trockene
Kehle, dachte er, als er einer sichtlich angetrunkenen Männer-
gruppe gewahr wurde, die in einem der grünen Paddelboote laut
grölend an ihm vorbeiruderte.

Als wäre sein Sehnen erhört worden, stand mit einem Mal
Werner Podeiske neben ihm. »Herr Polizist, ich will nicht stören.
Aber Sie arbeiten schon so lange hier. Da müssen Sie auch mal
etwas trinken.« Er reichte dem sichtlich überraschten Kommissar
ein Glas Aloesaft.

»Vielen Dank. Das ist sehr nett von Ihnen«, antwortete Kohlschuetter. Ein kühles Weißenseer Ratsbräu wäre ihm zweifelsohne lieber gewesen, vor allem nachdem er das Glas angesetzt und einen großen Schluck genommen hatte. Doch ausspucken nach Vorbild des ruppigen Norddeutschen kam nicht in Frage. Also kämpfte er sich unter den Augen des sichtlich stolzen Hausmeisters Schluck für Schluck zum Boden des Glases dieses mehr als gesund schmeckenden Getränks durch.

»Noch eines?«, wollte Podeiske wissen, als Kohlschuetter das leere Glas zurückgab.

»Nein, dann ist da ja kein Platz mehr für Ihr leckeres Bier«, antwortete der Kommissar.

Werner Podeiske lächelte und verschwand ohne ein weiteres Wort.

Und genau das mache ich jetzt auch, dachte Kohlschuetter. Auch ein Thüringer Polizeibeamter braucht mal ein Wochenende.

Entschlossen schlug er sich mit beiden Händen auf die Oberschenkel und sprang auf. Die Vorfreude auf das Frischgezapfte wurde jedoch rüde unterbrochen. Sein Handy klingelte. Eine Jenenser Nummer erschien auf dem Display.

»Hauptkommissar Timo Kohlschuetter«, meldete er sich vorschriftsmäßig und mit dem verständlichen Hintergedanken, bei der schönen Melanie Eindruck zu hinterlassen.

»Professor Kalder, Rechtsmedizin Jena, Sie hatten bei uns angerufen«, erwiderte eine knurrige Männerstimme, deren Besitzer gefühlte hundert Jahre alt sein musste.

»Ja, richtig, äh …«, stammelte Kohlschuetter überrascht. »Es geht um den ungeklärten Todesfall aus Weißensee.«

»Ach ja, die ältere Dame …«, krächzte es durch die Leitung.

»Nein, ein Mann, zweiundvierzig Jahre.«

»Eine männliche Wasserleiche? Nein, die haben wir nicht. Da müssen Sie sich irren.«

Kohlschuetter schnaufte. Entweder ging er hier gerade dem Spaßtelefon von Antenne Thüringen auf dem Leim, oder der Professor hatte zu viel Ethylalkohol geschnüffelt.

»Keine Wasserleiche. Ein Mann, zweiundvierzig Jahre, ohne erkennbare Verletzungen, tot.« Kohlschuetter betonte die einzelnen Worte wie eine Grundschullehrerin bei einem Diktat in der zweiten Klasse. Dazu hob er seine Stimme auf mindestens siebzig Dezibel.

»Ach so, warum sagen Sie das denn nicht gleich? Der Bayer, den die asiatische Gartenkunst umgehauen hat.« Kalder kicherte wie ein kleines Mädchen.

»Genau der.« Das Spaßtelefon konnte Kohlschuetter nun schon mal ausschließen, der Mann wusste Bescheid. »Haben Sie etwas für mich?«

»Nun ja«, murmelte sein Gesprächspartner unter lautem Rascheln. Kohlschuetter schloss daraus, dass der Professor in seinen Unterlagen kramte. Dann schepperte es laut. Nachdem das Geräusch verhallt war, herrschte Ruhe. Offenbar hatte der Professor den Hörer auf den Tisch gelegt. Oder er war ihm aus der Hand gefallen.

Die Minuten rannen dahin.

Dann raschelte es wieder.

»Hören Sie«, meldete sich der Jenenser zurück. »Alfons Weidinger ist nicht tot.«

Kohlschuetter fiel fast das Handy aus der Hand.

»Nun ja, *eigentlich*«, ergänzte Kalder und kicherte wieder. Dieser ältere Herr hatte eine seltsame Art von Humor.

Rechtsmedizinerwitz, dachte Kohlschuetter. Wer immer nur mit Toten zu tun hat, erwartet nicht, dass noch jemand lacht.

»Soll heißen, die Autopsie war negativ.«

»Was bedeutet das?«

»Nun ja, der Mann war vollkommen gesund. Alle Untersuchungen, die ich in der Kürze der Zeit machen konnte, hatten absolut unauffällige Ergebnisse.« Der Professor krächzte und räusperte sich mehrfach. Als er seine Stimme wiedererlangt hatte, fügte er hinzu: »In seinem Magen haben wir eine raue Menge halb verdaute Thüringer Bratwurst gefunden. Die dürfte er nicht lange vor seinem Tod zu sich genommen haben.«

»Der Ihrer Meinung nach wann erfolgte?«

»Zwischen Mitternacht und ein Uhr.«

»Soso, Thüringer Bratwurst als Henkersmahlzeit«, sagte Kohlschuetter. »Aber daran stirbt man doch nicht?«

»Nun ja, nein. Es sei denn, er verendete aus Enttäuschung, weil sie ihm nicht geschmeckt hat.« Wieder kicherte Kalder.

Kohlschuetter versuchte, die in ihm aufsteigende Ungeduld zu unterdrücken. »Was haben Sie noch?«

»Nun ja, toxikologisch kann ich Ihnen einiges bieten. Der Blutalkoholgehalt betrug eins Komma eins Promille. Interessanter könnte aber das gefundene Tetrahydrocannabinol sein.«

»Das was?« Kohlschuetter setzte sich wieder auf die Bank. Das Gespräch konnte länger dauern.

»Tetrahydrocannabinol gehört zu der Gruppe der psychoaktiven Cannabinoide, Sie verstehen?«

»Nein, kein Wort.«

»Es handelt sich um den rauschauslösenden Bestandteil der Hanfpflanze.«

»Alfons Weidinger war bekifft?«

»Nun ja, wenn Sie es so ausdrücken wollen. Allerdings ist der THC-Wert nicht wirklich spektakulär. Der Tote gab sich wohl ausgesprochen selten dem Rausch der Cannabinoide hin.«

»Eins Komma eins Promille und ein bisschen Gras bringen aber keinen um.«

»Nun ja, das ist ein gängiger Irrglaube. Eine Wechselwirkung halte ich nicht für ausgeschlossen. Neue Studien belegen, dass der Konsum von Cannabis bei gleichzeitiger koronarer Herzkrankheit durchaus tödlich sein kann.«

Kohlschuetter horchte auf. Jetzt wurde es doch noch interessant. »Und Alfons Weidinger war an dieser Herzkrankheit erkrankt?«

»Nun ja, nein. Sein Herz zeigt keine pathologischen Veränderungen.«

Gleich schmeiße ich das Handy in den Gondelteich, dachte Kohlschuetter. Dann sagte er ganz ruhig, aber nicht unbedingt leise: »Sie haben also keine natürliche oder unnatürliche Todesursache gefunden?«

»Nun ja, wenn Sie so fragen. So ist es. Allerdings habe ich da einen Verdacht, den ich aber nur durch eine molekularbiologische Untersuchung des Herzblutes nachweisen kann. Und die braucht etwas Zeit.«

»Verdacht auf was? Einen unnatürlichen Tod?«

»Nun ja, nein. Mord können wir zum jetzigen Zeitpunkt weitestgehend ausschließen. Aber dafür ist der Tote aus medizinischer Sicht ein erstaunlich interessanter Fall, falls Sie das tröstet.«

»Ich bin froh über jeden Mord, der nicht stattgefunden hat«, wehrte Kohlschuetter ab. »Sie brauchen mich nicht zu trösten.«

»Nun ja, nein. Ach so, eines hätte ich fast vergessen. Der Tote hatte vor seinem Tod Geschlechtsverkehr. Das hätte mich auch umgebracht. In seinem speziellen Fall könnte der Koitus den Tod ausgelöst haben, sollte sich mein Verdacht bestätigen. Damit meine ich keine wilde Gespielin.«

»Würden Sie mich anrufen, wenn Sie die Todesursache gefunden haben?«, bat Kohlschuetter zum Abschluss des Telefonates.

Professor Kalder versprach, sich umgehend zu melden, und legte auf.

Hoffentlich geht der Mann bald in Rente, dachte Kohlschuetter. Der ist ja nicht auszuhalten mit seinem andauernden »Nun ja« und diesem seltsamen Humor. Dann stand er auf und lief zum Marktplatz. Jetzt war es wirklich an der Zeit, mit einem schönen kalten Weißenseer Ratsbräu den Feierabend einzuläuten.

FÜNF

»Polizei, Polizei, Pooolizei!«, schallte es aus der Ferne. Irgendetwas rüttelte an Timo Kohlschuetter.

»Hey, Timo, dein Typ wird verlangt«, hörte er eine energische Frauenstimme sagen.

Langsam versuchte Kohlschuetter, die Augen zu öffnen. Aber sosehr er sich auch abmühte, es gelang ihm nicht, seine Lider mussten Tonnen wiegen.

»Jetzt mach doch mal. Da braucht jemand Hilfe«, drängte die Stimme.

»Ja doch«, nuschelte Kohlschuetter, weil seine Zunge ihm nicht richtig zu gehorchen schien. Unter äußerster Kraftanstrengung zog er sein rechtes Augenlid nach oben. Es war hell, viel zu hell für seine Begriffe. »Vielleicht könnte mal jemand das Licht ausmachen«, brachte er hervor.

»Schätzchen, das Licht *ist* aus. Es ist elf Uhr morgens, und wenn sie dich nicht wegen unterlassener Hilfeleistung oder wie das bei euch heißt, drankriegen sollen, beweg endlich deinen süßen Hintern«, antwortete die Stimme.

Mit schmerzverzerrtem Gesicht öffnete Kohlschuetter nun auch das andere Auge. Was war das für eine furchtbare Blümchentapete? Wo kamen die ganzen Pflanzen her? Und wieso stand überall dieser Frauenkram rum? Seine Mutter musste heimlich in seinem Schlafzimmer gewesen sein, um sich ihren Traum vom Einrichten seiner Junggesellenbude zu verwirklichen.

»Hier, Schätzchen, trink erst einmal einen Schluck Kaffee.«

Kohlschuetter drehte den Kopf zur Seite. Eine zauberhafte, nur leicht bekleidete Brünette hielt ihm vom Bettrand aus eine Tasse unter die Nase. »Und dann solltest du mal auf dein Handy gucken. Es klingelt in einer Tour.«

»Danke«, murmelte Kohlschuetter, während er fieberhaft versuchte, sich an den Namen der Schönen zu erinnern. Irgendetwas mit B. Oder war es ein G? Das Weißenseer Ratsbräu hatte es aber auch wirklich in sich. Wie viel hatte er davon überhaupt getrunken? Und wo war er hier?

»Der Adler schreit schon die ganze Zeit vor dem Rathaus herum. Du solltest wirklich mal nachsehen, was da los ist.« Sie lächelte ihn zuckersüß an.

Langsam kehrte seine Erinnerung zurück. Er war noch in Weißensee. Es war Sonntag, und neben ihm saß Wilhelmine, die Besitzerin der Sportlerklause.

»Bin schon unterwegs, danke, Willi.« Er versuchte vorsichtig aufzustehen.

Zehn Minuten und eine eiskalte Dusche später stand er vor dem Eingang zur Ratsbrauerei im Erdgeschoss des Rathauses.

»Herr Kohlschuetter, gut, dass Sie da sind«, begrüßte ihn der vollkommen aufgelöste Bürgermeister japsend.

Bea Meier grinste vielsagend. »Na, so weit war der Weg ja heute nicht, nicht wahr, Herr Kohlschuetter?«

Ein junger Mann etwa in Kohlschuetters Alter stand neben den beiden und grüßte mit einem zurückhaltenden Nicken.

Der Kommissar verzog keine Miene, während er sein Telefon prüfte. Das Display zeigte acht verpasste Anrufe, alle von Katja. Die hatte er gestern ganz vergessen. Dann wandte er sich wieder den Anwesenden zu. »Was ist denn passiert?«

»In die Brauerei wurde eingebrochen. Alle Tanks wurden geöffnet. Unsere gesamten Biervorräte sind schal, auch das Fass für heute Nachmittag. Was soll ich jetzt nur den Leuten von der UNESCO erzählen? Ein Bierfest ohne Bier ist eine Katastrophe für unsere Stadt!« Frank Adler war außer sich. »Das ist ja noch viel schlimmer als ein Mord.«

»Also wirklich, Frank«, rügte Bea Meier pikiert.

»Wurde etwas gestohlen?«, raunte Kohlschuetter. Quer durch seinen Kopf raste gerade ein ICE. Wieso konnten die beiden nicht leiser sprechen?

»Sämtliche Vorräte wurden vernichtet, das reicht doch wohl!«, empörte sich der Bürgermeister.

»Nein, es fehlt nichts. Sogar die Einnahmen vom gestrigen Festtag sind noch da, und das war nicht gerade wenig«, meldete sich der Mann zu Wort, der sich gleich darauf als Peter Bärmann, der Braumeister, vorstellte.

Kohlschuetter beschloss, den Bürgermeister mitsamt seiner rechten Hand nach oben in Adlers Büro zu schicken, während er mit Peter Bärmann in die Brauerei ging. Der Braumeister hatte eine angenehm ruhige Stimme, und das war alles, was er momentan vertragen konnte, von einem anständigen Frühstück mal abgesehen. »Wie lange arbeiten Sie schon hier?«, fragte er.

»Seit einem halben Jahr. Ich habe meine Ausbildung in Bayern gemacht und danach einige Jahre in Regensburg gearbeitet.«

Wie passend, dachte Kohlschuetter und glaubte, dabei jedes einzelne Haar auf seiner Kopfhaut spüren zu können. »Sind Sie verwandt mit Klaus Bärmann, dem hiesigen Heimat-und-Bierverein-Vorsitzenden?«

»Ich bin sein Sohn«, murmelte Peter Bärmann leise. Die Frage schien ihm etwas unangenehm zu sein. »Wir haben kein gutes Verhältnis. Seit ich mich beständig weigere, in seinen Chauvinistenverein einzutreten, ist es noch schlimmer geworden. Ich bin nur meiner Frau und meinem Sohn zuliebe zurück nach Weißensee gekommen – und natürlich wegen des tollen Jobangebotes.«

»Wieso wollen Sie nicht in den Verein?«

»Weil mein Vater und Walter Kemper mit ihrem fanatischen Heimatbewusstsein die ganze Stadt tyrannisieren. Sie übertreiben es in jeder Hinsicht. Führen sich auf wie preußische Landjunker, vor allem der selbstgefällige Kemper. Mein Vater war schon zu DDR-Zeiten sein Handlanger, damals noch im Möbelwerk. Nur dass es Kemper nach der Wende geschafft hat, während meinem Vater nur das Arbeitsamt blieb. Von einer Arbeitsbeschaffungsmaßnahme zur anderen hat man ihn weitergereicht. Er sieht den Verein als seine Lebensaufgabe. Und mich als seinen Nachfolger, ohne Wenn und Aber.«

Kohlschuetter verstand den jungen Bärmann gut. Mit seinem Vater war es auch nicht immer einfach. Vor allem als er ihm damals gesagt hatte, dass er zur Kripo gehen wollte, war Kohlschuetter senior wenig begeistert gewesen.

»Verstehen Sie mich bitte nicht falsch. Ich liebe meine Heimatstadt, aber es muss auch noch andere Dinge geben.«

Der Kommissar nickte. Sie standen immer noch vor dem Eingang der Brauerei, und Kohlschuetter drückte, nachdem Bärmann ihm mit einem Wink den Vortritt ließ, mit dem Ellbogen die schwere alte Eichentür auf. Dann betrachtete er intensiv das Schloss.

»Es gibt keine Einbruchsspuren, und die Tür war ordnungsgemäß verschlossen, als ich heute früh herkam. Als hätte derjenige, der das getan hat, einen Schlüssel gehabt«, sagte Peter Bärmann und betrat durch einen kleinen Vorraum die Gasthausbrauerei. Kohlschuetter, der ihm gefolgt war, atmete tief ein. Er liebte den malzigen Geruch und die besondere Atmosphäre, die eine Brauerei verströmte. Interessiert schaute er sich um. Der urige Gastraum mit den dicken Balken, der hölzernen Theke, hinter der zwei Kupferkessel glänzten, und den überall ausgestellten Brauutensilien gefiel ihm. Als Jugendlicher hatte er einmal ein Praktikum beim VEB Roland Bräu in seiner Heimatstadt Nordhausen gemacht. Eine super Zeit, an die er sich gern erinnerte – vor allem an die flüssigen Deputate, die er gemeinsam mit ein paar Freunden hinter dem alten Schuppen vernichtet hatte. 1996 war dann plötzlich Schluss mit dem Nordhäuser Bier gewesen, »nicht wettbewerbsfähig« hieß es damals. Wenn er sich recht erinnerte, hatte ihm seine Mutter aber neulich erzählt, die hätten wieder aufgemacht. Es wurde wirklich Zeit, mal wieder in die Heimat zu fahren.

Peter Bärmann schaute den Kommissar schweigend an.

Als Kohlschuetter es bemerkte, sagte er: »Eine wirklich schicke kleine Brauerei. Und die Gäste können Ihnen beim Brauen zusehen.« Dabei deutete er auf die vom Gastraum durch eine riesige Glasscheibe abgetrennten Edelstahltanks, das Herzstück der Ratsbrauerei.

Der Braumeister rang sich ein Lächeln ab. »Wir produzieren ausschließlich für den Hausgebrauch. Helles und Schwarzes, und zwar strikt nach unserem Reinheitsgebot von 1434. Dazu ein kleiner Imbiss, ein bisschen Weißenseer Biergeschichte, und die Gäste sind glücklich.«

»Sagen Sie, die langen Dinger mit den Löchern dort an der Wand, sind das Braupaddel?«

»Ja.«

»Aus Holz habe ich die noch nie gesehen. Damit rührt man doch die Maische, oder?«

»Heutzutage werden die hölzernen kaum noch verwendet, zumindest nicht bei den professionellen Braumeistern. Edelstahl- oder Kunststoffpaddel sind hygienischer.«

Kohlschuetter nickte zustimmend. Dann fiel ihm wieder ein, warum er hier war. »Arbeiten Sie allein hier?«

»Nein. Ich habe eine Bedienung, die stundenweise kommt, und beim Ausschank hilft mir manchmal Werner Podeiske, der Hausmeister aus dem Chinesischen Garten.«

Das Mädchen für alles, dachte Kohlschuetter. »Wer hat alles einen Schlüssel?«

»Der Bürgermeister, Margit Müller, das ist die Chefin des Bau- und Ordnungsamtes, und ich natürlich. Die Brauerei gehört der Stadt, ich bin nur der Pächter.« Bärmann schaute unglücklich auf die offenen Edelstahltanks. »Wir haben nicht einen Tropfen genießbares Bier mehr, nur noch die paar Flaschen.« Er zeigte auf das Regal hinter dem Tresen.

»Das wird der Sinn der Übung gewesen sein«, meinte Kohlschuetter. »Haben Sie etwas angefasst?«

»Die Tür heute Morgen, sonst nichts.«

Kohlschuetter nickte und rief dann Susanne Summer an. Es tat ihm wirklich leid, dass er ihr Sonntagsarbeit aufdrücken musste, aber sie würde zweifelsohne durch seine Anwesenheit entschädigt werden.

★★★

Susanne Summer schien zwischen Sonn- und Werktagen keinen Unterschied zu machen. Mit dem gleichen Elan wie sonst schwang sie akribisch ihren Marabu-Pinsel, das gefiederte Werkzeug der Spurensicherer. Unter dem damit aufgetragenen Rußpulver kamen an den Biertanks jede Menge Fingerabdrücke zum Vorschein. Die stammten augenscheinlich nicht alle vom Braumeister Peter Bärmann. »Mindestens zwei Personen haben hier ihre Spuren hinterlassen«, lautete Susis vorläufige Einschätzung.

»Ein Einbrecher, der das Bargeld dalässt, einen Schlüssel hat und keine Handschuhe benutzt, gehört nicht wirklich zu den Meisterdieben«, scherzte Kohlschuetter, soweit das mit seinem Brummschädel möglich war.

»Oder er hat nichts zu verbergen«, erwiderte Susanne Summer.

»Mag sein, aber es braucht schon einiges an Chuzpe, um während eines Bierfestes nachts in eine Brauerei einzubrechen und die gesamten Vorräte einer stolzen Bierstadt zu vernichten. Hier wollte jemand ganz bewusst stänkern.« Kohlschuetter ließ sich langsam auf einem der Barhocker nieder und überlegte. »Und bei den Menschenmassen gestern ist sicherlich keinem der Nachbarn etwas aufgefallen.«

»Das Spektakel scheint dich ja ganz schön mitgenommen zu haben. Du siehst wirklich fertig aus«, lästerte Susanne Summer, während sie gemeinsam mit einer Kollegin nach weiteren Spuren suchte.

»Und genau deswegen bin *ich* da.« Bea Meier war in der Tür aufgetaucht. »Franki, äh, Bürgermeister Adler, bat mich, Ihnen bei der schönen Gisela ein paar Kopfschmerztabletten zu besorgen. Er muss sich auf den Termin mit diesen Menschen von der UNESCO vorbereiten.« Breit grinsend hielt sie Kohlschuetter die Packung hin.

Der konnte kaum aufschauen, so verkatert fühlte er sich. »Wer ist die schöne Gisela?«

»Ich dachte mir schon, dass Sie das interessiert«, antwortete Bea Meier ein wenig zu keck. »Gisela ist unsere Apothekerin aus der Ratsapotheke.«

»Und das am Sonntag, sehr nett«, bedankte sich Kohlschuetter. Dass sein Handy schon wieder klingelte, bekam er überhaupt nicht mit.

»Bei uns in Weißensee hilft man sich eben noch gegenseitig. Ach, und ehe ich es vergesse«, Bea hielt einen Moment inne, um dann voller Stolz zu verkünden: »Der Chef der Bayernhütte stellt uns für heute Nachmittag ein Fass Bier zur Verfügung, dank meiner Überzeugungskraft.«

Dem ansonsten so ruhigen Braumeister quollen vor Entsetzen fast die Augen heraus. »Das geht doch nicht! Ein bayerisches Bier zum Weißenseer Bierfest? Das merkt doch jeder.«

»Peterchen, Bier ist Bier. Du redest schon wie dein Vater.« Bea Meier drehte ab und verschwand.

Peter Bärmann sah ihr verdattert hinterher. Kohlschuetter fragte sich, was ihn wohl mehr gekränkt hatte, der Vergleich mit seinem Vater oder die verlorene Berufsehre. Er selbst empfand das Ganze nur als Posse und hätte am liebsten laut losgelacht. Doch einigen Menschen hier schien die Sache ziemlich ernst zu sein. Außerdem ließ sein Kopf keine Erschütterungen zu. Bis die Tabletten der schönen Gisela wirkten, würde er einfach nur hier sitzen und Susi bei ihrer Arbeit zuschauen.

Doch die sonntägliche Ruhe sollte nicht lange währen.

★★★

»Herr im Himmel, was tust du mir an?« Mit hochrotem Kopf stürmte Frank Alder in die Brauerei. »Das Reinheitsgebot ist weg«, schrie er außer sich. »Es ist einfach verschwunden. Erst das Bier und jetzt meine Statuta Thaberna von 1434. Die wollen uns ruinieren!« Begleitet von einem dumpfen Geräusch ließ er sich auf eine der Bänke fallen und schaute hilflos in die Runde.

Kohlschuetter und Susanne Summer wechselten einen kurzen Blick. Peter Bärmann, der offensichtlich nicht wusste, was er sagen sollte, öffnete unsicher eine der letzten Flaschen des Weißenseer Ratsbräus und schenkte dem nach Atem ringenden Bürgermeister ein großes Glas ein. Adler nahm es dankbar entgegen und trank es in einem Zug leer. Dann sagte er: »Sie müssen alle verhaften, die gesamten Bayern. Der Tote vom Freitag war nur ein Vorgeschmack auf das, was uns noch erwartet. Die schrecken vor nichts zurück, vor überhaupt nichts.«

»Wo bewahren Sie das Reinheitsgebot normalerweise auf?« Kohlschuetter ignorierte die Anschuldigungen geflissentlich.

»Im Archiv natürlich«, erwiderte Adler. »Ich wollte nur noch einmal nachschauen, ob alles in Ordnung ist, wenn nachher die Leute von der UNESCO kommen.«

»Wann haben Sie die Urkunde zuletzt gesehen?«

»Am Freitag, so gegen Nachmittag.«

»Ich nehme an, da haben Sie auch schon nachgesehen, ob noch alles in Ordnung ist?«

»Ja«, antwortete der Bürgermeister sichtlich irritiert.

»Wer hat einen Schlüssel zum Archiv?«

»Margit Müller, der Archivar und ich.«

»Niemand sonst?«

»Nein, wir sind ein kleines Rathaus. Da ist das nicht notwendig.«

»Gut. Dann zeigen Sie mir jetzt das Archiv, und danach möchte ich mit Margit Müller sprechen.« Kohlschuetter stand vorsichtig auf und stellte fest, dass sein Kopf wider Erwarten nicht mehr zu platzen drohte. Die schöne Gisela hatte ihn gerettet. »Ach, und Herr Adler: Wo waren Sie eigentlich letzte Nacht?«

»Zu Hause, in meinem Bett, mit meiner Frau. Sie glauben doch nicht im Ernst, dass ich ...«

Kohlschuetter hielt das tatsächlich für abwegig. Aber man konnte ja nie wissen. Regungslos schaute er den Bürgermeister an. »Wer hat alles Zugang zu Ihrem Generalschlüssel?«

»Niemand!«, empörte sich Adler.

»Gut. Und trotzdem: Ihre Fingerabdrücke bitte.«

Er hatte es kaum ausgesprochen, da drückte Susanne Summer auch schon den Daumen des Bürgermeisters auf ein Stempelkissen.

* * *

»Margit, hier werden polizeiliche Ermittlungen durchgeführt, also wirklich. Einbruch ist kein Bagatelldelikt, und in diesem Fall schon überhaupt nicht!«

Bereits seit zehn Minuten redete Frank Adler nun schon am Handy auf Margit Müller ein. Dabei lief er zwischen den Regalreihen des Stadtarchivs auf und ab, gestikulierte wild mit seinem freien Arm, hielt von Zeit zu Zeit inne, um mal mit dem einen, mal mit dem anderen Fuß aufzustampfen und schließlich unverrichteter Dinge weiterzulaufen.

Margit Müller weigerte sich zu kommen.

Kohlschuetter, der unterdessen das Archiv in Augenschein nahm, konnte dem Gespräch problemlos folgen. Auch in einem brechend vollen Rathaussaal wäre ihm das gelungen. Margit Müllers Stimme schallte aus der Sprechmuschel des Telefons wie die Ansage in einem Fußballstadion, wobei die Frequenz mit dem Grad ihrer Erregung ins Unermessliche anzusteigen schien. Für Kohlschuetter war es ein Rätsel, wie das Trommelfell des Bürgermeisters das aushalten konnte. Gewöhnung war anscheinend alles.

»Ich werde meinen Pfingstbraten nicht wegen solcher Albernheiten in die Mülltonne schmeißen.«

»Margit, in unser Rathaus wurde eingebrochen.« Adler versuchte es noch einmal, mit fast schon feierlicher Betonung des

»unser«. So als wäre das Jesuskind am Heiligen Abend aus der Krippe verschwunden.

»Warum habt ihr die Bayern auch so gegen unsere Stadt aufgehetzt? Jetzt rächen sie sich.« Eine Backofentür flog mit voller Wucht zu.

»Blödsinn. Niemand hat irgendjemanden aufgehetzt. Du musst jetzt ins Rathaus kommen, schon allein wegen der Fingerabdrücke.«

»Das steht nicht in meinem Arbeitsvertrag. Du kriminalisierst mich nicht, Frank Adler, du nicht!«

Er ist als Chef einfach zu nett, dachte Kohlschuetter, ging zu ihm und griff wortlos nach Adlers Telefon. »Aber ich werde es tun, wenn Sie sich nicht innerhalb von fünf Minuten hier bei uns im Stadtarchiv einfinden. Behinderung eines laufenden Ermittlungsverfahrens, wenn Sie verstehen, was ich meine.« Kohlschuetter sprach ganz ruhig, ließ jedoch keinen Raum für Widerspruch.

Dreieinhalb Minuten später reichte ihm eine bemüht freundlich lächelnde, fast schon dürre Frau mit auffallend großen Ohren die Hand. Ihr Blick glich dem eines Fuchses vor einem Hasenbau.

Margit Müller gab sich keine Mühe, ihren Hass auf den Bürgermeister und, wie sie meinte, dessen Hirngespinste zu verbergen. Sie war nicht zu bremsen. In ihrer Rage machte sie auch vor dem Heimat- und Bierverein nicht halt. Der schien für sie nichts als eine Ausgeburt der Hölle zu sein, eine Ansammlung von Schwätzern und Großmäulern auf der Suche nach den eigenen Vorteilen, hinterhältig, ignorant und gemeingefährlich. Sie machte daher auch keinen Hehl daraus, dass sie die beiden Einbrüche für die alles umfassende Gerechtigkeit Gottes hielt. Es war das verdiente Ergebnis eines unsinnigen Bierstreits, eines Konflikts, bei dem die gegnerischen Parteien über Leichen gingen. Ein Menschenleben für ein Stück sechshundert Jahre altes Papier. Das Leben zeigte sich für sie hier von seiner widerwärtigsten Seite. Und die Menschen auch, Frank Adler, Walter Kemper und Klaus Bärmann sowieso.

Margit Müller redete ohne Punkt und Komma, sie fauchte fast, und Kohlschuetter hätte es nicht gewundert, wenn sie irgendwann angefangen hätte, Feuer zu spucken. Ihre gesamte in rund sechzig Jahren – so alt schätzte sie der Kommissar – gesammelte Unzufriedenheit und Verärgerung schien sich auf einmal zu entladen.

»Fragen Sie sie nach der Nacht von Donnerstag auf Freitag. Die Leiche, Sie verstehen schon«, flüsterte der Bürgermeister Kohlschuetter während einer von Margit Müllers Hasstiraden zu. »Ich glaube langsam, der ist alles zuzutrauen.«

Kohlschuetter war sich nicht sicher, ob Adler das tatsächlich ernst meinte oder ob er nur eine Gelegenheit witterte, sich an Margit Müller für deren gesammelte Boshaftigkeiten zu rächen. Doch es spielte auch keine Rolle. Dank Professor Kalder konnte er einen Mord an Alfons Weidinger ausschließen, aber das brauchten die Weißenseer nicht zu wissen. Zumindest noch nicht. Irgendetwas lag in der kleinen Stadt in der Luft, das roch Kohlschuetter drei Meilen gegen den Wind, und vielleicht brachte die Aufregung, die mit einem vermuteten Mord einherging, etwas Licht ins Dunkel. Ein guter Kommissar musste manchmal auch einfach nur abwarten können.

Er hatte längst bereut, diese furchtbare Frau in das Stadtarchiv zitiert zu haben, doch die Ermittlungen erforderten es. Und wie der Fingerabdruckvergleich wenig später zeigte, war die Routine in dieser Angelegenheit sein stärkster Verbündeter.

Der Schrank, in dem das Weißenseer Bierrelikt bis zur letzten Nacht aufbewahrt wurde, war übersät mit Margit Müllers Fingerabdrücken.

Auch an der Türklinke und dem Türrahmen hatte Susanne Summer mittels frischer, deutlich erkennbarer Spuren nachweisen können, dass sie kürzlich hier gewesen sein musste.

Susi hatte Kohlschuetter zum Abschied nur wortlos zugenickt und war wieder zurück in die Brauerei gegangen. Der Abgleich mit den dortigen Spuren stand noch an. Und wenn Margit Müllers Hass so groß war, wie er annahm, konnte er sich das Ergebnis schon denken.

»Sie wollen doch nicht eine ehrbare Frau, eine treue und langjährige Dienerin dieser Stadt des Diebstahls beschuldigen!«, keifte Margit Müller in Kohlschuetters Richtung.

Frank Adler schaute seine Mitarbeiterin mit großen, wachen Augen an und wippte dabei angespannt auf seinen Schuhspitzen auf und ab.

»Ich habe Sie lediglich gefragt, wie Sie sich das erklären können«, erwiderte Kohlschuetter freundlich, aber bestimmt.

Margit Müller ließ ein schallendes Lachen hören. »Ich bin hier die Chefin des Bau- und Ordnungsamtes. Sie werden in diesem Rathaus überall meine Fingerabdrücke finden.«

»Kein Zweifel. Aber was wollten Sie ausgerechnet an diesem Schrank? Zumal hier normalerweise nur der Mitarbeiter des Archivs die Akten hebt. Ist es nicht so, Herr Adler?«

»Ja, genau. Bernd Kowalski, keiner sonst«, bestätigte Adler, dem eine gewisse Schadenfreude vom Gesicht abzulesen war.

»Ich habe Akten herausgesucht.« Sie durchbohrte den armen Adler mit ihren Blicken. »Währenddessen habe ich mir die Statuta Thaberna angeschaut, aus Interesse an der Geschichte meiner Heimatstadt.«

Margit Müller machte auf Kohlschuetter nicht den Eindruck, als ob ihr seine Fragen in irgendeiner Weise unangenehm wären. Sie schien sich an dem Verdacht, der auf ihr lag, überhaupt nicht zu stören. Ihre Stimme blieb fest, und ihr Blick war so unbeirrbar wie eh und je.

»Du wolltest die UNESCO-Bewerbung sabotieren, genau, nichts anderes wolltest du!«, brüllte Frank Adler. Offenbar gingen seine Nerven mit ihm durch. »Du warst es doch, die damals in der Dienstbesprechung von einer ›blödsinnigen Idee‹ gesprochen hat. Ach, und jetzt, wo ich es sage, fällt es mir wie Schuppen von den Augen: Du wolltest den Weißenseer Bierverkauf beim Fest ausbremsen, indem du dem Podeiske den Ausschank untersagt hast, du hast den Bayern zwei Hütten mehr gegeben als unseren eigenen Leuten! Und das Verbot, auf dem Parkplatz am Gondelteich zu parken, weil der trockene Rasen Feuer fangen könnte, stammt auch von dir. Überhaupt, seit du im Amt bist, hast du alle meine Bemühungen, diese Stadt nach vorne zu bringen, behindert. Und jetzt, wo ich so kurz vor dem Ziel bin, kannst du anscheinend meinen Erfolg nicht ertragen.« Frank Adler lockerte seinen Krawattenknoten, als bräuchte er mehr Sauerstoff, um die Liste seiner Vorwürfe fortsetzen zu können. Doch der Bürgermeister beendete seine Rede so abrupt, wie er sie begonnen hatte. Sichtlich erleichtert schaute er Kohlschuetter an.

»Also, mein lieber Frank«, begann Margit Müller mit blecherner Stimme. »Erstens: Natürlich war ich dagegen, und ich halte diese Idee immer noch für ausgemachten Schwachsinn. Zweitens: Das

Gesundheitszeugnis von Werner Podeiske ist abgelaufen, er hat in einem Bierausschank nichts zu suchen. Drittens: Hätten die beiden Hütten deines geschätzten Vereins die Sicherheitsauflagen erfüllt, wäre das kein Problem gewesen. Und viertens haben wir im Landkreis aufgrund der Trockenheit erhöhte Waldbrandgefahr, das dürfte auch dir nicht entgangen sein.« Siegessicher hob sie das Kinn. »Aber du hast ja alles nach deinen Interessen durchgesetzt, ohne auf Recht und Gesetz zu achten.«

Frank Adler zog empört die Schultern nach oben und wollte gerade etwas erwidern, als Kohlschuetter ihm ins Wort fiel. »Wie dem auch sei, Frau Müller. Ihre Fingerabdrücke sind auf dem Schrank, und Sie haben, wie ich soeben hinlänglich feststellen konnte, ein durchaus glaubhaftes Motiv für den Diebstahl.«

Margit Müller rührte sich nicht einmal. »Wenn das so ist«, sie drückte den Rücken durch und rümpfte die Nase, »dann habe ich den Bayern wohl auch auf dem Gewissen.«

Ohne Kohlschuetter oder Adler eines weiteren Blickes zu würdigen, verschwand sie aus dem Archiv.

»Sehen Sie nun, welchen Anfeindungen man ausgesetzt ist, wenn man einfach nur seine Arbeit machen will?«, jammerte Frank Adler.

Kohlschuetter nickte verständnisvoll. Dann erkundigte er sich nach der Adresse des Archivmitarbeiters und ging ebenfalls.

Kaum im Foyer des Rathauses angekommen, drehte er wieder um und ging zurück ins Archiv. Der Bürgermeister stand noch immer an derselben Stelle und starrte den leeren Schrank an.

»Ach, Herr Bürgermeister, kennen Sie eigentlich eine Familie Schmidtke?«

Frank Adler zuckte erschrocken zusammen und fuhr herum. »Ich, äh, natürlich, kenne alle meine Weißenseer. Die Schmidtkes vom Nicolaiplatz meinen Sie?«

»Wenn sie da jetzt wohnen?«

»Wieso jetzt? Schon immer.«

»Ich meinte eigentlich die aus der Johannesstraße.«

»Ach, Frieda und Erwin Schmidtke. Die finden Sie nur noch auf dem Friedhof, dem neben dem ›Fischhof‹. Er ist bestimmt schon seit zehn Jahren tot. Und die arme Frieda hat es im Februar dahingerafft. War aber auch ein kalter Winter für eine so alte

Frau.« Adler sagte das, als sei die alte Dame auf eine heutzutage vollkommen gängige Weise an Erfrierungen gestorben.

»Also doch nur ein Zufall«, murmelte Kohlschuetter beim Hinausgehen. Den eingehenden Anruf von Katja drückte er weg. Die Zeit war zu knapp, um sich eine passende Ausrede zu überlegen.

***

Die angegebene Adresse hatte er auf Anhieb gefunden. Kohlschuetter klingelte an einem schicken, offenbar erst kürzlich sanierten Haus in der Bergstraße. Die Blumenkästen auf den Fensterbänken schienen frisch bepflanzt zu sein. Vor der Tür standen ein paar grüne Kindergummistiefel. Ein Hund bellte.

Trautes Familienidyll, dachte Kohlschuetter, da öffnete eine Frau die Haustür. Ihre schwarzen riesigen Locken schlängelten sich unkontrolliert um ihren Kopf, als hätte sie heute noch keine Zeit gehabt, ihre Frisur zu richten. Sie trug ein graues schlabberiges T-Shirt, das an einer Stelle in den Hosenbund ihrer zerrissenen Jeans gestopft war, und ihre nackten Füße zierte ein dunkelroter Nagellack.

»Guten …«

»Was willst du denn schon wieder hier?«, giftete sie. »Bernd ist nicht zu Hause.«

»Ich … Mein Name ist Timo Kohlschuetter. Kriminalpolizei Erfurt«, versuchte Kohlschuetter, den Irrtum aufzuklären. »Ich glaube, Sie verwechseln mich.«

»Das glaube ich kaum.«

Hinter ihrem Wuschelkopf tauchte ein unrasiertes Männergesicht auf, das Kohlschuetter irgendwie bekannt vorkam.

»Mensch, Timo, komm rein!« Bernd Kowalski schob seine Frau sanft zur Seite, da sie nicht den Eindruck machte, als wollte sie dem Kommissar Platz machen. Mürrisch gab sie den Hausflur frei.

»Äh, danke …« Kohlschuetter trat etwas unsicher ein.

Kowalski schien zu merken, dass Kohlschuetter etwas auf dem Schlauch stand. »Bernd. Gestern Abend, die Schwarzbierrunden am Tisch vom FC Weißensee 03?«, versuchte er, dem sichtlich überfragten Kommissar auf die Sprünge zu helfen. »Wir haben auf unser 3:1 gegen den TSG Stotternheim getrunken.«

»Ach ja, Bernd. Natürlich. Tut mir leid, dass ich dich nicht gleich erkannt habe. Aber euer Schwarzbier macht ab dem dritten Glas blind«, scherzte Kohlschuetter, sichtlich erleichtert darüber, dass sich seine Erinnerungslücken langsam schlossen.

»Wohl eher ab dem achten oder neunten«, zischte der schwarze Lockenkopf.

»Mein Blümchen hast du ja gestern Abend schon kennengelernt.« Bernd Kowalski legte seinen Arm um die zarten Schultern seiner Frau.

Kohlschuetter, der froh war, sich wenigstens an Bernd Kowalski erinnern zu können, und keinen Schimmer hatte, ob ihm diese Frau schon jemals begegnet war, lächelte zurückhaltend. »Bernd, ich bin dienstlich hier«, sagte er, um die Situation zu überbrücken.

»Dienstlich?«

»Ich bin bei der Kripo Erfurt. Heute Nacht hat man in eure Brauerei und anscheinend auch in das Archiv eingebrochen.«

»Ach du dicker Vater«, fluchte Bernd Kowalski. »Dabei wurden doch nicht etwa die Statuta Thaberna geklaut?« Als er Kohlschuetters fragenden Blick sah, fügte er erklärend hinzu: »Das ist unser wertvollstes Stück, nicht wegen des Alters, da haben wir durchaus noch ältere Dokumente. Wegen des Reinheitsgebotes, du verstehst schon.«

Und wie Kohlschuetter verstand. »Doch, genau das.«

»Das ist eine Katastrophe für die Stadt. Ausgerechnet jetzt. Ich verstehe das nicht. Am Freitagnachmittag war es noch da. Ich weiß es genau, ich musste es doch noch dem Bürgermeister zeigen.«

Erst jetzt fiel Kohlschuetter auf, dass Bernd Kowalski den gleichen zerknautschten und unausgeschlafenen Gesichtsausdruck trug, wie er ihn heute Morgen bei Willi im Badezimmerspiegel schon an sich selbst gesehen hatte. Schwarzbier war nicht jedermanns Sache.

»Und bei der Gelegenheit hast du es das letzte Mal gesehen?«

»Ja, danach bin ich dann gleich ins Wochenende.«

»Und die Schlüssel?

»Der Bürgermeister und Dumbo, entschuldige, die Müller, haben Generalschlüssel. Ich habe einen für den Haupteingang und die Archivräume. Aber mal ehrlich, Timo. Das Ding ist doch nichts wert, zumindest nicht außerhalb unserer Stadtmauern.«

»Glaub mir, Bernd, das ist genau das Problem.« Kohlschuetter verabschiedete sich wenig später mit den Fingerabdrücken seines neuen Freundes in der Tasche. Der hatte, zumindest für die letzte Nacht, ein Alibi, von dem die meisten nur träumen konnten: die Sauftour mit einem Hauptkommissar.

★★★

»Was stehst du denn hier wie angewurzelt herum?« Sabine Adler lehnte in der Tür des Archivs und schaute ihren Mann vorwurfsvoll an.

»Mein Reinheitsgebot ...« Adler jaulte auf wie ein getretener Hund.

»Ich weiß. Bea hat mich angerufen. Du solltest trotzdem etwas essen, sonst verträgst du das Bier nicht.«

»Das Weißenseer schon«, entgegnete Adler mit weinerlicher Stimme.

Seine Frau verdrehte die Augen.

»Schatz, ich glaube, jemand will mich erpressen«, jammerte der Bürgermeister weiter, während er mit ihr hinausging und das Archiv abschloss.

»Mit was denn?« Sabine Adler hatte stets viel Verständnis für die Phantasie ihres Mannes. Doch manchmal war sogar ihr das Durcheinander in seinem Kopf zu viel. »Hast du etwas Ungesetzliches gemacht? Dann sage es gleich, Frank Adler!«

»Blödsinn. Die wollen meinen Rücktritt erpressen. Denn mir wird man das alles hier in die Schuhe schieben. Und der feine Kemper bekommt meinen Stuhl, verlass dich drauf. Darauf wartet der doch schon lange.«

»Dann hätten sie besser dich als den anderen tot in den China-Garten legen sollen, wäre leichter gewesen«, spottete seine Frau.

»Sabine, also wirklich«, empörte Adler sich. »Damit macht man keine Scherze.«

»Du glaubst also, sie bringen einen Menschen um, vernichten die Biervorräte und klauen die Statuta, nur um dich zu stürzen?«

Frank Adler nickte stumm.

»Dann traust du den Stadthonoratioren aber einiges zu. Donnerwetter.«

»Das macht doch sonst alles überhaupt keinen Sinn!« Frank Adler schaute seine Frau herausfordernd an.

»Das mag sein, aber ich glaube nicht, dass es dabei um dich geht. Auch wenn du an diesen unsäglichen Reibereien mit den Bayern nicht ganz unschuldig bist.«

»Ach Schatz, du hast wie immer recht«, bekannte der Bürgermeister und seufzte. »Ich werde den UNESCO-Menschen nachher einfach erzählen, unsere Statuta würden gerade in Weimar restauriert. Eine Kopie habe ich noch. Das wird schon klappen.«

»Siehst du, es geht doch.« Sabine Adler küsste ihren Mann. Der lächelte zufrieden.

»Schätzchen, da fällt mir ein, könntest du bitte für mich zur Bank gehen? Ich brauche Geld.« Frank Adler trat unsicher von einem Bein auf das andere.

»Wie viel?«

»Fünfhundert Euro.«

»Frank, das meinst du nicht ernst.«

»Ich befürchte doch.«

***

Kohlschuetter beschloss, den Weg über die Landgräfin-Jutta-Straße zur Ratsgasse zu nehmen, um dem hörbar ansteigenden Trubel auf dem Marktplatz zu entfliehen. Die appetitlichen Düfte nach Pfingstbraten variierten von Haus zu Haus und erinnerten ihn daran, dass er heute eigentlich vorgehabt hatte, den Hirschbraten mit Pilzen und Preiselbeeren seiner Mutter zu genießen. An den warmen Apfelkuchen mit Sahne durfte er dabei gar nicht denken. Die beiden sinnlosen Einbrüche hatten ihn um seine Leibgerichte gebracht. Mit etwas Glück konnte ihm jemand aus der Nachbarschaft des Rathauses bei der Suche nach dem Täter weiterhelfen, auch wenn er sich nicht viel Hoffnung machte, am Pfingstsonntag um die Mittagszeit auf verständnisvolle und hilfsbereite Anwohner zu treffen. Polizeiarbeit konnte wirklich undankbar sein.

Nachdem er noch einmal im Rathaus gewesen war und Susi die Fingerabdrücke seines neuen Freundes überreicht hatte, klingelte er an einem großen alten Bürgerhaus. Nichts rührte sich, obwohl er durch ein gekipptes Fenster deutlich das Scheppern von Töpfen und die leise Musik eines Radios hören konnte. Ungeduldig drückte er zum zweiten Mal den Klingelknopf und ließ seinen Finger darauf liegen, bis er aus dem Augenwinkel eine Gardine im Obergeschoss wackeln sah. Hastige Schritte, begleitet von einer schimpfenden Frauenstimme, bedeuteten ihm, dass man ihn gehört hatte.

Mit einem Ruck öffnete sich die Haustür, und ein rundes Frauengesicht schob sich durch den Türspalt. »Wir kaufen nichts!«, herrschte die Dame des Hauses Kohlschuetter an, und die Tür knallte zurück ins Schloss. »Jetzt schicken die von Vorwerk schon am Pfingstsonntag ihre Vertreter«, hörte er sie im Inneren des Hauses keifen.

Kohlschuetter malträtierte die Klingel aufs Neue. Die Tür öffnete sich wieder, dieses Mal mit noch mehr Schwung. Doch bevor die Dame auch nur ein Wort herausbringen konnte, hielt er ihr seinen Dienstausweis unter die Nase, begleitet von einem knappen: »Kriminalpolizei Erfurt, ich hätte ein paar Fragen an Sie.«

»Rudi, komm mal her, sofort!«, kreischte die Frau, nachdem sie sich von dem Schock erholt hatte. Ein älterer Mann in Filzhausschuhen folgte der Aufforderung umgehend.

»In das Rathaus wurde eingebrochen. Wir suchen eventuelle Zeugen. Haben Sie gestern oder vorgestern Nacht etwas Auffälliges bemerkt, vielleicht einen Fremden oder ein Geräusch?«

»Nein, überhaupt nichts«, antworteten die beiden wie aus einem Mund.

»Wir kümmern uns nicht um die Nachbarschaft, müssen Sie wissen. Das geht unsereins ja auch nichts an«, ergänzte die Frau, wobei Kohlschuetter ihr nicht einmal geglaubt hätte, wenn sie ihm den Wetterbericht aus der Thüringer Allgemeinen vorgelesen hätte.

»Und laut war es hier gestern allemal. Das Fest und die Touristen.« Der Mann schnäuzte sich in ein riesiges blau-grün kariertes Taschentuch. »Im Chinesischen Garten sollen sie einem die Kehle durchgeschnitten haben. Wissen Sie etwas davon?«

Kohlschuetter verneinte und beeilte sich, das Gespräch zu beenden. Er erinnerte sich wieder daran, warum Zeugenbefragungen schon seit der Polizeischule nicht zu seinen Lieblingsbeschäftigungen gehörten.

Während des Gesprächs hatte Kohlschuetter das untrügliche Gefühl gehabt, dass ihn jemand von hinten beobachtete. Jetzt drehte er sich abrupt um, kaum dass sich die Tür vor ihm geschlossen hatte. Ein Mann, etwa um die sechzig Jahre alt, stand in der Einfahrt auf der anderen Straßenseite und schaute ihn unverwandt an. Jetzt, da er Kohlschuetters Aufmerksamkeit hatte, nickte er und winkte den Kommissar zu sich herüber.

»Sie sind doch von der Polizei«, begrüßte er ihn, wobei der Satz eher nach einer Feststellung als nach einer Frage klang.

Kohlschuetter bejahte trotzdem.

»Gut, dass Sie mal etwas unternehmen«, flüsterte der Mann dem verdutzten Kommissar daraufhin konspirativ zu. Neben ihm kläffte ein hörbar kleiner Hund unter dem Hoftor hindurch Kohlschuetters Füße an.

»In welcher Sache?«

»Na, dass die Alte da drüben nicht immer den Silbereisen so laut macht. Ich will das nicht hören. Sie etwa?«

»Nein, aber deswegen bin ich nicht hier«, antwortete Kohlschuetter, bemüht, seine Gereiztheit zu verstecken.

»Die hat mich angezeigt?«, echauffierte sich der Mann entsetzt. »Die senile Alte mit ihrem Weichei von Mann hat mich angezeigt? Nur weil ich ein Mal …«

»Nein, nein, niemand hat Sie angezeigt«, unterbrach ihn Kohlschuetter. »Im Rathaus wurde eingebrochen. Wir suchen nach Zeugen.«

Der Mann atmete erleichtert durch. Dann sagte er: »Kann sein, dass ich was gesehen habe, heute gegen Mitternacht, da gehe ich immer mit meinem Gladiator, meinem Hund, verstehen Sie?«

Kohlschuetter verstand und hoffte, dass der Mann etwas Brauchbares zu berichten hatte, damit sein Familienmittagessen nicht vollkommen umsonst ausgefallen war.

»Gladiator schnüffelt vor dem Schlafengehen gern noch einmal sein Revier ab, und mir geht es ähnlich.« Der Mann lachte laut. »Heute Nacht waren da jedenfalls zwei junge Bürschchen. Der eine lief zwischen den Häusern hin und her, der andere stand vorn an der Ecke zum Rathaus. Als Gladiator gebellt hat, sind sie abgehauen.«

»Haben Sie sie erkannt?«

»Nee, ich bin doch nicht Kommissar Rex!« Sein Lachen schallte die Straße hinunter. »Der eine war groß und schlank mit einer seltsamen Mütze, der andere etwas kleiner und dicker. Mehr kann ich nicht sagen.«

»Und woher wissen Sie dann, dass sie jung waren?«

»Na Mensch, die sind vor meinem Gladiator weggerannt wie aufgescheuchte Karnickel. Nach Arthrose sah das nicht aus.«

Kohlschuetter bedankte sich und wandte sich dem Nachbarhaus zu.

»Die sind nicht da, Mallorca-Urlaub«, rief ihm das Herrchen von Gladiator nach. »Machen die immer um diese Zeit, die können das Bierfest nicht ausstehen.«

»Danke«, murmelte Kohlschuetter und beschloss zuzusehen, dass er etwas in den flauen Magen bekam.

★★★

Das Schinkenrührei im Stadtcafé schmeckte ausgezeichnet. Wie üblich verzichtete Kohlschuetter auf das Brot dazu. Zu viele Kohlenhydrate waren nicht gut für die Figur.

»Na, heute ganz allein?«, fragte die Bedienung neugierig, als sie den Milchkaffee brachte.

Kohlschuetter stutzte. Hoffentlich hatte er gestern im Rausch des Weißenseer Ratsbräus nicht irgendetwas gesagt oder getan, was ihm heute leidtun würde, wenn er sich daran erinnern könnte. Hatte das Stadtcafé überhaupt lange genug geöffnet, dass er mit Willi noch mal vorbeigeschaut haben konnte? Oder war sie gestern gar nicht seine einzige Bekanntschaft gewesen?

»Ihr Kollege, ist der heute nicht mitgekommen?«, versuchte die Bedienung es noch einmal.

»Ach so, ja, nein. Der hat frei«, antwortete Kohlschuetter und ärgerte sich über sich selbst, kaum dass er die Worte ausgesprochen hatte. Es war nicht gut, jedem, der es wissen wollte, auf die Nase zu binden, dass er dienstlich in der Stadt war. Nicht dass die meisten es nicht ohnehin ahnten, aber der gestrige Abend hatte absolut nichts mit seinen Pflichten als Thüringer Polizeibeamter zu tun gehabt. Und was immer da auch genau passiert war, Privates und Dienstliches zu vermischen, konnte gefährlich werden.

Grollend dachte er an Bernsen, der jetzt bei seiner Schwiegermutter saß – ob freiwillig oder nicht –, und er hatte seinen Eltern zum vierten Mal in acht Wochen das Sonntagsessen absagen müssen. Die in Nordhausen glaubten bestimmt bald, der unabkömmliche Hauptkommissar aus der Landeshauptstadt würde sich neuerdings für etwas Besseres halten. Es kam aber auch wirklich jedes Mal, wenn er sich fest vornahm, nach Hause zu fahren, irgendetwas dazwischen. Zugegeben, das lag eher an der Damenwelt und weniger an den Leichen, aber das konnte er seinen Eltern unmöglich erzählen, ohne eine Diskussion über treusorgende Ehefrauen und herzige Enkelkinder vom Zaun zu brechen.

Da bevorzugte er einen schnellen Kaffee am Bett mit Frauen wie Willi.

Kohlschuetter schlürfte die heiße Latte macchiato und freute sich an den wenigen Erinnerungen der letzten Nacht. Dabei fiel sein Blick auf den Wirt, der gerade ein Schild mit der Aufschrift »Weißenseer Ratsbräu« vom Tresen nahm.

Wie hatte er das nur vergessen können? In einer halben Stunde stach der Weißenseer Bürgermeister auf dem traditionellen Bierfest ein bayerisches Bierfass an, um die UNESCO davon zu überzeugen, dass nicht die Bayern, sondern die Thüringer das älteste Reinheitsgebot besaßen. Eine verrückte Welt.

Sein Telefon klingelte. Susi.

»Hallo, meine …« Bevor Kohlschuetter eine erneute Charmeoffensive starten konnte, rasselte seine Kollegin die Ergebnisse des Abgleichs der Fingerabdrücke herunter. Sie war offensichtlich etwas unter Druck, was man ihr bei den sich in Weißensee überschlagenden Ereignissen nicht verübeln konnte. Mit einem knappen Gruß legte sie auf.

Angestrengt dachte Kohlschuetter über Susis Entdeckungen nach. In der Brauerei wimmelte es nur so von Fingerabdrücken vom gestrigen Schankbetrieb, aber nur zwei Spuren fanden sich an den Tanks, die von Peter Bärmann und die einer unbekannten Person. Im Stadtarchiv gab es drei verschiedene Abdrücke. Margit Müller, die zugab, dort gewesen zu sein, aber behauptete, nichts gestohlen zu haben. Der Archivar, der dort ein und aus ging und zumindest für die letzte Nacht ein wasserdichtes Alibi hatte, und die Abdrücke einer unbekannten Person, die mit denen in der

Brauerei identisch waren. Es musste sich also ein und dieselbe Person Zugang zur Brauerei und dem Archiv verschafft haben, und das mit einem passenden Schlüssel, da es in beiden Fällen keine Einbruchsspuren gab. Kohlschuetter arbeitete lange genug bei der Polizei, um zu wissen, dass das kein Zufall sein konnte.

Hoffentlich gehören die Fingerabdrücke nicht zu einem Bayern, dachte er und erschrak über seine eigenen Gedanken. Doch er musste auf das Schlimmste gefasst sein. Und eine Eskalation des Konflikts wäre wahrlich nicht in seinem Sinne.

Draußen hob die Blaskapelle zu spielen an. Es war gleich halb drei, Zeit für Adlers großen Auftritt.

***

»Meine verehrten bayerischen Freunde, liebe Weißenseerinnen und Weißenseer, herzlich willkommen auf unserem diesjährigen Bierfest ...«

Frank Adler war in seinem Element. Mit stolzgeschwellter Brust stand er auf der Bühne und unterhielt die zahlreichen Gäste mit mehr oder weniger heiteren Anekdoten zur Biergeschichte seiner Stadt. Zu seiner Linken schauten zwei Herren in dunklen Anzügen etwas schüchtern in die Runde.

Wie hat er es nur geschafft, dass sich gleich zwei Vertreter der UNESCO an einem Pfingstsonntag auf den weiten Weg ins Thüringer Becken machen und volksverbunden Freibier ausschenken?, fragte sich Kohlschuetter, der, an einem Sonnenschirm angelehnt, das Schauspiel beobachtete. Dann fiel sein Blick auf das Bierfass neben den beiden Herren von der UNESCO, und er traute seinen Augen kaum. »Das darf doch nicht wahr sein, so eine Dreistigkeit ...«, murmelte er schockiert.

»Das ist wahre Heimatliebe, Herr Kohlschuetter.« Wie aus dem Nichts war Bea Meier neben ihm aufgetaucht und hatte ihm diesen Satz ins Ohr geflüstert. »Es bleibt natürlich unter uns.« Bei diesen Worten legte sie verschwörerisch den Zeigefinger ihrer linken Hand vor die dick geschminkten Lippen und rollte mit den Augen, dass es Kohlschuetter angst und bange wurde.

»Das ist Betrug«, flüsterte er zurück.

»Nicht, wenn der Verkäufer dafür bezahlt wurde.«

»Sie haben tatsächlich einen Bayern gefunden, der auf sein Bierfass das Logo der hiesigen Ratsbrauerei geklebt hat?«

»Franki hat es aus seiner eigenen Tasche bezahlt, und das nicht zu knapp.« Sie gluckste wie ein junges Mädchen, das von seinem ersten Kuss erzählt.

Kohlschuetter konnte es nicht fassen. Er hoffte nur, dass der Schwindel nicht aufflog, denn das Freundschaftsfest würde in dem Fall leicht zu einem Kriegsspektakel werden. Sprachlos angesichts so viel Dreistigkeit musterte er Bea Meier.

Die schaute lächelnd in Richtung Bühne. Hin und wieder stimmte sie einen Zwischenapplaus für ihren Chef an, begleitet von lauten Jubelrufen.

»Bei all seinen Macken, unser Adler ist ein Kämpfer. Er lebt für diese Stadt.« Sie streckte sich dem über eins achtzig großen Kohlschuetter wichtig entgegen.

»Das sieht die Chefin vom Ordnungsamt sicher nicht so.«

»Margitchen?« Bea Meier zuckte mit den Schultern. »Die ist etwas schwierig, wenn es um Franki geht, aber trotzdem kein schlechter Mensch. Und vor allem keine Mörderin, falls Sie darauf hinauswollen.«

Der Buschfunk funktioniert hier ja ausgezeichnet, dachte Kohlschuetter und beobachtete weiter das Treiben auf der Bühne.

»Es ist vierzehn Uhr vierunddreißig. Herr Dr. von Brustewitz, wenn Sie nun bitte unser frisch gebrautes Weißenseer Ratsbräu anzapfen würden«, schrie Adler unter den Begeisterungsrufen der Gäste in sein Mikrofon.

Dr. von Brustewitz, dessen schicker Anzug nun von einer grünen Schürze verdeckt wurde, griff zum Hammer und schlug gekonnt zu.

»Eins, zwei«, zählte das Publikum; dann saß der Hahn, und das erste bayerische Weißenseer Ratsbräu lief in ein Glas.

»Freibier für alle«, jubelte der Bürgermeister mit hochgerissenen Armen. Die Erleichterung stand ihm ins Gesicht geschrieben.

Kohlschuetter entschied sich für eine Cola am Tisch von Willi und für einen verdienten freien Sonntagnachmittag.

★★★

Das Bierfest war in vollem Gange. »Seppl und seine Bursch'n« und literweise Gerstensaft, von dessen Herkunft Kohlschuetter lieber nichts wissen wollte, sorgten für gute Laune. Bayern und Thüringen prosteten sich zu, sangen, schunkelten und scherzten. Ein Erfolg, den ohne Zweifel der Bürgermeister für sich verbuchen konnte.

Kohlschuetter fiel auf, dass Margit Müller am Nachbartisch Platz genommen hatte. Ihre Anwesenheit wäre eigentlich nichts Ungewöhnliches, wenn sie nicht erst heute Morgen ihre geradezu militante Abneigung gegen alles, was mit dem Bierfest zu tun hatte, in einer äußerst einprägsamen und vor allem schonungslosen Form kundgetan hätte. Jetzt saß sie quietschvergnügt – soweit eine Dame von ihrem Gemüt das sein konnte – direkt neben Klaus Bärmann und nippte an einem Glas Wasser.

Seltsam, dachte Kohlschuetter und beschloss, »Dumbo«, wie Bernd Kowalski sie nannte, im Auge zu behalten.

Auf einmal tippte ihm jemand auf die Schulter. Die fremde Schönheit mit dem dicken Veilchen, dessen dunkles Violett heute bereits etwas heller schimmerte, stand mit schüchternem Gesichtsausdruck hinter ihm. »Ist hier noch frei?«

Kohlschuetter nickte, deutete auf den leeren Platz neben sich und rückte ein wenig zur Seite, obwohl das eigentlich nicht notwendig war. Er fühlte sich nicht ganz wohl in seiner Haut. Die junge Frau entsprach zwar genau seinem Beuteschema, doch irgendetwas sagte ihm, dass er in diesem Fall lieber die Füße stillhalten sollte. Seit ihrer ersten Begegnung machte sie auf ihn einen irgendwie verstörten Eindruck. Und jetzt kam sie einfach so an seinen Tisch. Merkwürdig.

Eine halbe Stunde verging, ohne dass sie ein Wort sprachen. Kohlschuetter war schon nahe dran zu glauben, dass ihr Interesse wirklich nur dem freien Platz neben ihm gegolten hatte, da sagte sie: »Sie sind Polizist.«

Die Gewissheit, mit der sie diese Worte formulierte, überraschte den Kommissar nicht wirklich. Er war mittlerweile daran gewöhnt, dass auf seiner Stirn der Stempel »Thüringer Polizei« prangte. »Ja«, antwortete er knapp.

Ohne irgendeine erkennbare Reaktion nahm sie einen Schluck von ihrem Wasser. Weitere Minuten vergingen.

»Ich muss mit Ihnen reden«, sagte sie dann.

»Um was geht es denn?« Kohlschuetter merkte, wie in ihm die Neugier wuchs. Irgendetwas stimmte mit dieser Frau nicht, und er glaubte sich kurz davor herauszubekommen, was es war.

»Es ist etwas schwierig ...« Zögerlich strich sie sich mit der Hand eine blonde Strähne aus dem Gesicht. »Ich weiß nicht, ob ...«

Kohlschuetter hielt den Atem an.

Plötzlich gab es einen lauten Knall. Jemand hatte einen dicken Bierhumpen auf die Pflastersteine geworfen, dessen Scherben bis zu Kohlschuetters Tisch spritzten.

Klaus Bärmann kletterte auf den Nachbartisch und schrie aus Leibeskräften: »Die Bayern haben unser Reinheitsgebot geklaut! Und unser Weißenseer Bier haben sie auch auf dem Gewissen. Was ihr da sauft, ist die Plörre dieses scheinheiligen Packs. Sie haben uns das Heiligste genommen, und jetzt verhöhnen sie uns auch noch. Weißenseer, das dürfen wir uns nicht gefallen lassen!«

Der Tumult brach aus, kaum dass Bärmann geendet hatte. Noch bevor Kohlschuetter den Nachbartisch erreichen konnte, flog einer der Bayern über eine Bierzeltgarnitur und landete am Boden. Mehrere Männer lagen Bruchteile von Sekunden später ineinander verkeilt auf dem Straßenpflaster und bearbeiteten einander mit den Fäusten. Biergläser, Bänke, Sonnenschirme und alles, was leicht greifbar war und als Wurfgeschoss verwendet werden konnte, landete auf einem Bayern oder auf einem Thüringer. Denn die bayerischen Gäste, die alle gar nicht wussten, wie ihnen geschah, standen den Thüringern in nichts nach.

Bürgermeister Adler, der vor St. Peter und Paul die Herren von der UNESCO verabschiedet hatte, kam gerade rechtzeitig zum Marktplatz zurück, um von der Handtasche einer kräftigen Bajuwarin eins übergezogen zu bekommen. Er strauchelte und fiel wie eine Bowlingkugel in zwei Stehtische der Bayernhütte, was die Gemüter noch mehr anheizte. Bea Meier, die eine der städtischen Geranien abbekommen hatte, zerriss wutschnaubend den bayerischen Fahnenschmuck und die Plakate. Dann versuchte sie sich an ein paar laut kreischenden Teenagern, die die kleine rundliche Frau jedoch ohne Probleme niederstreckten. Die rechte Hand des Bürgermeisters landete mit blutender Nase auf dem Bürgersteig.

Kohlschuetter, der eigentlich die Absicht gehabt hatte, die aufgebrachten Massen zu beruhigen, erkannte die Sinnlosigkeit dieses Unterfangens und stand von da an untätig am Rand und beobachtete das Treiben. Im Augenwinkel sah er noch, wie Margit Müller schnellen Schrittes und ohne sich einmal umzusehen in Richtung Runneburg verschwand. Es konnte nur noch Minuten dauern, bis die Kollegen aus Sömmerda eintrafen, die von Kohlschuetter telefonisch alarmiert worden waren. Dann würde das diesjährige Bierfest ein jähes Ende finden.

In der Tat war der Marktplatz einige Zeit später wie leer gefegt. Nur der harte Kern um Klaus Bärmann und ein paar beleidigte Bayern, die Anzeige erstatten wollten, waren geblieben und redeten aufgeregt auf Kohlschuetter ein.

Die Vehemenz, mit der Klaus Bärmann auf seinen Anschuldigungen beharrte, war mehr als beeindruckend. Frei von jedem Schuldgefühl ergoss er sich in Monologe, die an Engstirnigkeit und Aggressivität kaum zu überbieten waren. Erst als Walter Kemper, der sich nicht an der Schlägerei beteiligt hatte, schlichtend eingriff, schwieg er beleidigt. Kohlschuetter konnte Kempers Gutsherrengehabe nicht ertragen und überließ einem jungen Beamten die Aufnahme der Personalien.

Bürgermeister Adler, der der Handtasche ein dickes blaues Auge zu verdanken hatte, saß mit hängenden Schultern auf einer Bank. Neben ihm tupfte Bea Meier mit den Taschentüchern, die ihr Sabine Adler ohne Unterlass reichte, das Blut von ihrer Nase.

Das traurige Ende eines besonderen Pfingstsonntages, dachte Kohlschuetter.

»Wie haben die das nur herausbekommen?«, jammerte Frank Adler ununterbrochen. »Glücklicherweise waren die von der UNESCO schon gefahren. Wenn ich mir vorstelle … nein, oh nein.«

Kohlschuetter warf einen vielsagenden Blick auf Bea Meier. Die senkte schuldbewusst den Kopf und starrte auf ihre Schuhe, ein Paar mit gestickten Edelweißblüten verzierte Wildledermokassins.

»Sie müssen unser Reinheitsgebot wiederfinden«, flehte Frank Adler. »Sonst war alles umsonst.«

»Und natürlich den Mörder dieses Bayern. Das geht inzwischen eindeutig zu weit«, ergänzte Bea Meier kleinlaut mit immer noch gesenktem Kopf.

»Alfons Weidinger ist eines natürlichen Todes gestorben«, erklärte Kohlschuetter gereizt und ignorierte die überraschten Blicke. Er ärgerte sich, das nicht schon vor dem Bierfest aufgeklärt zu haben. Vielleicht hätte die Keilerei dann gar nicht stattgefunden. Mussten diese Idioten sich denn auch ausgerechnet dann schlagen, wenn er kurz davor war, das Geheimnis der fremden Schönheit zu lüften? Hoffentlich reisten die Kegelfreunde jetzt nicht Hals über Kopf ab. Verdenken könnte er es ihnen nicht.

»Ob Mord oder nicht, für Bärmann spielte das keine Rolle. Er wollte Streit«, sagte Frank Adler niedergeschlagen. »Morgen früh gehe ich zur Reisegruppe der Witwe und entschuldige mich«, fügte er hinzu. »Und du kommst mit.« Die letzten Worte galten seiner Sekretärin, deren Kopf in Sekundenschnelle dunkelrot anlief. Sie wagte keine Widerworte.

Als der Polizeieinsatz beendet war und Kohlschuetter sich zu seinem Wagen aufmachte, begann Werner Podeiske, die Scherben zusammenzufegen. Es wurde Zeit, dass in der alten Landgrafenstadt wieder Ordnung einkehrte.

SECHS

»Rotfeder, es ist mein Job, und den habe ich nun mal in Thüringen«, säuselte Bernsen in die Freisprechanlage seines Autos. »Meinst du, ich wollte nicht auch lieber mit dir am Frühstückstisch sitzen?«

… und den Geschichten deiner Mutter über zu teures Gemüse und die Verbrecher von den Hannoverschen Stadtwerken lauschen, ergänzte er in Gedanken.

»Ausgerechnet an unserem schönen Pfingstwochenende. Meinst du, für mich ist das eine Freude? Beileibe nicht, das kann ich dir aber sagen. Bei diesen Waldbauern in der Pampa Verbrecher zu jagen, ist wahrlich kein Vergnügen. Und vor allem ist es gefährlich, gerade mit so einem jungen, unerfahrenen Kollegen an der Seite. Da muss man schon so ein alter Profi sein wie ich.«

Er hoffte, dass sie endlich eine Einsicht haben und ihm beipflichten würde. Doch seine Rotfeder schwieg, seitdem er sich heute Morgen vor dem Haus ihrer Mutter in Hannover-Anderten von ihr verabschiedet hatte. Ohne Unterlass hatte er auf sie eingeredet, dabei konnte er sich nicht einmal sicher sein, ob sie das Telefon nicht längst im geliebten Aquarium seiner Schwiegermutter versenkt hatte.

Dass norddeutsche Frauen so viel Temperament haben konnten, hatte er bis zu seiner Hochzeit nie vermutet. Seine Rotfeder jedenfalls versprühte es nur so, vor allem, wenn ihr Mann ins ferne Thüringen aufbrechen musste. Sie hätte es lieber gesehen, wenn er in der Bremer Fußgängerzone Streife laufen würde. Das Arbeitsleben im fernen Osten war ihr nichts. Zwei Mal hatte sie ihn in den ganzen Jahren in Erfurt besucht. Sie vertrug die Luft nicht. Und Bernsen hatte Verständnis, schließlich lebte er damit von Montag bis Freitag in der Freiheit von Pizza und Fußball.

Nur seine sonntägliche Abreise gestaltete sich immer etwas schwierig. In absehbarer Regelmäßigkeit bekam seine Frau just in dem Moment, in dem er in sein Auto steigen wollte, Migräne, Ohnmachtsanfälle, Ohrensausen, Schwindelgefühle. Sie hatte es sogar schon zu einem angeblichen Herzinfarkt gebracht. Er hasste diese Sonntage. Denn zu guter Letzt brach er nie vor Montag früh auf, was ihn schlussendlich seinen ruhigen Job im Innendienst gekostet hatte. Ein dauernd zu spät kommender Mitarbeiter bringt irgendwann jeden Chef auf die Palme. Aber diese Art der Disziplinierung musste nun wirklich nicht sein. Vor allem nicht so kurz vor dem Ruhestand.

Als Kohlschuetter ihn heute Morgen um kurz nach acht aus dem Bett geklingelt hatte, war er schon auf das Schlimmste gefasst gewesen. Doch seine Rotfeder hatte sich diesmal nur in ein nahezu würdevolles Schweigen gehüllt, als er ihr sagte, dass er früher zurückfahren müsse, was ihm lediglich angedeutet hatte, dass er seinen Kaffee an der Tankstelle trinken musste.

Ihm sollte es recht sein, Hauptsache, er war so schnell wie möglich in Weißensee.

★★★

»Gut, Herr Podeiske, Sie haben heute Morgen also die Mülleimer geleert, und da haben Sie den Toten im Teich entdeckt.« Kohlschuetter sprach ruhig und langsam, damit der vollkommen aufgelöste Hausmeister ihm auch folgen konnte.

Doch Werner Podeiske starrte nur unablässig auf Susanne Summers Mitarbeiter, die gerade einen toten Mann aus dem »Teich der vier Jahreszeiten« bargen. Der Schock schien dem armen Mann komplett die Sprache verschlagen zu haben.

»Sinnlos«, murmelte Kohlschuetter. Dann schob er Werner Podeiske hinauf zur Tee & Kaffee-Terrasse, wo er Franka bat, ihn mit einem starken Kaffee zu versorgen.

Als der Anruf der Leitstelle Kohlschuetter vor fast zwei Stunden aus dem Schlaf gerissen hatte, hatte er zunächst an einen schlechten Scherz geglaubt. Aber die Kollegen machten keine Witze. In der kleinen lieblichen Landgrafenstadt lag die zweite Leiche innerhalb von drei Tagen. Nach den gestrigen Ereignissen sollte das Kohlschuetter eigentlich nicht wundern. Doch warum Menschen sich gegenseitig umbrachten, war ihm auch als Kripobeamter immer wieder ein Rätsel.

Bei allem Respekt vor dem freien Wochenende seines Kollegen war ihm angesichts dieser Neuigkeit nichts anderes übrig geblieben, als den knurrigen Norddeutschen über die jüngsten Geschehnisse ins Bild zu setzen. Und Bernsen war wider Erwarten sofort aufgebrochen, was Kohlschuetter mehr als recht war. Die Sache schien nämlich so langsam aus dem Ruder zu laufen.

Zurück am »Teich der vier Jahreszeiten«, schaute er in das ausgelaugte, blasse Gesicht eines vollkommen durchnässten Mannes, der kaum älter war als er selbst und der sicherlich nicht freiwillig auf dem Grund dieses kleinen stehenden Gewässers gelandet war.

»Der Tod ist vor mindestens sechs Stunden eingetreten. Eher acht, höchstens zehn. Die vollständige Ausbildung der Leichenstarre und die Totenflecken lassen darauf schließen. Sehen Sie hier«, der Notarzt versuchte den Arm des Toten gewaltsam zu beugen. »Und dann die Hände. Die sogenannte Waschhaut bildet sich an der Hohlhand erst nach rund sechs Stunden im Wasser. Genauer könnte ich es Ihnen durch eine Temperaturmessung sagen. Im Rektum. Soll ich?«

Der Notarzt, derselbe wie vor drei Tagen und für Kohlschuetter dadurch fast schon ein alter Bekannter, schaute ihn fragend an. Für den Kommissar sah es ganz so aus, als hätte hier jemand sein Interesse an der Rechtsmedizin entdeckt. Die Erklärungen kamen ihm zumindest deutlich ausführlicher vor als bei ihrer letzten Begegnung.

»Ich denke, das wird nicht notwendig sein. Danke.«

Fast schon enttäuscht widmete sich der Notarzt wieder der Leiche. »Sehen Sie die Wunde hier?« Er zeigte auf ein riesiges, vom Wasser hellrot gefärbtes Loch im Kopf des Opfers. »Sieht nach einem kräftigen Schlag aus. Ob er tödlich war, lässt sich rein äußerlich nicht feststellen. Da muss Jena ran, aber schnell, bei Wasserleichen setzt die Fäulnis sehr zügig ein.«

Der hat es drauf, dachte Kohlschuetter. Dann murmelte er: »Professor Kalder. Jetzt hat er seine Wasserleiche aus Weißensee. Nur dass wir dieses Mal eher nicht auf eine natürliche Todesursache hoffen dürfen.«

Der Notarzt schaute auf. »Ach, der Letzte war wohl …«

Kohlschuetter nickte.

»Dann geht es ja noch. Ich dachte schon, in Weißensee sei der Blutrausch ausgebrochen. Zweimal im Chinesischen Garten ist doch ein seltsamer Zufall.«

»Wem sagen Sie das?« Kohlschuetter streifte sich Latexhandschuhe über und durchsuchte die Taschen des Toten. Er fand ein Feuerzeug mit dem Aufdruck eines Ingolstädter Autohauses und eine durchgeweichte Visitenkarte von »Schlank und schön«, einem Fitnessstudio, ebenfalls in Ingolstadt. »Wenn das wieder ein Bayer ist, drehe ich am Rad«, fluchte er. »Noch dazu einer aus Ingolstadt.«

»Wenigstens wäre das Mordmotiv damit klar«, scherzte Susanne Summer, die neugierig näher gekommen war. »Die Bayern klauen unsere Kulturschätze, vernichten unsere Grundnahrungsmittel und schänden unsere Frauen.«

»Susi, bitte mal den Teufel nicht an die Wand. Ich bin mit den Ermittlungen auch ohne ein Hassmotiv vollkommen ausgelastet. Kein Bedarf an mehr und hier schon mal gar nicht.«

»Ich dachte, du hättest inzwischen dein Herz für die Nachfahrinnen der Landgräfin entdeckt? Da lohnt es sich doch, etwas länger in der Stadt zu bleiben.«

Woher sie das nur schon wieder weiß, dachte Kohlschuetter angesäuert, als er ihr lächelnd die beiden Fundstücke reichte. »Hast du schon etwas für mich?«, erkundigte er sich, um von seiner Wenigkeit abzulenken.

»Also bitte, nach fünf Minuten? Frag mich in einer Stunde noch mal.« Sie verdrehte ihre schönen Augen und öffnete den Spurensicherungskoffer.

»Dann eben Podeiske«, murmelte Kohlschuetter und machte sich schmollend auf den Weg zur Terrasse.

★★★

Kohlschuetters Handy vibrierte in seiner Hosentasche. Sicher war das wieder Katja. Wie konnte diese Frau nur so hartnäckig an ihm kleben, obwohl sie doch am Samstag mindestens eine Stunde vor dem Bowling Center auf ihn gewartet haben musste?

Nach Kohlschuetters Erfahrung warteten die meisten Frauen fast eine Stunde, wenn sie ein ernsthaftes Interesse an einem Mann hatten. Und das auch am Sonnabend zur besten Ausgehzeit.

Dabei traf ihn, was das verpasste Date mit Katja anging, doch gar keine Schuld – der Todesfall, das Bier und natürlich Willi waren irgendwie dazwischengekommen. Die letzten beiden Gründe sollte er ihr allerdings lieber verschweigen. Ihre unablässigen Versuche, ihn zu erreichen, deuteten eindeutig auf Zickenterror hin, da war es besser, die Wahrheit ein wenig abzukürzen.

Widerwillig griff er nach dem Telefon, warf einen flüchtigen Blick auf das Display, glaubte, die Handynummer zu erkennen – die Telefonnummern seiner Freundinnen speicherte er grundsätzlich nicht ab, eine wohlkalkulierte Vorsichtsmaßnahme –, und ging ran. »Du hast einen Wunsch frei. Ich bin ein unzuverlässiger, viel beschäftigter Kriminalbeamter, der um Verzeihung bittet«, säuselte er.

Am anderen Ende der Leitung blieb es eine Weile still. Schließlich sagte eine fremde Frauenstimme: »Nun, dann wünsche ich mir, mit Ihrem Kollegen zu sprechen. Natürlich nur, wenn der zuverlässig ist.«

»Äh, wer ist da, bitte?«, stammelte Kohlschuetter. Innerlich verfluchte er seine Nachlässigkeit in Sachen Telefonkontakte. Und das auch noch auf einem dienstlich genutzten Handy. Er musste sich schleunigst ein neues System ausdenken, das ihn weder bei den Frauen in Gefahr brachte noch bei den Kollegen der Lächerlichkeit preisgab.

»Melanie Anders, Rechtsmedizin Jena. Ich rufe im Auftrag von Professor Kalder an.« Es war deutlich zu hören, dass die junge Frau wenig Verständnis für seine Eskapaden hatte.

Kohlschuetter hätte am liebsten »Falsch verbunden!« gerufen und aufgelegt. Stattdessen versuchte er, die peinliche Situation zu umschiffen, und tat, als sei nichts gewesen: »Liegt das Obduktionsergebnis von Alfons Weidinger vor?«

»Ja. Der Professor sagte, Sie bräuchten die Ergebnisse schnell, da Ihr Urlaub ansteht.« Melanie Anders klang genervt.

»Das ist sehr nett. Aber von Urlaub kann …« Kohlschuetter stockte. Er konnte er ihr unmöglich erzählen, dass die Sache mit dem Urlaub wohl nur auf die mögliche Schusseligkeit ihres Chefs zurückging. »Ja, Urlaub. Was haben Sie zu Weidinger?«

»Er litt an einer primär elektrischen Herzerkrankung«, begann Melanie Anders und setzte zu einer längeren Erklärung an.

»Plötzlicher Herztod also?«, unterbrach Kohlschuetter.

»Ach, Sie wissen schon Bescheid?«

»Nein. Ich lese die Apotheken-Umschau«, scherzte er, um die deutlich gespannte Stimmung etwas aufzulockern.

»Bei zehn bis dreißig Prozent der plötzlichen Herztode, auch *sudden unexplained death syndrome*, SUDS, genannt, können wir selbst durch eine Autopsie keine erkennbare Todesursache feststellen. Es gibt keine Veränderungen am Herzen, die Ursache ist zumeist arrhythmogener Natur. Die primär elektrischen Herzerkrankungen zählen dazu. Sie basieren auf pathologischen Veränderungen kardialer Ionenkanäle, die durch Genmutationen ausgelöst werden. Da die Ionenkanäle an der Reizleitung des Herzens beteiligt sind, kann eine Fehlfunktion zu Herzrhythmusstörungen und letztendlich zu Kammerflimmern führen. Alles klar?«

»Ehrlich gesagt, habe ich kein Wort verstanden«, bemerkte Kohlschuetter vorsichtig.

»Ich dachte, Sie lesen die Apotheken-Umschau. Das spart den Rechtsmediziner«, antwortete Melanie Anders spitz.

»Entschuldigung«, murmelte Kohlschuetter.

»Ich weiß schon. Ich habe einen Wunsch frei. Also passen Sie auf, Sie gute Fee.« Die Rechtsmedizinerin atmete tief durch. »Alfons Weidinger ist an einem Gendefekt im Herzen gestorben. Damit kann man theoretisch alt werden, bei psychischem oder physischem Stress befinden sich Menschen mit dieser Erkrankung aber schnell in Lebensgefahr, vor allem, wenn sie nicht behandelt werden.«

»Der Geschlechtsverkehr?«

»Möglich, zumal er, wie Ihnen der Professor sicherlich bereits gesagt hat, kurz vor seinem Tod mit zwei verschiedenen Frauen geschlafen haben muss.«

»Wow«, entfuhr es Kohlschuetter. Das hatte der Professor bei aller Freude über den Akt wohl vergessen zu erwähnen.

»Dachte ich mir, dass Sie das so sehen.«

»Und das Cannabis?«

»Könnte als Aphrodisiakum interessant sein. Vielleicht hat er seine Leistungsfähigkeit dadurch überschätzt. Ansonsten nicht der Rede wert.«

»Hätte man ihm helfen können?«

»Schwer zu sagen. Es gibt Patienten, bei denen im Vorfeld

Symptome wie Brustschmerzen, Atemnot oder Ohnmacht auftreten. Andere merken nichts, fallen um und sind tot.«

»Kann man die Krankheit behandeln?«

»Ja, wenn man sie entdeckt. Wichtig ist, dass Sie mit den Angehörigen reden. Es handelt sich dabei um eine vererbbare Geschichte.«

»Verstehe. Es ist übrigens sehr nett, dass Sie sich an einem Feiertag die Zeit genommen haben, die Obduktion durchzuführen, zumal wir Ihnen gleich noch einen zweiten Toten schicken.«

»Das darf doch wohl nicht wahr sein.« Melanie Anders schnaufte empört.

»Doch, leider, und wir haben noch keinen Hinweis auf seine Identität. Er lag im Seerosenteich.«

»Eine namenlose Wasserleiche? Mir bleibt auch nichts erspart. Und der Professor macht sich einen schönen Tag auf seinem Motorrad.«

»Irgendwann muss er sich doch auf die Rente vorbereiten«, versuchte Kohlschuetter erneut zu scherzen.

»Professor Kalder ist seit vierzehn Jahren pensioniert«, antwortete Melanie Anders knapp. Es klang nicht so, als ob sie lachen würde.

»Dann geht er doch bestimmt schon auf die achtzig zu«, antwortete Kohlschuetter erstaunt. »Warum in aller Welt arbeitet er noch?«

»Ist eben sein Hobby.« Sie seufzte. »Und damit ich mich nicht an den Chefsessel gewöhne.«

»Haben Sie nicht gerade gesagt, er fährt Motorrad?«

»Harley Davidson. Er ist der Vorsitzende der ›Harley Forensic Group Jena‹. Wann kommt die neue Leiche?«

»Etwa in einer Stunde.«

»Dann kann ich wenigstens noch ins Fitnessstudio gehen. Rechnen Sie nicht zu bald mit den Ergebnissen.«

»Eine gute Fee lässt man doch nicht warten«, versuchte Kohlschuetter es auf die charmante Tour.

»Ja, eine gute nicht. Schönen Tag noch.«

★★★

Schon von Weitem sah Kohlschuetter Frank Adler mit wild fuchtelnden Armen zwischen den Stühlen und Bänken der Tee & Kaffee-Terrasse hin und her laufen. Den kriegt auch keiner unter, dachte er und steuerte auf den Bürgermeister zu.

»Mein lieber Herr Kommissar, es tut mir furchtbar leid. Ich weiß auch nicht, was neuerdings in meiner Stadt los ist.« Adlers linkes Auge strahlte heute in einem satten Dunkelviolett, und er schien Mühe zu haben, es offen zu halten. »Glücklicherweise ist es wieder kein Weißenseer.« Und dann fügte er fast schon rechtfertigend hinzu: «Zumindest sagt das der Werner.«

Kohlschuetter meinte, eine gewisse Beruhigung aus den Worten des Bürgermeisters herauszuhören.

»Das kann mir doch Herr Podeiske selbst erzählen, oder?« Er wies auf den Hausmeister, der wie ein Häufchen Elend an einem der Tische saß.

»Oder mir!«, schmetterte ihnen Bernsen entgegen und näherte sich vom Haupteingang her. »Moin, ich trinke meinen Kaffee schwarz, mit viel Zucker. Ein Fischbrötchen wäre auch nicht schlecht. Und bleiben Sie mir bloß mit dem grünen Gesöff vom Leib.«

Er hatte den letzten Satz noch nicht beendet, da sprang Werner Podeiske auch schon auf und stürzte zu Franka, um kurz darauf mit drei großen Tassen Kaffee zurückzukommen.

Kohlschuetter schaute seinen ruppigen Kollegen ungläubig an. »Was machen Sie denn schon hier? Sind Sie geflogen?«

»Die Autobahn war frei, Tempo zweihundertzwanzig, alles andere erledigt das Blaulicht.«

Kohlschutter schnaubte verhalten. Bernsens vorgetäuschte Dienstbeflissenheit war wirklich unerträglich.

»Dann erzählen Sie mal. Was ist hier los, Herr Bürgermeister, wieder einen unbescholtenen Bayern um die Ecke gebracht?« Bernsen lachte frech.

»Sagen Sie das mal bloß nicht zu laut.« Kohlschuetter nahm von Werner Podeiske eine der Tassen entgegen.

Frank Adler zog die rechte Augenbraue nach oben – die andere würde sich in den nächsten zwei Wochen bestimmt nicht mehr schmerzfrei bewegen lassen –, spitzte zweimal kurz die Lippen und sagte: »Das heißt doch wohl nicht … Schon wieder einer unserer bayerischen Freunde, des Lebens beraubt, in meinem Teich? Die armen Fische. Entschuldigung.«

Kohlschuetter stutzte angesichts der Formulierung »unsere bayerischen Freunde«. Er brauchte einen Moment, um das Gehörte zu verdauen, und antwortete: »Herr Bürgermeister. Das wissen wir nicht. Der Tote hatte keine Papiere bei sich. Ich bitte Sie, diese Vermutung für sich zu behalten.«

»Natürlich. Selbstverständlich. Außerdem bezweifle ich, dass es sich um einen Bayern handelt. Welchen Grund sollte es geben?« Adler hielt sich den Kopf, als ob ihm dadurch einfallen könnte, warum in Weißensee dieser Tage ein Bayer nach dem anderen den Tod fand.

»Welchen Grund gab es denn gestern?« Bernsen schlürfte laut hörbar seinen Kaffee.

»Was interessiert mich das Gestern? Die Sache ist aus der Welt. Ich habe mich bei der bayerischen Reisegruppe aus dem Promenadenhof für die Unannehmlichkeiten entschuldigt. Nette Leute, wirklich nette Leute. Und so trinkfest. Wenn der Xaver mich gestern Abend nicht nach Hause gebracht hätte, ich sage Ihnen …«

»Wann war das?«, hakte Kohlschuetter nach.

»Gegen eins«, antwortete Adler, ohne über den tieferen Sinn der Frage nachzudenken.

»Und da ist Ihnen nichts Ungewöhnliches aufgefallen? Schließlich wohnen Sie ja fast im Chinesischen Garten«, meinte Bernsen.

»Nein, nur die wunderbare Ruhe, die aus der Harmonie der sieben Dinge entspringt.« Frank Adler lächelte milde, besann sich gleich darauf auf die Umstände, deretwegen sie hier standen, und setzte eine ernste Miene auf.

Bernsen verdrehte die Augen.

Mit gedämpfter Stimme verkündete der Bürgermeister: »Ich habe übrigens für heute Nachmittag ein länderübergreifendes Freundschaftsspiel zur Demonstration unserer Versöhnung angesetzt, Sportplatz Fischhof. Sie kommen doch auch?«

»Fußball?« Bernsens Interesse schien geweckt zu sein.

»Ja, der FC Weißensee 03 gegen Sonnleitner Reisen Ingolstadt. Wir spielen aber nur zehn gegen zehn, mehr hat der Sonnleitner ja jetzt nicht mehr. Und die Frauen weigern sich. Aber egal. Die Weißenseer gewinnen sowieso.«

Erst als Adler den Blick der beiden Kommissare sah, schien er sich über die Wirkung seiner Worte klar zu werden. Schuldbewusst biss er sich auf die Unterlippe. »Ich meine natürlich, es ist einerlei, wer gewinnt, ein Freundschaftsspiel eben ...«

»Ist schon gut, Herr Adler, wir haben Sie verstanden. Der Garten bleibt heute übrigens zu, und schöne Pfingsten noch«, sagte Bernsen und verabschiedete den Bürgermeister damit so unsanft wie überdeutlich. An Kohlschuetter gewandt, flüsterte er: »Na, hoffentlich hat Sonnleitner inzwischen nicht nur noch neun Spieler, auch wenn wir dann weniger Arbeit hätten.«

Kohlschuetter reagierte nicht. Sein Blick aber verriet, dass er das Gleiche dachte.

»Kommen wir zu Ihnen, Herr Hausmeister. Sie erzählen uns jetzt mal, wie sich das heute Morgen abgespielt hat«, forderte Bernsen nun Podeiske auf, der angesichts des Tonfalls schlagartig anfing zu zittern.

Er schluckte und begann stockend zu erzählen.

Nichts sei anders gewesen als an allen anderen Tagen und eigentlich sogar ganz genauso wie am Freitag. Nur dass er beim Füttern der Fische plötzlich in ein menschliches Antlitz gesehen habe. Auch diesen Toten kannte er nicht. Und natürlich hatte er am Abend vorher die beiden Türen sorgsam abgesperrt. Bei seinem Nachtrundgang gegen dreiundzwanzig Uhr – nach den Vorfällen vom Freitag würde er den nie wieder versäumen, das hatte er sich geschworen – hatte er auch nichts Auffälliges bemerkt. Den Nebeneingang, durch den er reingekommen war, hatte er beim Hinausgehen sogar zweimal abgeschlossen.

»Das war ja wenig ergiebig«, murmelte Bernsen, als das Gespräch beendet war und die Kommissare sich auf den Weg zum Promenadenhof machten.

»Was haben Sie erwartet? Der arme Kerl ist einfach immer nur zur falschen Zeit am falschen Ort.«

SIEBEN

»Mhmm, das riecht ja schon herrlich. Es geht doch nichts über Rinderrouladen, selbst gemachte Thüringer Klöße und Rotkraut«, rief Peter Bärmann, als er mit seiner Familie das Haus seiner Eltern betrat. Seine Mutter, die ihm wie üblich die Tür geöffnet hatte, lächelte glücklich.

Seit Weihnachten war er nicht mehr hier gewesen, obwohl zwischen der Goethestraße, in der er ein kleines Häuschen gekauft hatte, und seinem Elternhaus am Langen Damm keine fünf Minuten Fußweg lagen. Er beschränkte die Familienbesuche auf ein paar christliche Feiertage im Jahr. Zwischen den Mahlzeiten saß er schweigend in einer Ecke der Couch und ließ die Monologe seines alten Herrn über sich ergehen. Die Themen waren ohnehin immer dieselben. Worüber sollte sein Vater sonst auch reden? Freiwillig hatte er sein Weißensee noch nie verlassen. Und Zustimmung oder gar Widerspruch erwartete er nicht. Eine offene Diskussionskultur war im Hause Bärmann vollkommen ausgeschlossen. Hier lief noch alles wie früher bei den Funktionärstreffen in der Sömmerdaer Kreisparteischule. Klaus Bärmann hatte das Wort, und wer das Wort hatte, hatte recht.

Heute schien jedoch irgendetwas anders zu sein. Sein alter Herr, der die Zügel sonst so straff in der Hand hielt, saß auf der Terrasse und starrte mit leerem Blick in die Koniferenhecke des Nachbarn. Vor ihm auf dem Tisch stand ein Glas Wasser, dessen milchig trübe Einfärbung auf eine aufgelöste Schmerztablette hindeutete. Die Hände von Bärmann senior zitterten, als er nach dem Glas griff. Und an seiner Oberlippe klaffte eine dicke Platzwunde, die von einem großen Hämatom im gesamten Kieferbereich umrahmt wurde.

»Seit der Schlägerei gestern hat er kein Wort mehr gesprochen«, flüsterte Peters Mutter, als sie den Garten betraten.

»War höchste Zeit, dass ihm mal jemand das Maul stopft«, erwiderte der, ohne auf die Lautstärke seiner Worte zu achten, was von seiner Frau und seiner Mutter umgehend mit vorwurfsvollen Blicken quittiert wurde. Er ließ sich davon nicht beirren. »Liegt vielleicht an der Prellung. Das kommt davon, wenn sich alte Männer mit Fäusten beweisen müssen.«

Peter Bärmann hatte für Gewalt, welcher Art auch immer, nicht das geringste Verständnis. Schon gar nicht aus diesem für ihn mehr als lächerlichen Grund. Wobei der Anblick der blutigen Nase dieser geschwätzigen Bea Meier ein leichtes Gefühl der Genugtuung bei ihm hatte aufkommen lassen, das musste er schon zugeben.

Eigentlich hatte Peter Bärmann sich fest vorgenommen, die Machenschaften seines Vaters ein für alle Mal zu ignorieren, doch heute genügte schon allein dessen Anblick, um ihn auf die Palme zu bringen. Wie konnte sich ein halbwegs intelligenter Mann nur vor der versammelten Stadt mit den Gästen eines öffentlichen Festes prügeln? Und dann auch noch wegen Bier?

Seit dem Aufwachen überlegte Peter Bärmann, mit welchen sachlichen Argumenten er seinem Vater zwischen Rinderrouladen und Schokopudding erklären konnte, warum ein solches Verhalten für ein Stadtratsmitglied und den Vereinsvorsitzenden des Heimat- und Biervereins vollkommen inakzeptabel war. Mal abgesehen davon, dass sich die Familie für seinen Gewaltausbruch in Grund und Boden schämte. Doch eigentlich wusste er schon, als er heute Morgen sein Frühstücksei aufschlug, dass keine noch so vernünftigen Worte seinen starrsinnigen Vater überzeugen würden. Und nun schien er sie nicht einmal zu brauchen. Klaus Bärmann schwieg tatsächlich beharrlich, auch während des ganzen Mittagessens.

Erst als sie sich wieder verabschiedeten und Peter Bärmann seinem Vater von der Tür aus zurief: »Ach übrigens, Vater, wir fahren morgen für ein paar Tage in die bayerischen Alpen zum Wandern«, schienen die Lebensgeister des Alten zurückzukehren.

Sein »Feiger Verräter!« konnte man bis ins benachbarte Dörfchen Günstedt hören.

***

»Und Sie sind sich sicher, dass der Mann keine Papiere bei sich hatte?« Bernsen schnäuzte sich lautstark in das Papiertaschentuch, das Kohlschuetter ihm gerade gegeben hatte.

»Für wen halten Sie mich, für Mister Stringer, Miss Marples rechte Hand?« Kohlschuetter gab sich keine Mühe, den beleidigten Unterton herunterzuschlucken, und spürte, wie sich seine Laune schlagartig verschlechterte. Erst hatte er sich hier die ganze Wochenendarbeit ans Bein gebunden, während der sympathische Kollege es vorzog, seiner Rotfeder das Händchen zu halten, und dann kam ihm der Beinahostfriese auch noch so. Darauf konnte er nun wirklich verzichten.

»Ich mein ja nur. Unbekannte Tote sind nicht wirklich des Kriminalisten liebstes Kind. Und wie schnell übersieht man einen Brustbeutel, die Gürteltasche oder eine verdeckte Hosentasche.« Bernsen schnäuzte sich erneut. Er schien nicht einmal zu bemerken, dass Kohlschuetter seinetwegen ziemlich frustriert war.

»Da war nichts, absolut nichts. Ich hoffe auf die Spusi.«

»Na, dann lassen Sie uns mal abwarten und so lange die üblichen Verdächtigen ins Auge fassen, vielleicht hat die zickige Bajuwarin ja nicht nur ihren Mann um die Ecke gebracht, sondern auch noch ihren jugendlichen Liebhaber.« Bernsen schnalzte mit der Zunge und sprang die Treppen zum Promenadenhof hinauf.

»Kollege, vielleicht sollten wir uns erst einmal über ein paar neue Details im Fall Weidinger unterhalten, bevor Sie seine Witwe und die anderen Bayern mit Ihrer unnachahmlichen Art um die Finger wickeln. Meinen Sie nicht?«

Bernsen stutzte. »Gibt es denn etwas Neues?«

Kohlschuetter verkniff sich einen bösen Kommentar, um den kollegialen Frieden nicht zu gefährden. Doch aufgeschoben war nicht aufgehoben. Die nächste Gelegenheit kam bestimmt, da konnte er sich bei Hauptkommissar Friedhelm Bernsen sicher sein. Jetzt jedoch präsentierte er ihm ohne Umschweife die Kurzfassung der letzten beiden Tage einschließlich des Obduktionsergebnisses.

»Soso«, war alles, was der Norddeutsche darauf zu sagen hatte. Dann betrat er das Hotel.

Kohlschuetter schüttelte den Kopf und folgte ihm. Langsam ging ihm der Typ wirklich auf die Nerven. Und das schon am zweiten gemeinsamen Arbeitstag.

Bernsen steuerte direkt in Richtung des Zimmers Nummer 8, ohne auch nur einen einzigen Blick für die nette Dame am Empfang zu erübrigen.

»Hey Sie, Moment mal, Sie können doch nicht …« Die Empfangsdame kam aufgeregt hinter ihrem Tresen hervorgelaufen.

»Kohlschieber, machen Sie das. Ich kann mit diesen emanzipierten ostdeutschen Weibern nichts anfangen«, rief Bernsen von der Treppe nach unten, dann verschwand er im ersten Obergeschoss.

Kohlschuetter stand im Foyer und schaute die Empfangsdame unschlüssig an. Sie trug wieder ihr dunkelgrünes Halstuch und musste, wie der Kommissar aufs Neue feststellte, in ihrer Jugend eine ausgesprochene Schönheit gewesen sein. Auch wenn sie mittlerweile die fünfzig um einige Jahre überschritten hatte, war sie immer noch auffallend attraktiv.

»Wir sind nicht alle so bei der Thüringer Polizei«, sagte er entschuldigend.

»Er ist ja auch kein Thüringer«, erwiderte sie. »Manche lernen es eben nie. Mögen Sie einen Kaffee?« Sie gab einer vorbeieilenden Bedienung ein Zeichen.

Kohlschuetter entschied sich gegen die gemeinsame Befragung von Frau Weidinger und für den Kaffee.

»Sie sind Hauptkommissar Kohlschuetter, nicht wahr? Bea hat mir von Ihnen erzählt.« Die Empfangsdame lächelte freundlich. »Sie haben also schon wieder einen Toten im Chinesischen Garten gefunden?«

Das hat sie bestimmt auch von der guten Seele des Rathauses, dachte Kohlschuetter.

»Wir machen zusammen Yoga«, fügte die Dame erklärend hinzu. »Immer freitags, in der Sportanlage Ulmenallee.«

»Wie schön. Dann kommen Sie aus Weißensee?«

»Ja, natürlich, meine Familie ist in der achten Generation hier ansässig«, antwortete sie entschieden und ließ ein erhebliches Maß an Stolz erkennen.

»Sie begegnen in Ihrem Job doch sicher vielen Menschen, Touristen wie Weißenseern. Kennen Sie diesen Mann? Aber bitte nicht erschrecken.« Kohlschuetter hielt ihr sein Handy mit dem Foto des Toten entgegen.

»Ich bin nicht schreckhaft.« Sie lächelte ihn an und griff nach dem Handy. Dabei berührte sie wie zufällig seine Hand. Sie schaute sich das Foto eine ganze Weile an, und Kohlschuetter war sich zwar nicht sicher, meinte aber, gleich zu Beginn ein Stutzen bemerkt zu haben. Dann jedoch sagte sie mit absoluter Bestimmtheit: »Der ist nicht aus Weißensee.«

»Und Gast bei Ihnen im Hotel ist er auch nicht?«

»Nein, ich habe ihn noch nie gesehen.«

Enttäuscht steckte Kohlschuetter sein Telefon zurück in die Hosentasche. »Da kann man nichts machen«, sagte er mit einem gekonnt charmanten Lächeln. »Und Ihre bayerischen Gäste, alle noch wohlauf?«

Die Dame verstand die Frage sofort und nickte. »Nachdem das Bierfest gestern so unschön endete, haben wir alle zu einem spontanen Thüringen-Abend eingeladen. Der Bürgermeister war auch da. Gegen eins sind die Herrschaften auf ihre Zimmer gegangen. Alle«, sagte sie nachdrücklich. »Beim Frühstück waren sie auch vollzählig, wenn man das so sagen darf, nachdem einer bereits …« Ihre Wortwahl schien ihr etwas peinlich zu sein, und Kohlschuetter bemerkte, dass sich ihre Wangen leicht röteten. Nach einer kurzen Pause ergänzte sie: »Der Fischhof hat auch bayerische Gäste. Sie sollten dort ebenfalls einmal nachfragen.«

★★★

Auf Bernsens Klopfen hin erschien anstelle von Frau Weidinger überraschend deren ungleiche Freundin in der Tür des Hotelzimmers. Die beiden hatten zusammen auf dem Balkon gesessen und an einem Martini genippt.

»Kann ich reinkommen?«, platzte Bernsen heraus, der nicht damit gerechnet hatte, dass ihm eine platinblonde Erscheinung in viel zu engen Hosen die Tür öffnen würde.

»Und wieso, wenn ich fragen darf, sollte ich Sie hereinlassen?« Das Rubensmodell spitzte die feuerroten Lippen.

»Den Weibern muss man alles zehnmal erklären«, murmelte Bernsen mit nahezu geschlossenem Mund. Dann quetschte er ein halbwegs verständliches »Bernsen, Kripo Erfurt« zwischen den Zähnen hervor.

»Bärbl, da ist schon wieder jemand von der Polizei!«, kreischte das Rubensmodell in das leere Hotelzimmer.

»Es gibt nichts mehr zu reden. Der Weidinger ist tot und Punkt«, rief Bärbel Weidinger zurück.

»Das entscheidet immer noch die Polizei.« Bernsen schob sich an der Dame vorbei und steuerte auf die offene Balkontür zu.

Bärbel Weidinger drehte sich nicht einmal um, als der Kommissar den Balkon betrat.

»Ach, die Damen genehmigen sich wohl ein Tröpfchen.« Er schaute provokant auf seine Uhr. »Alkohol soll bekanntlich helfen.«

»Was wollen Sie?«, fauchte ihn Bärbel Weidinger an.

»Also, erstens: Kennen Sie diesen Mann?« Er hielt den beiden Damen nacheinander das Handyfoto unter die Nase.

»Wie furchtbar.« Angewidert verzog die Freundin die dick bemalten Lippen. »Nein!«

Bärbel Weidinger zuckte nur unbeeindruckt mit den Schultern und verneinte ebenfalls.

»Gut. Zweitens: Ihr so sehr betrauerter Ehemann erlag einem plötzlichen Herztod. Gendefekt, vererbbar und Schluss. Mord ausgeschlossen.« Bernsen verzog keine Miene. Fast schon herausfordernd schaute er Bärbel Weidinger an.

Die atmete einmal tief aus, sagte aber nichts. Ihre Freundin dagegen griff sich mit ihrer fleischigen Hand an die ausladende Brust und seufzte tief. »Dem Himmel sei Dank. Bärbl, alles wird gut.«

Bernsen wandte sich zum Gehen, stoppte aber noch einmal, bevor er den Balkon verließ. »Ach, eines würde mich noch interessieren.«

Die Damen schauten ihn mit großen Augen an.

»Sie wissen nicht zufällig, wer die beiden Frauen waren, mit denen sich Ihr Mann kurz vor seinem Tod vergnügt hat?«

»Zwei?«, entfuhr es der Blondine.

Bärbel Weidinger schwieg.

★★★

»Hey, Kollege«, rief Bernsen in einer Lautstärke, die für ein Hotelfoyer vollkommen unangemessen war. »Schluss mit dem Kaffeekränzchen. Vor uns liegt noch einiges an Ermittlungsarbeit.«

Kohlschuetter schaute ihn nur irritiert an. Wieso war der plötzlich so tatendurstig?

»Die Weidinger und ihre Fruchtbarkeitsgöttin haben keine Ahnung. Wir müssen die anderen Weiber befragen. Hätten Sie ja auch mal eher machen können. Irgendeine muss doch von dem Weidinger in die Kist…«

»Ist schon gut«, unterbrach ihn Kohlschuetter. »Wir wissen, was Sie meinen.«

Die Empfangsdame schaute mit angewidertem Blick aus dem Fenster. Dann wandte sie sich wieder Kohlschuetter zu und sagte: »Der Rest der Reisegruppe ist auf Einladung des Bürgermeisters zum Mittagessen in der Brauerei, als Auftakt für das Freundschaftsspiel heute Nachmittag.«

»Bürgermeister Adler, der alte Fuchs, macht die Bayern besoffen und lässt sie dann über den Rasen flitzen.« Bernsen lachte derb.

Ich möchte nur wissen, womit, dachte Kohlschuetter und bedankte sich bei der Empfangsdame für deren Hilfe.

Bernsen verließ das Hotel so grußlos, wie er gekommen war. »Wenn ich Ihnen einen Rat geben darf.« Er legte seine Hand auf Kohlschuetters muskulösen Oberarm. »Eine Befragung im Beisein der Ehemänner bringt nichts. Das machen nur Anfänger. Wir nehmen uns die Damen auf dem Sportplatz vor. Wenn Männer Fußball spielen, haben sie sowieso kein Auge mehr für ihre Frauen. Und wir haben freie Bahn. Wenn Sie verstehen, was sich meine.« Er grinste.

Kohlschuetter schaute Bernsen so teilnahmslos an, wie er konnte. Dann sagte er: »Es ist Mittagszeit. Der Fischhof soll ausgezeichnetes Essen machen, ich schlage vor, wir verbinden das Angenehme mit dem Nützlichen.«

»Dass Sie aber auch immer nur ans Essen denken«, frotzelte Bernsen und strich sich voller Vorfreude über den Bauch.

ACHT

Bea Meier, deren schlechtes Gewissen – oder vielmehr die überbordende Neugier – sie am Pfingstmontag ins Rathaus getrieben hatte, saß an ihrem Schreibtisch und klickte sich durch die neueste Schuhmode, die das World Wide Web zu bieten hatte. Vor ihr lag das Entschuldigungsschreiben an alle Mitwirkenden und offiziellen Gäste des Bierfestes, das Frank Adler aufgesetzt hatte, bevor er zu dem Essen mit der bayerischen Reisegruppe aufgebrochen war, und dessen Vervielfältigung zu ihren Aufgaben zählte. Doch da der Chef abwesend war, konnte sie ihre Zeit besser nutzen.

Als sie gerade auf ein Paar Prada-Slingbacks aus grünem Lackleder in Schlangenoptik bieten wollte, hörte sie ihr Handy in der Handtasche klingeln.

»Bea, bist du allein? Kannst du reden?«, flüsterte eine Stimme in ihr Ohr, als sie das Gespräch angenommen hatte.

»Ja, bin ich«, antwortete sie neugierig. Dabei warf sie einen zögerlichen Blick auf Sabine Adler, die ihr gegenüber am Schreibtisch saß und sich die Bilder der vor ein paar Stunden gefundenen Leiche ansah. Der Bürgermeister hatte darauf bestanden, dass die Stadt Weißensee ihren Teil zu den Ermittlungen der Kriminalbeamten beitrug. Und das bedeutete für Sabine Adler, dass sie den bedauernswerten jungen Mann, den der Bürgermeister heute Morgen heimlich fotografiert hatte – in seinem Schock hatte Werner Podeiske nämlich dieses Mal zuerst den Bürgermeister und nicht die Polizei alarmiert –, in einer vorzeigbaren Phantomzeichnung porträtieren sollte.

Die zartbesaitete Sabine Alder hatte sich mit allen Mitteln geweigert. Doch nicht einmal das Argument, ihre Zeichenkunst beschränke sich nur auf Greifvögel, hatte ihren entschiedenen Mann umstimmen können. »Wir Weißenseer können das nicht auf uns sitzen lassen«, hatte er immer wieder gerufen und dabei mit dem Fuß aufgestampft, als lauschte er der Tritsch-Tratsch-Polka von Johann Strauß.

Nun verbrachte die Bürgermeistergattin den zweiten Pfingsttag daher nicht am heimischen Herd, sondern am Schreibtisch von Bea Meier, die gerade ein sehr seltsames Telefongespräch führte.

»Jetzt sag schon. Was gibt es so Wichtiges?«, fragte Bea, der bald der Geduldsfaden riss.

»Du kannst auch wirklich offen reden?«

»Ja, doch!«

Die letzte Minute für die Pradas lief. Bea Meiers Blick wechselte zwischen Sabine Adler und dem Bildschirm hin und her.

»Hast du den Toten gesehen?«

»Also wirklich, natürlich. Hübscher Kerl, gewesen, meine ich.« Sabine Adler schaute kurz von ihrer Zeichnung auf. Doch da Bea Meier auf ihren Bildschirm starrte, zuckte sie nur mit den Schultern und widmete sich wieder den auffallend schmalen Lippen des jungen Mannes.

Bea unterdrückte einen Fluch. Schon wieder hatte sie irgendwer überboten.

»Ist dir nichts weiter aufgefallen?«

Sie schwieg. Jemand hatte ihr die Pradas vor der Nase weggeschnappt.

»Er ist dem Franz wie aus dem Gesicht geschnitten!«, tönte es aus dem Telefon.

Jetzt hatte die Anruferin Bea Meiers volle Aufmerksamkeit. »Das kann nicht sein. Du musst dich irren. Außerdem war es doch ein Bayer.«

»Ich bin mir absolut sicher.«

»Blödsinn. Nach ein paar Stunden im Wasser kann das doch niemand mehr so genau sagen.« Bea legte einfach auf. Ihr Herz fing an zu rasen.

Wegen eines Paars Schuhe hatte sie sich noch nie so aufgeregt.

Im Promenadenhof sank der Telefonhörer lautlos auf die Gabel. Die schöne Empfangschefin widmete sich freundlich lächelnd den neu ankommenden Gästen.

Vielleicht sahen Wasserleichen wirklich deutlich verändert aus. Hoffentlich.

★★★

Das Hotel »Am Fischhof« lag am Rande der Innenstadt mitten im Grünen, in direkter Nachbarschaft zu urigen Schrebergärten, dem alten Friedhof und dem Sportplatz Fischhof, auf dem in ein paar Stunden Thüringer und Bayern um das runde Leder wetteifern sollten. Kohlschuetter steuerte den Wagen die enge Burgstraße hinab, um dann auf Höhe der Sparkassenfiliale rechts abzubiegen und kurz darauf direkt vor dem Eingang des Hotels zu halten.

»Sie kennen sich hier erstaunlich gut aus, Kollege.« Bernsen streckte die Nase in die Luft, als er die Wagentür öffnete. Dabei hoben und senkten sich seine Nasenflügel in rhythmischer Regelmäßigkeit wie bei einem Hund, der Witterung aufgenommen hatte. »Ich glaube, den einzigen Sport, den ihr Thüringer wirklich gut beherrscht, nennt man Grillen«, lästerte er.

»Ich habe mal gehört, beim Wintersport, auf dem Rad und beim Handball seien wir sogar noch wesentlich besser«, antwortete Kohlschuetter, der echt keine Lust mehr auf diese Wessisprüche hatte. »Aber ich kann mich auch irren«, ergänzte er gereizt.

Doch nichts davon war in Bernsen Ohr gedrungen. Sie hatten den großen Bratrost erreicht, auf dem der Wirt der »Scheune«, einer kleinen Kneipe, die zum Hotel gehörte, in dichten Reihen lecker duftende Bratwürste angeordnet hatte.

»Sind das auch echte Thüringer?«, fragte Bernsen, der breitbeinig vor seinem Mittagessen stand und sich zweifelnd das Kinn rieb.

Auf dem Gesicht des Scheunenwirtes, eines kleinen, rundlichen Mannes mittleren Alters, der seinem wohlgerundeten Bauch nach zu urteilen schon einige Erfahrung mit der Thüringer Küche gesammelt hatte, stellte sich blitzartig eine Zornesfalte ein. Er starrte angestrengt auf die fast schon goldbraunen Würstchen, als ob die erlittene Schmach dadurch an ihm vorüberziehen würde.

Bernsen, der so viel menschliches Feingefühl wie eine Dampfwalze besaß, legte noch einmal nach: »Beim Auswandererhaus in der Columbusstraße gibt es die besten.«

»Wie meinen?« Der Wirt musterte ihn abfällig. »Bei uns im Landkreis gibt es kein Asylantenheim.«

»Guter Mann, lassen Sie mich Ihnen das einmal erklären«, hob Bernsen mit dem Gesichtsausdruck eines Schulmeisters an. »Ich rede von dem Auswandererhaus in Bremerhaven. Dort steht eine ausgezeichnete Würstchenbude.«

Kohlschuetter konnte förmlich sehen, wie die Stichworte »Würstchenbude, Elektrogrill, Bremerhaven, Norddeutschland« durch das Gehirn des Wirtes ratterten. Einen kurzen Moment lang überlegte er, wie er seinem Kollegen aus diesem riesigen Fettnapf heraushelfen könnte, doch dann verwarf er den Gedanken voller Schadenfreude über das, was gleich passieren würde.

»Haben Sie gerade gesagt, in Bremerhaven gibt es die besten Thüringer?« Der Wirt fuchtelte mit der Würstchenzange aufgebracht vor Bernsens Nase herum.

»Ja, allerdings, da kommen die Würste, die ich hier bisher gegessen habe, nicht mit«, antwortete Bernsen arglos. »Aber das kann sich ja nun ändern, die Chance haben Sie.«

»Chance? Chance!« Der Wirt brüllte nun fast. »Elvira, komm mal bitte her. Hier sind zwei arrogante Schnösel aus dem hohen Norden, die unsere Roster beleidigen.« Bei »zwei arrogante Schnösel aus dem hohen Norden« hielt er sich die Nase zu, um seinen Worten den nasalen Klang zu geben, den er, seit er den Film »Werner Beinhart« gesehen hatte, für den gängigen norddeutschen Dialekt hielt.

»*Ein* Norddeutscher«, widersprach Kohlschuetter in feinstem Nordhäuser Dialekt. »Und ich hätte gern eine Bratwurst ohne Brötchen, dafür aber mit viel Senf. Schön dunkel, wenn es geht.«

Der Wirt stutzte. Dann griff er nach einer extradunklen Wurst, strich eine dicke Reihe Senf darüber, reichte sie Kohlschuetter auf einem Pappteller und murmelte: »'tschuldigung, wollte Sie nicht beleidigen.«

»Schon gut«, erwiderte der Kommissar grinsend und setzte sich auf eine Bank, um das Schauspiel weiter verfolgen zu können.

»Also, was ist nun mit meiner Wurst? Schließlich will ich hier keine Wurzeln schlagen. Ich würde genau genommen sogar zwei nehmen.« Bernsen hatte beide Hände in die Hüften gestemmt und wippte ungeduldig auf und ab.

»Die sind alle«, gab der Wirt lapidar zur Antwort.

»Aber …« Bernsen hob irritiert die Hand, um auf die rund zwanzig noch auf dem Grill verbliebenen Würste hinzuweisen, da wurde der Wirt von einer zierlichen kleinen Brünetten zur

Seite geschoben. Mit dem Habitus eines Boxers warf der Mann sein gräuliches Geschirrtuch über seine kräftige Schulter und ging ohne ein weiteres Wort ins Haus.

Die Frau schaute Bernsen prüfend an. Dann sagte sie mit der Forschheit einer echten Thüringerin: »Die erste und wichtigste Regel für alle Touristen, Gäste und Hinzugezogenen lautet: Zweifle nie an der Echtheit einer Thüringer Wurst oder an den Bratkünsten desjenigen, der sie zubereitet. Kein Thüringer, der etwas auf sich hält, bietet Ihnen ein Wurstplagiat an.« Dann fügte sie im freundlichen, weichen Tonfall einer guten Gastgeberin hinzu: »Möchten Sie Ihre Würste mit Ketchup oder Senf, hell oder dunkel?«

Bernsen, dem vor Staunen tatsächlich der Mund offen stand, nickte nur und bekam von allem ein bisschen. Zufrieden kauend setzte er sich neben Kohlschuetter, der innerlich Freudenfeste feierte.

»Die Thüringer sind ein komisches Völkchen, aber die Wurst hier ist ausgezeichnet«, erklärte er Bernsen schmatzend, ohne sich irgendeiner Schuld bewusst zu sein.

»Die Thüringer sicher nicht …« Kohlschuetter sparte sich den Rest, denn das Gesicht seines Kollegen verriet, dass der ihm ohnehin nicht zuhörte.

Wenigstens weiß ich jetzt, wie man ihn in die Schranken weist, dachte Kohlschuetter. Es braucht nur eine toughe Frau. Das kennt er von zu Hause. Er steckte den letzten Bissen seiner Wurst in den Mund, wischte sich mit einem Taschentuch über die Lippen und stand auf. »Ich würde mich jetzt gern noch etwas mit der Hotelchefin unterhalten.«

Bernsen folgte ihm kauend.

Die Dame des Hauses, die soeben erfolgreich in einem aufkeimenden Wurstkrieg vermittelt hatte, saß mittlerweile wieder an der Anmeldung. Sie hob skeptisch die Augenbrauen, als sie die beiden Kommissare kommen sah, und tat es noch, nachdem Kohlschuetter sein Sprüchlein aufgesagt hatte.

»Frau Sattler«, las Kohlschuetter vom Namensschild auf ihrem Revers ab. »Beherbergen Sie zurzeit Gäste aus Bayern?«

Elvira Sattler nickte. Dabei schaute sie Bernsen aufmerksam an, als ob sie auf seinen nächsten Angriff vorbereitet sein wollte. Der ließ nicht lange auf sich warten.

»Genauer gesagt diesen hier?« Ehe Kohlschuetter eingreifen und Elvira Sattler auf den Anblick vorbereiten konnte, hielt Bernsen der arglosen Frau das Bild von der Wasserleiche unter die Nase.

»Theo Wildner aus Ingolstadt, Zimmer 3. Einzelzimmer, Anreise am Samstag, geplante Abreise heute.« Elvira Sattler betete die Informationen herunter, als handelte es sich um die Lottozahlen. Ihr Gesicht verriet keine Regung.

»Das mit der Abreise bezweifle ich, höchstens im Zinksarg«, bemerkte Bernsen, der sein Telefon wieder einsteckte und sich mit ruckartigen Kopfbewegungen ungeniert in dem kleinen Hotel umsah. »Sie haben sich natürlich den Personalausweis zeigen lassen und die Nummer notiert?«

Elvira Sattler verzog ungehalten den Mund. »Ich wüsste nicht, dass unsere deutschen Gäste verpflichtet wären, bei der Anmeldung einen Identifikationsausweis vorzulegen«, konterte sie schnippisch.

»Wann haben Sie Herrn Wildner das letzte Mal gesehen?«, warf Kohlschuetter hastig ein, denn so, wie sich sein Kollege hier gerade aufführte, war es nur eine Frage der Zeit, bis Frau Sattler sie vor die Tür setzen würde.

»Gestern Abend gegen zwanzig Uhr. Er hatte einen Chefsalat, das Würzfleisch und ein kleines Bier. Danach wollte er sich ein wenig die Füße vertreten.« Elvira Sattler beobachtete Bernsen weiter aus den Augenwinkeln. »Heute Morgen kam er nicht zum Frühstück. Ich dachte, er hätte verschlafen, und habe nachgesehen. Doch sein Bett war unbenutzt.«

»Er wollte lieber in chinesischer Umgebung nächtigen«, bemerkte Bernsen und lachte schallend. Als niemand einfiel, fügte er spitz hinzu: »Und da haben Sie also nicht vermutet, dass er die Zeche prellen wollte, und das einzig Richtige getan, nämlich die Polizei gerufen?«

»Nein. Herr Wildner war schon öfter bei uns und hat seine Rechnungen immer sehr zuverlässig beglichen. Er hätte gestern einfach irgendwo versackt sein können, schließlich passiert das bei einem Bierfest häufig.« Mit Schwung öffnete sie ihr Reservierungsbuch und ergänzte: »Außerdem liefere ich keine unschuldigen und noch dazu netten Menschen an die Polizei aus.« Sie schaute

Bernsen mit dem Blick einer Mutter an, der die Camorra gerade den Sohn entführt hatte.

»Wie oft?« Bernsen klopfte sichtlich gelangweilt mit den Fingern auf den Tresen.

Frau Sattler blätterte. »In den letzten drei Wochen zwei Mal, immer am Wochenende und immer allein.«

»Sie haben ihn nicht zufällig gefragt, was er hier wollte?« Zu dem Fingerspiel gesellten sich jetzt die wippenden Beine. Bernsen schien für Zeugenbefragungen nicht wirklich geschaffen zu sein, oder er hatte es aus irgendeinem unerdenklichen Grund eilig.

»Nein. Wieso sollte ich meine Gäste aushorchen? Zu uns kommen viele Geschäftsreisende. Ich dachte, Herr Wildner gehörte dazu.«

»Am Wochenende? Ernsthaft?« Bernsen schlug mit der flachen Hand auf den Empfangstresen. Er war mit seiner Geduld am Ende.

»Lassen Sie mal, ich mache jetzt weiter.« Kohlschuetter schob seinen Kollegen unsanft zur Seite. Der verließ ohne ein weiteres Wort das Hotel.

»Sie haben es auch nicht leicht.« Schlagartig entkrampfte sich Elviras Sattlers Gesicht, und ein sanftes Lächeln umspielte ihre Mundwinkel.

Kohlschuetter nickte leicht. »Würden Sie mir bitte das Zimmer von Herrn Wildner zeigen?«

Ohne einen Moment zu zögern, griff sie nach dem Schlüssel mit der Nummer 3 und ging voraus.

Die hellgrünen Vorhänge waren zugezogen und tauchten das Zimmer in ein warmes Licht. Elvira Sattler schob geräuschvoll die Gardinen zur Seite und öffnete die Fenster. Die Sonne schien Kohlschuetter nun mitten ins Gesicht, und er kniff kurz die Augen zu, um sich an die Helligkeit zu gewöhnen. Als er sie wieder öffnete, lehnte Elvira Sattler an der Heizung und schaute ihn zufrieden an. Die hellen Buchenholzmöbel glänzten wie in einer Möbelausstellung, und auf dem blütenweißen Bettzeug zeigte sich keine einzige Falte. Nur eine kleine Reisetasche auf dem Stuhl vor dem Kleiderschrank erinnerte daran, dass dieses Zimmer eigentlich bewohnt war.

»Sehen Sie, ein feiner, ordentlicher Mensch. Wenn wir nur immer solche Gäste hätten …«

Kohlschuetter warf einen Blick in das kleine Badezimmer direkt neben der Eingangstür. Auf dem Waschbecken lagen ein Nassrasierer, eine Zahnbürste und ein Duschbad. Die Handtücher auf dem Badewannenrand waren akkurat gefaltet.

»Sind Sie sicher, dass hier jemand übernachtet hat?«

»Ja, natürlich, von Samstag auf Sonntag.«

»Sind heute Morgen Reinigungskräfte im Zimmer gewesen?«

»Nein, natürlich nicht. Es war nicht notwendig.«

»Nach Urlaub sieht das jedenfalls nicht aus.«

Kohlschuetter öffnete die Reisetasche. Außer ein paar Socken, Unterwäsche und einem frischen Hemd kam nichts zum Vorschein. »Man muss ihm die Papiere gestohlen haben«, murmelte er. Dabei versuchte er, den kleinen Reißverschluss des innen liegenden Seitenfaches zu öffnen. Nach einigem Hin und Her gelang es ihm. Doch auch hier fand sich nichts Brauchbares, nur eine Bahnfahrkarte zweiter Klasse von Ingolstadt nach Erfurt, entwertet am vergangenen Samstag.

»Ich bitte Sie, hier vorerst nichts anzufassen. Die Spurensicherung muss sich das noch anschauen«, sagte Kohlschuetter bei der Verabschiedung.

Elvira Sattler lächelte und versprach, ihm zur Unterstützung seiner Ermittlungen gern diesen und auch jeden anderen Gefallen zu tun.

★★★

»Also wirklich, meine Rotfeder, aber selbstverständlich bin ich am Freitag pünktlich zu Hause«, säuselte Bernsen in sein Telefon. Seit er den Fischhof verlassen hatte, lief er zwischen den drei überdachten Sitzgruppen im Garten des Hotels auf und ab, das Handy am Ohr. Die übrigen Gäste beobachteten ihn amüsiert. Bernsen bemerkte das überhaupt nicht, er hatte nur Ohren für seine Gattin im fernen Norden. Ihre Kränkung darüber, dass er sie an einem Feiertag allein zurückgelassen hatte, hätte auch von dem wichtigsten Fall in der Geschichte der Kriminalistik nicht ausgeräumt werden können. Also musste er Berge an Süßholz raspeln, das war das Einzige, was helfen konnte.

»Ach, wenn du das machen könntest, das wäre schön. Einen

selbst gemachten Labskaus. Du weißt doch, hier gibt es nur dieses ungesunde Schweinefleisch, das du nicht magst. Meistens auch noch in dieser schrecklichen Würstchenform. Ich weiß ja schon überhaupt nicht mehr, was ich essen soll. Und das zum Pfingstmontag.«

Sein Jammern schien den Nerv der Rotfeder zu treffen, sie stellte für das kommende Wochenende weitere Leibspeisen in Aussicht, und Bernsens Laune verbesserte sich schlagartig. Dass er bei dem Telefonat ansonsten offen hörbar nur Stichwortgeber war, störte ihn wenig. Er war froh, nach dem verkorksten Tagesanfang wieder die Stimme seiner Frau zu hören. Und es fügte sich ausgezeichnet, dass der anklopfende Anruf erst einging, als er sich mit seiner Rotfeder bereits in der Verabschiedungszeremonie befand. Vor lauter Schmatzen schien sie die Störung schlichtweg zu überhören.

Bernsen, erleichtert, seine geliebte Frau nicht für einen dienstlichen Anruf abwürgen zu müssen, legte beschwingt auf, um zwei Sekunden später Susanne Summer am Ohr zu haben.

»Herr Bernsen, ich versuche, Timo Kohlschuetter zu erreichen. Doch er nimmt nicht ab.«

»Der Kollege befindet sich in einer schwierigen Ermittlungsarbeit. Vielleicht kann ich Ihnen weiterhelfen, Frau Summer?« In Bernsens Stimme lag noch immer ein leichtes Säuseln.

Susanne Summer schien am anderen Ende der Leitung zunächst nicht recht zu wissen, wie sie auf Bernsens scheinbaren Sinneswandel reagieren sollte, antwortete dann aber in zufriedenem Tonfall: »Ich habe interessante Ergebnisse, was den Abgleich der Fingerabdrücke angeht. Die in der Brauerei und dem Archiv stimmen mit denen des Toten von heute Morgen überein. Er scheint unser unbekannter Einbrecher gewesen zu sein. Außerdem habe ich direkt neben dem ›Teich der vier Jahreszeiten‹ im Chinesischen Garten mehrere Fußabdrücke gefunden, die jemand mit einem Besen beseitigen wollte. Einem Besen mit roten Borsten, leider nicht auffindbar. Die Abdrücke sind dadurch unbrauchbar geworden. Ach, und die Nebeneingangstür vom Chinesischen Garten war blank poliert, ein Frühjahrsputz ist nichts dagegen.«

»Sehr gute Arbeit, Kollegin. Sehr gut.«

»Meine Leute haben die Fingerabdrücke außerdem durch die

Datei geschickt. Fehlanzeige. Auch die Vermisstenanzeigen habe ich abgleichen lassen. Nichts.«

»Sehr gute Arbeit, Kollegin. Sehr gut. Wir haben übrigens jetzt einen Namen: Theo Wildner aus Ingolstadt. Wenn Sie mal einen Blick in das Melderegister werfen könnten, natürlich nicht selbst, aber vielleicht einer Ihrer Mitarbeiter. Wir haben doch von hier keinen Zugriff.«

Susanne Summer blieb fast die Spucke weg. Sie versprach dennoch, sich darum zu kümmern. »Der arme Kerl muss auf der Brücke erschlagen und dann über die Brüstung in den Teich geworfen worden sein. Vielleicht war er auch nur bewusstlos und ist ertrunken, das wird die Obduktion zeigen. Die Spuren sind aber eindeutig, was den Tathergang betrifft, auch wenn jemand penibel versucht hat, die Brücke von den Blutspuren zu befreien.«

»Sehr gute Arbeit, Kollegin. Sehr gut«, wiederholte Bernsen.

»Vielen Dank!« Er drückte den roten Hörer auf seinem Handy. Dabei leuchteten seine Augen zufrieden.

★★★

»Frank, beim besten Willen«, schnaufte Bea Meier. »Das gehört nicht zu den Aufgaben der Sekretärin eines Bürgermeisters. Außerdem bin ich darauf nicht vorbereitet.«

Sabine Adlers Blick wanderte an ihr herab und blieb an ihren Schuhen hängen. Als ob es etwas nützen würde, nickte sie ihrem Mann bestätigend zu.

»Keine Widerrede! Du hast etwas gutzumachen, und Sabine begleitet dich. In zwei Stunden hängen die Blätter an allen wichtigen Orten in Weißensee.«

»Franki, bitte.«

Doch anders als bei den täglichen Diskussionen um die im Rathaus zu erledigenden Wege blieb Frank Adler diesmal stur. Zwei Tote in nur drei Tagen, das war zu viel für den sanftmütigen Bürgermeister, der doch nichts weiter für seine Stadt gewollt hatte als Ruhm und Ehre sowie die damit verbundenen Einnahmen in der Stadtkasse.

Sabine Adler hakte die murrende Bea Meier unter und begab sich mit ihr auf einen eher unfreiwilligen Pfingstspaziergang.

»Ist dir an dem Toten etwas aufgefallen?« Bea Meier formulierte die Worte vorsichtig und nicht mit der üblichen, ihr eigenen Inbrunst.

»Nein, wieso?« Sabine Adler heftete das erste Flugblatt mit dem Konterfei des unbekannten Toten an die Tür des Stadtcafés.

»Ich dachte nur. Aber du hast wirklich Talent. Ein schönes Bild, wenn man nicht wüsste …«

»Hallo, die Damen, wohin des Weges?«, rief Bernsen aus dem offenen Fenster des langsam heranrollenden Dienstwagens.

»Ach, die Kommissare.« Bea Meier zwinkerte keck, was aber natürlich nicht Bernsen, sondern dem am Steuer sitzenden Kohlschuetter galt. »Wir unterstützen Sie ein bisschen bei Ihrer Arbeit.« So schnell, wie ihre Schuhe es erlaubten, tippelte sie auf das Auto zu, streckte ihren Arm hinein und reichte Kohlschuetter über Bernsen hinweg das von Sabine Adler gemalte Bild.

Der warf einen kurzen Blick darauf und reichte es an seinen verdutzten Beifahrer weiter. »Was soll das? Sie sollten sich in unsere Ermittlungsarbeit nicht einmischen. Das ist nicht nur gefährlich, sondern auch kontraproduktiv.«

»Na, na, immer ruhig mit den jungen Seehunden, Kollege«, schaltete sich Bernsen ein. »Das Bild kann doch nicht schaden. Immerhin kann es sein, dass ihn jemand erkennt und wir damit erfahren, was er hier wollte.«

»Aber das hat nichts mit der üblichen Ermittlungspraxis in solchen Fällen zu tun«, wandte Kohlschuetter missmutig ein.

»Junger Freund, das Leben läuft nicht immer so, wie es im Lehrbuch steht. Die Realität sieht anders aus. Aber das werden Sie über die Jahre schon noch lernen.« An die Frauen gewandt, fügte Bernsen hinzu: »Hängen Sie ruhig überall die Bilder auf, aber bitte mit meiner Telefonnummer. Den viel beschäftigten Bürgermeister wollen wir damit nicht belasten.«

Jetzt lächelte auch Sabine Adler.

***

Walter Kemper saß am Stammtisch im Stadtcafé und knallte triumphierend den Eichel-Unter auf die Tischplatte. »Das war's, Männer!«

»Mensch, Walter, das gibt es doch nicht. Das dritte Mal in Folge«, rief einer seiner Skatkumpel. »Du hast aber heute auch ein Blatt.«

»Gekonnt ist gekonnt, meine Herren.« Mit einem breiten Grinsen griff Kemper nach seinem Bier. »Prost, Männer, auch wenn es kein Weißenseer ist.« Er sah aus dem Fenster und entdeckte Bea Meier und Sabine Adler, die sich, in ein Auto gebeugt, angeregt zu unterhalten schienen. Als die Sekretärin des Bürgermeisters sich wieder aufrichtete und ein Stück zur Seite trat, gab sie den Blick auf den schnodderigen Kommissar frei, der am Freitag seinen Enkelsohn Matthias wegen des Cannabis-Tütchens am Wickel gehabt hatte.

»Ist die Polizei immer noch in der Stadt? Ich dachte, die Sache sei geklärt.« Er schaute seine Skatfreunde fragend an. Beide wirkten überrascht.

»Ach, du weißt es also noch gar nicht?« Der Mann, der die Karten mischte, hielt inne. »Wir haben doch schon wieder einen Toten im Chinesischen Garten.«

»Das ist ein Serientäter, das sage ich euch«, pflichtete der andere bei. »Das hat System. Ganz klar.«

»Wieso Serientäter? Bea erzählt doch jedem, dass die Sache am Freitag überhaupt kein Mord war.«

»Ja, genau. Und drei Tage später gibt es wieder eine Leiche. Die sollen uns mal nicht für blöd verkaufen. Der Adler hat doch seine Stadt nicht mehr im Griff.«

Der Kartenmischer antwortete nicht, sondern ließ ein unbestimmtes Brummen hören.

»Und was denkst du?«, mischte sich Walter Kemper ein. Dass der Bürgermeister für die beiden Toten im Chinesischen Garten verantwortlich gemacht wurde, war wie Wasser auf seine Mühlen. Vielleicht würde sich die Ära dieses Stümpers damit endlich ihrem Ende zuneigen. Manchmal musste man eben einfach nur warten können.

»Wenn ein Bürgermeister in seiner Stadt nicht mehr für Sicherheit sorgen kann, ist seine Zeit abgelaufen. Und wir alle sollten uns dreimal überlegen, ob wir nachts noch allein rausgehen wollen. Gleich morgen früh gehe ich zu Müllers Heimwerkerbaumarkt und besorge ein paar Sicherheitsschlösser.«

»Deine Alte ist doch besser als jedes Schloss«, meinte der andere trocken. »An der traut sich kein Einbrecher vorbei.«

Die drei Männer lachten schallend.

»Aber mal im Ernst«, begann der Kartenmischer aufs Neue, »ich bin mir sicher, die wollen uns Weißenseer fertigmachen. Unser Erfolg ist so manchem ein Dorn im Auge. Vielleicht haben die aus der Landeshauptstadt einen geschickt, der uns alle um die Ecke bringt, von ganz oben, ihr versteht schon.«

»Bockmist! Die sind doch froh, wenn die von den Kommunen in Ruhe gelassen werden. Außerdem kommen die Leichen alle aus Bayern. Sagt zumindest Bea.«

»Bea, Bea, die alte Tratsche erzählt viel, wenn der Tag lang ist. Und was soll das überhaupt alles? Die Bayern meinen doch nicht wirklich, auch nur den Hauch einer Chance gegen uns zu haben. Unser Bier ist älter, das haben wir schwarz auf weiß.«

»Aber bloß noch als Kopie. Das Original ist verschwunden. Wenn es nicht wieder auftaucht, haben wir nichts mehr. Und dann hat sich das mit unserem Bierruhm.«

»Den hohen Gästen von der UNESCO hat die Kopie gereicht. Und wenn wir erst den Titel haben, kräht sowieso kein Hahn mehr danach.«

»Das stimmt.«

»Jetzt sag doch auch mal was, Walter!«

Kemper wischte die Diskussion mit einer Handbewegung vom Tisch. »In Weißensee gibt es keine Mörder. Und jetzt gib die Karten aus. Dieses Wochenende ist mir das Glück hold, das gilt es auszunutzen.«

***

»Heute rede ich mit dem Hausmeister. Sie können ja die Fundstücke überprüfen und so weiter.« Entspannt lehnte Bernsen im Beifahrersitz des Opel und summte vor sich hin. Im nächsten Moment flog er unter lautem Fluchen, zum Glück abgebremst durch den Gurt, in Richtung Windschutzscheibe.

Kohlschuetter hatte den Wagen genau vor dem Eingang des Chinesischen Gartens zum Stehen gebracht.

»Wo haben Sie denn fahren gelernt? Die ganze Straße ist frei!«

Bernsen lockerte den Gurt und rückte sich wieder auf dem Sitz zurecht.

»Da war jemand. Ich habe es aus dem Augenwinkel gesehen«, rechtfertigte sich Kohlschuetter.

»Schauen Sie doch hin. Nichts und niemand da. So leer wie das Watt bei Ebbe.«

»Im Chinesischen Garten, Mensch!« Kohlschuetter sprang aus dem Wagen und rannte auf das Drehkreuz zu. Doch niemand war zu sehen.

»Sind Sie sicher?« Bernsen hatte zu ihm aufgeschlossen.

»Ganz sicher. Er ist zum Nebeneingang rein«, brummte Kohlschuetter, der immer noch versuchte, zwischen dem Drehgitter hindurch das Gelände auszuspähen. »Seien Sie mal ruhig. Hören Sie das?«

»Als ob jemand etwas Schweres über den Boden schleift. Die werden doch nicht schon wieder eine Leiche entsorgen wollen?«

»Eher eine Bank«, antwortete Kohlschuetter und deutete auf Werner Podeiske, der gerade hinter der Tee & Kaffee-Terrasse hervorkam und eine der Sitzbänke hinter sich herzog. »Ich fasse es nicht. Das ist ein Tatort, verdammt noch mal.«

»Polizei! Sofort aufmachen!«, schrie Bernsen außer sich.

»Warum holen Sie nicht das Megafon? Der Rest der Stadt kann Sie nicht verstehen.« Kohlschuetter konnte den Allüren des Norddeutschen nur noch mit Sarkasmus begegnen.

Bernsen stutzte und schien zu überlegen, ob sich im Auto ein Megafon befand. Dann besann er sich und rief deutlich leiser: »Herr Podeiske, bitte öffnen Sie die Tür.«

Der Hausmeister, der die beiden Kommissare bemerkt hatte, ließ von der Bank ab und kam zur Drehtür.

»Wissen Sie eigentlich, was Sie hier tun?«, polterte Bernsen einigermaßen gedämpft, während der Hausmeister mit dem Schlüssel hantierte und die danebenliegende Seitentür aufschloss. »Der Garten ist gesperrt, polizeiliche Untersuchungen. Falls es Ihnen entfallen ist, hier gab es heute Morgen einen Toten.«

»Aber ich habe … ich wollte doch nur …«, stammelte Podeiske vollkommen verdattert.

»Nichts haben Sie zu wollen. Bis wir mit unserer Arbeit fertig sind, hat hier niemand was zu suchen.« Bernsens Halsschlagader war jetzt so weit hervorgetreten, dass zu befürchten stand, sie könnte jeden Moment platzen.

»Aber der Bürgermeister …«

»Ich scheiß auf den Bürgermeister und sein Hausrecht! Das gilt nicht, wenn wir hier ermitteln. Klar?« Bernsen wippte wieder auf und ab, so wie er es schon im Fischhof getan hatte.

Dieses Mal dachte Kohlschuetter jedoch gar nicht daran, regelnd einzugreifen. Bernsen würde schon sehen, wie weit er nach dieser Standpauke bei Podeiske noch kam. Die Befragung konnte er mit Sicherheit vergessen. Der Hausmeister zitterte jetzt schon am ganzen Leib.

»Was machen Sie überhaupt hier?«

Podeiske stand mit gesenktem Blick vor den beiden Kommissaren und traute sich nicht aufzuschauen. Leise sagte er: »Der Bürgermeister hat gesagt, die Bank sieht dahinten beim ›Tor zum Himmel‹ besser aus.« Podeiske deutete mit dem Kopf zum anderen Ende des Gartens auf ein rundes braunes Holztor.

Bernsen warf Kohlschuetter einen alles sagenden Blick zu. Der verschwand kommentarlos in Richtung »Teich der vier Jahreszeiten«. Vielleicht fiel ihm dort noch etwas auf, was er bisher übersehen hatte.

»Ich habe langsam das Gefühl, der gesamte Garten ist ein einziges Tor zum Himmel.«

»Nein, nein. Das haben wir nur einmal. Es ist der Eingang zum Feng-Shui-und-Konfuzius-Entspannungsgelände.«

Bernsen machte eine abwertende Handbewegung. »Vergessen Sie's. Sagen Sie mir lieber, warum ihm die Sache mit der Bank ausgerechnet an dem Tag einfällt, an dem rein zufällig die zweite Leiche in Ihrer großen Kulturstätte gefunden wurde.« Die Abfälligkeit dieser Worte musste sogar dem etwas einfältigen Hausmeister auffallen.

Er antwortete nicht.

Bernsen zeigte auf den Kiesweg. »Die Bank bleibt genau hier stehen. Und wir zwei Hübschen unterhalten uns einmal.«

Podeiske bemühte sich, den Polizisten anzuschauen.

»Sie sind sich sicher, dass niemand heimlich hier reinmarschiert und in Ihren Rabatten herumtrampelt?« Bernsens Geduldsfaden war bereits nach den ersten fünf Minuten zum Zerreißen gespannt.

»Nicht, wenn ich hier bin«, antwortete Podeiske voller Über-
zeugung.

»Und wenn Sie nicht hier sind?« Bernsen gähnte verhalten. Bei
der Stotterei konnte das hier noch ewig dauern.

»Dann harke ich hinterher alles wieder glatt.«

»Mit einer Harke. Nicht etwa mit einem Besen?«

»Kein Mensch fegt Rabatten«, empörte sich Podeiske, der nicht
glauben konnte, dass dieser Wessi den Unterschied zwischen Har-
ken und Besen nicht kannte.

»Wie viele Besen haben Sie hier?«

»Zwei. Einen mit weichen und einen mit harten Borsten.«

Bernsen verzichtete darauf, sich in die Feinheiten der Kehr-
werkzeuge einweisen zu lassen, und fuhr fort: »Rote oder schwarze
Borsten?«

»Die Farbe der Borsten spielt doch keine Rolle.«

»Für mich schon. Wo sind die Besen jetzt?«

Podeiske, der absolut nicht verstand, was der unhöfliche Kommissar von ihm wollte, zeigte unsicher in Richtung Terrasse. »Hinter der Küche habe ich meine Geräte.«

»Und, nichts aufgefallen, heute noch nicht gefegt?« Bernsens
Tonfall wurde immer überheblicher.

»Ich …«

»Vergessen Sie's. Sind beide Besen noch da?«

»Einer fehlt. Der mit den harten roten Borsten ist einfach nicht
zu finden.«

»Und wann wollten Sie mir das erzählen?«, polterte Bernsen
verärgert.

»Ich wusste doch nicht, dass Sie sich auch um Diebstähle kümmern.« Podeiske war den Tränen nahe.

Bernsen verdrehte die Augen. »Gut, Sie warten bitte hier, bis
wir fertig sind.«

»Und die Bank?«

Bernsen biss sich auf die Zunge, schüttelte den Kopf und lief
die Stufen zum Teich hinunter.

Kohlschuetter stand auf der Brücke und schaute ins Wasser. »Das
macht doch alles keinen Sinn«, sagte er, als er sicher war, dass sein
Kollege ihn verstehen konnte. »Zwei Menschen treffen sich, es

kommt zum Streit. Der eine erschlägt den anderen und wirft ihn in den Teich, was bei der Größe und der Statur des Opfers schon mit ziemlich viel Kraft verbunden sein muss. Dann flieht der Mörder durch die Rabatten, obwohl es schön gepflasterte Wege gibt.«

»… und läuft nach oben zur Tee & Kaffee-Terrasse, um einen Besen zu holen und seine Spuren zu beseitigen«, ergänzte Bernsen. »Das ist die pure Blödheit. Es kann nur der Hausmeister gewesen sein.«

Kohlschuetter ging nicht darauf ein. »Oder einer von beiden hat in den Rabatten auf den anderen gewartet, weil er oder sie nicht gesehen werden wollte.«

»Der Täter. Da das Opfer nicht mehr dazu kam, seine Spuren zu verwischen, muss es der Täter gewesen sein. Nachdem die Leiche bei den Fischen liegt, macht er alles schön sauber. Susi sagte doch, jemand hätte versucht, die Blutspuren wegzuwischen.«

»Und wer ist Ihrer Meinung nach der Meister Proper des Chinesischen Gartens?«

Die Genugtuung in Bernsens Stimme war kaum auszuhalten. »Na, wer weiß, wo die Besen stehen? Und wer hat einen Schlüssel für den Laden hier?«

»Ist ja gut. Haben Sie ihn nach seinem Alibi gefragt?«

»Das schien mir bisher nicht notwendig zu sein«, versuchte sich Bernsen mit hochrotem Kopf herauszureden.

»Erste Regel im Lehrbuch der Kriminalistik: den, der die Leiche gefunden hat, nach seinem Alibi fragen«, spottete Kohlschuetter.

»Scheiße.« Bernsen drehte ab und lief zu Podeiske, der wie festgewachsen auf der Bank inmitten des Eingangsbereiches saß und geduldig auf weitere Anweisungen wartete.

Kohlschuetter folgte seinem erfahrenen Kollegen mit einem breiten Grinsen.

»Wo waren Sie gestern Nacht?« Bernsen japste nach Luft, als er den Hausmeister erreicht hatte.

»Zu Hause im Bett«, antwortete der mit weit aufgerissenen Augen.

»Allein?«

Diese Frage verunsicherte den armen Podeiske noch mehr als sein nicht vorhandenes Alibi. Sein »Ja, leider« war kaum hörbar.

»Eine Frage hätte ich noch«, sagte Kohlschuetter, als sie den

Chinesischen Garten gemeinsam verließen. »Warum haben Sie sich gestern nicht an der Schlägerei beteiligt? Der Bürgermeister hätte Ihre Hilfe doch gut gebrauchen können?«

»Ich war mal Boxer. Darum geht es nicht.«

Die beiden Kommissare tauschten einen Blick. Sie konnten sich des Eindrucks nicht erwehren, als bedauerte der Hausmeister dies zutiefst.

»Profi?«, hakte Kohlschuetter nach.

»Bezirksliga, Meister 1968.« Der ohnehin schon wortkarge Podeiske wurde immer einsilbiger, fast als hätte er die Ahnung, dass jedes Wort zu viel ihn noch mehr belasten könnte.

»Sie verlassen die Stadt bitte nicht und halten sich zu unserer Verfügung«, war für heute die letzte Anweisung, der Podeiske gehorchen musste.

Die Kommissare ließen den kreidebleichen Mann allein vor dem Chinesischen Garten zurück. Podeiskes Schlüsselbund wanderte in Bernsens Hosentasche.

NEUN

»Wir hätten ihn mitnehmen müssen. Zack, Handschellen drum und ab mit ihm. Eindeutiger geht es wohl kaum noch. Und der Fall wäre gelöst, in nur drei Tagen, mein absoluter Rekord.« Bernsen nestelte an seinem Kragen.

Kohlschuetter schaute ihn skeptisch an. Nicht nur, dass sein Kollege heute wieder besonders seltsam gekleidet war, jetzt zupfte er auch noch an seinen Klamotten herum, als könnte man an diesem Aufzug irgendetwas richten. Außerdem, was redete er da schon wieder? »Wie viele Fälle haben Sie im Innendienst denn schon gelöst, wenn ich fragen darf?« Seit Bernsens erster Entgleisung mit dem kleinen Kemper lag ihm diese Frage auf der Zunge.

Bernsen hielt einen Moment inne, ließ von seinem Kragen ab, strich sich über das Kinn und antwortete nach einer ziemlich langen Denkpause – zu lang für Kohlschuetters Begriffe –: »1990 hatten wir die Sache mit dem Mord im Erfurter Rotlichtmilieu und 1991 den Raubmord in diesem kleinen Dorf. Die Erfurter haben das später eingemeindet. Ach, wie hieß das denn nur?« Bernsens Kinn färbte sich langsam rot, so sehr rieb er daran. »Mir fällt es nicht mehr ein. Na ja, egal, ich komme noch drauf.«

Kohlschuetter studierte ungläubig das Gesicht seines Kollegen. Ihm war vollkommen schleierhaft, wie man nur aus dem Innendienst heraus ermitteln und die Fälle dann auch noch vergessen konnte. Sicher, niemand merkt sich sämtliche Verbrechen in zwanzig Jahren, aber eine ungefähre Erfolgsquote sollte doch drin sein.

Bernsen bemerkte den Blick seines Kollegen und ging nahtlos zur Tagesordnung über. »Kollege, zurück zum Fischhof. Wenn ich nicht irre, findet dort gleich das Freundschaftsspiel statt. Und auch wenn Alfons Weidinger nicht um die Ecke gebracht wurde, sollten wir uns noch einmal die bayerische Reisegruppe vorknöpfen. Irgendjemand hat sich mit ihm im Chinesischen Garten getroffen. Derjenige – oder besser gesagt, diejenige –«, Bernsen grinste, »hat ihn zwar nicht ermordet, aber möglicherweise sein Sterben in Kauf genommen. Außerdem kommen unsere beiden Toten aus derselben Stadt. Und sie haben beide was mit Bier zu tun gehabt. Der eine verkaufte Zapfanlagen, und der andere verdirbt Biervorräte und klaut Reinheitsgebote. Da soll man nicht bösgläubig werden.« Kohlschuetter nickte nur.

»Bei den leckeren Würsten hätten wir ja ohnehin gleich dortbleiben können.« Bernsen schwang sich auf den Beifahrersitz des Dienstwagens, dass die Stoßdämpfer wippten. Gern hätte er sich noch eine original Thüringer gegönnt, schließlich war heute Pfingstmontag und das selbst gemachte Labskaus noch weit.

»Und mehr als eine Stunde warten? Ich dachte, Sie wollen am Freitag wieder pünktlich nach Hause?« Kohlschuetter ließ den Wagen an und lenkte ihn langsam den Marktplatz hinunter, um dann nach links in die Burgstraße einzubiegen.

Bernsen antwortete nicht. Die versteckte Kritik war ihm nicht entgangen. Aber was verstand sein junger Kollege schon von der Ehe? Fast vierzig Jahre war er nun schon mit seiner Rotfeder verheiratet. Das sollte ihm erst mal einer nachmachen. Eine reife Leistung, vor allem bei seiner Frau. Mit der Ehe war es wie mit seinem Job: Es galt, ohne viel Aufwand und ohne negativ aufzufallen, gut durchzukommen. Nicht immer einfach, aber machbar. Vor allem, wenn er pünktlich zu Hause war.

Während Bernsen seinen Gedanken nachhing, verlangsamte der Opel seine Fahrt. Kohlschuetter hatte Walter Kemper und dessen Enkel Matthias entdeckt. Die beiden standen vor dem Schaufenster einer Fleischerei und schienen heftig zu streiten. Als Kohlschuetter den Wagen direkt neben ihnen zum Stehen brachte, rannte der kleine Kemper in Richtung Burg davon. Walter Kemper schaute mit wutverzerrtem Gesicht in den Wagen. Sowie er die Kommissare erkannte, entspannten sich seine Gesichtszüge schlagartig zu einem sanften Lächeln. Von wahrer Freude über die unverhoffte Begegnung konnte natürlich keine Rede sein, es sah eher danach aus, dass ihm am äußeren Schein gelegen war.

»Wollen Sie auch zum Fußballspiel?«, fragte Kohlschuetter, nachdem er die Scheibe heruntergelassen hatte. Bernsen zuckte zusammen.

»Ja, natürlich. Das darf man sich als stolzer Weißenseer doch nicht entgehen lassen.« Kemper lächelte weiterhin freundlich und eine Spur zu unterwürfig.

»Dann nehmen wir Sie mit. Steigen Sie ein.«

Bernsen konnte sich ein lautes Stöhnen nicht verkneifen. Doch Walter Kemper nahm das Angebot dankend an.

»Hatten Sie Streit mit Ihrem Enkel?« Kohlschuetter suchte im Rückspiegel Kempers Blick.

»Der übliche Generationenkonflikt, unvermeidlich, wenn man in anderen Zeiten sozialisiert wurde.«

Bernsen stöhnte wieder, dieses Mal noch lauter.

»Und Ihr Mitstreiter, Klaus Bärmann, ist der heute nicht dabei?«

»Er ist leider etwas angeschlagen. Ich werde ihm später einen kleinen Krankenbesuch abstatten.« Walter Kemper sah unverwandt zu Kohlschuetters Augenpartie im Spiegel, nicht eine Sekunde wich er dem Blick des Kommissars aus.

»Angeschlagen ist das richtige Wort«, meinte Bernsen. »Wenn die Weißenseer immer so mit ihren Gästen umspringen, na dann Prost.«

»Herr Bärmann ist schuldlos in die Sache hineingeraten. Eine unschöne Geschichte. Hoffentlich leidet der Ruf unserer Stadt nicht darunter.« Walter Kemper klang fast schon besorgt.

Bernsens dünne Beine fingen an zu wackeln. Mit Pathos in der Stimme sagte er: »Der eine findet, er weiß nicht, wie, nur überall Schönheit und Poesie, der andere mag suchen weit und breit, er findet bloß Schmutz und Niedrigkeit.«

»Victor Blüthgen, ›Poesie oder Niedrigkeit‹. Ganz ausgezeichnet«, lobte Kemper vom Rücksitz aus. Kohlschuetter warf einen erstaunten Blick auf seinen Beifahrer.

Bernsen zog seine Unterlippe nach vorne. Der Schlauberger-Ossi wusste aber auch auf alles eine Replik.

Bis zum Sportplatz am Fischhof sprachen die drei Männer kein weiteres Wort mehr. Doch als Kemper ausgestiegen war, polterte Bernsen los: »Dieser scheinheilige Fuchs!« Seine Beine schienen jetzt Rock'n'Roll zu tanzen. »Victor Blüthgen. Ganz ausgezeichnet«, äffte er ihn mit hochgezogener Oberlippe nach. »›Herr Bärmann ist schuldlos.‹ Dass ich nicht lache.«

»Es gibt eben nicht immer nur eine Wahrheit. Und Kemper wahrt Contenance, in jeder Lebenslage.« Kohlschuetter verkniff sich einen Kommentar über Bernsens poetische Ader, obwohl ihn diese Seite seines Kollegen wirklich überraschte und ihm sogar eine gewisse Anerkennung abnötigte.

»Ich kenne nur eine Wahrheit. Und die lautet: Der Hausmeister hat einen Bayern beim Einbruch in seinen geliebten Chinesischen Garten erwischt. Wahrscheinlich hat er einen Zweig des Mammutbaumes abgebrochen. Da sind dem Bezirksmeister die Nerven durchgegangen, und bums, flog er in den Teich.«

»Blödsinn. Das wäre zu einfach, und außerdem ist Podeiske überhaupt nicht der Typ dafür. Nein, da ist mehr«, orakelte Kohlschuetter.

»Was soll denn da noch sein? Dieses Provinznest ist eben ein harmloses kleines Städtchen, in dem zufällig in drei Tagen zwei Tote auftauchen«, witzelte Bernsen.

»Das ist es ja. Meinen Sie, Alfons Weidinger und der kleine Kemper kannten sich?«

»Wegen des Cannabis? Sie denken, er hat seine Drogen an den Bayern verkauft?«

»Könnte doch sein. Irgendetwas stimmt da jedenfalls nicht. Und außerdem ist mir immer noch schleierhaft, wie die beiden Toten in den Chinesischen Garten reingekommen sind.«

»Das Seeteufelchen kam durch den Nebeneingang, davon können wir ausgehen. Die Summer hat gesagt, von der Tür seien alle Spuren abgewischt worden.« Bernsen zog geräuschvoll die Nase hoch, während er gleichzeitig seine Taschen nach einem Taschentuch durchsuchte. Nicht fündig geworden, wischte er sich mit seinem rechten Ärmel einmal quer über das Gesicht.

»Und ich denke mittlerweile, dass Alfons Weidinger auf demselben Weg Zugang erhielt. Irgendjemand hat die beiden Männer hereingelassen.«

»Tja, und wer hat die Schlüssel?«, kam es triumphierend vom Beifahrersitz. »Der Bürgermeister hat in beiden Fällen ein sauberes Alibi. Aber das Hausmeisterchen mit den Art-Garfunkel-Locken nun mal nicht.«

»Er hat nichts damit zu tun, glauben Sie mir.«

»Na, wenn Sie das in Ihrem Polizisten-Urin haben …«

Sie stiegen aus und folgten Kemper zur Tribüne. Gerade noch rechtzeitig, denn schon ertönte der Anpfiff zum Spiel.

***

»So, meine Damen«, rief Bernsen in die Runde. »Hier ist das niedliche Tuschekästchen, und wir drücken jetzt alle nacheinander unsere Fingerchen hinein! Damit ich auch schön sehen kann, wer mit Alfons Weidinger zu vorgerückter Stunde ein Bierchen im Chinesischen Garten gezischt hat.«

Der weibliche Teil der bayerischen Reisegruppe hatte sich um eine Bank gruppiert, auf der allerlei alkoholische Getränke auf ein paar trinkfeste Abnehmerinnen warteten. Bis zu Bernsens Ansage hatte die Geräuschkulisse an einen Hühnerhof erinnert. Jetzt war es mucksmäuschenstill.

»Erlauben Sie mal, junger Mann!«, fauchte eine Dame, als sie die Sprache wiedergefunden hatte.

Bernsen musterte die korpulente Frau, die das sechzigste Lebensjahr längst erreicht haben musste, ungeniert von oben bis unten und sagte: »So wie ich das sehe, haben Sie nichts zu befürchten.«

Das einsetzende Gezeter bedeutete Kohlschuetter, dass es an der Zeit war einzugreifen.

»Wie sich wahrscheinlich schon herumgesprochen hat«, hob er an, »ist Herr Weidinger an einem plötzlichen Herztod gestorben. Wir gehen davon aus, dass er zum Zeitpunkt seines Todes in Begleitung war. Das heißt, es könnte ein Fall von unterlassener Hilfeleistung vorliegen.« Während er sprach, schaute er immer wieder verstohlen zu Frau Weidinger. Es war ihm peinlich, dass Bernsen diese Nummer direkt vor ihren Augen abzog.

»Jesses, Maria und Josef, haben Sie nicht genug mit dem Mord zu tun?«, rief eine der anderen Frauen.

»Immer schön langsam, dazu werden die Damen natürlich auch noch befragt.« Bernsen ging schnurstracks auf die Schönheit mit dem mittlerweile hellvioletten Veilchen zu. Sie riss die Augen weit auf, fing an zu schreien und rannte davon.

»Wusste ich es doch«, murmelte das Nolde-Modell und legte ihren Arm schützend um Bärbel Weidingers Schulter. Die übrigen Damen schauten sich betroffen an. Bärbel Weidinger verzog keine Miene.

»Ich mach das schon«, rief Bernsen, der bereits die Beine in die Hand nahm.

Die arme Schönheit, dachte Kohlschuetter mitleidig. Dann

entschuldigte er sich bei den Frauen und trat den Rückzug an. Die kleine Provokation hatte funktioniert.

★★★

Bernsen, der sportlicher war, als er aussah, erreichte die Frau kurz vor dem Eingang zum Friedhof. Noch bevor er ein Wort sagen konnte, brach sie in Tränen aus.

»Na, Kindchen, dann erzählen Sie mir doch mal, was passiert ist«, versuchte er es auf die väterlich freundliche Tour.

Sie schluchzte herzerweichend. »Wir waren ein Paar, der Alfi und ich«, stammelte sie zwischen dicken Tränen. »Wir wollten heiraten. Er war extra wegen mir nach Weißensee gekommen.«

Doch wohl eher, um seine Exfrau zu ärgern, dachte Bernsen. Ganz entgegen seiner sonstigen Art verkniff er sich die Bemerkung jedoch lieber. »Sie waren also an dem Abend mit ihm verabredet?«

»Ja, um dreiundzwanzig Uhr im Chinesischen Garten. Ich sollte durch den Nebeneingang reinkommen. Alfons war schon da.«

»Und dann?«

»Er hatte Bier mitgebracht. Er war immer sooo romantisch …« Die letzten Worte kamen wieder schluchzend, und die Tränen flossen aufs Neue. Das perfekte Augen-Make-up lief in Streifen über das ansonsten ebenmäßige Gesicht der jungen Frau.

Minuten vergingen, dann redete sie weiter. »Wir haben uns unterhalten und …« Sie schniefte laut.

»… miteinander geschlafen«, vervollständigte Bernsen den Satz. Er kramte höflichkeitshalber in seinen Taschen nach einem Schnäuztuch, obwohl er genau wusste, dass er keines bei sich hatte.

»Ja. Bis dahin war alles schön. Aber dann hat er gesagt, er würde es noch einmal mit seiner Frau versuchen wollen.«

»Sich nicht scheiden lassen?«, hakte Bernsen ungläubig nach.

»Ich hatte doch das Brautkleid schon ausgesucht.« Das Schluchzen steigerte sich noch mehr.

»Wie haben Sie reagiert?«

»Ich habe ihn angeschrien. Irgendwann hat er mir eine Ohrfeige gegeben.« Mit tränennassen Wimpern schaute sie Bernsen an. »Das hat er nicht so gemeint. Ganz sicher. Der Alfons war der liebste Mensch, den ich kenne. Kannte.«

Ganz reizender Mensch, der seine Geliebte schlägt, seine Ehefrau terrorisiert und noch dazu mehrere Liebschaften gleichzeitig unterhält, dachte Bernsen.

»Ich bin gegangen und zurück ins Hotel gelaufen. Die Turmuhr schlug gerade Mitternacht. Es war gruselig.«

»Und Sie haben an Herrn Weidinger nichts bemerkt, gesundheitlich, meine ich?«

»Nein, er hat noch einen Schluck von seinem Bier genommen und laut gelacht. Mehr weiß ich nicht. Aber wenn ich gewusst hätte, dass er …«

Bernsen nickte mitfühlend. Dann sagte er wie beiläufig: »Welchen Lippenstift benutzen Sie eigentlich?«

Die junge Frau schaute ihn verwundert an. Auf ihrem verheulten Gesicht zeigte sich ein sanftes Lächeln. »Gefällt er Ihnen?«

Bernsen zuckte bloß teilnahmslos mit den knochigen Schultern.

»Nr. 21 Rivoli von Chanel«, flüsterte sie enttäuscht.

Bernsen schwieg zufrieden. Nach einer Weile nahm er die Unterhaltung wieder auf. »Rauchen Sie eigentlich öfter Haschisch?«

Das bunt verschmierte Gesicht der jungen Frau erhielt eine dunkelrote Schattierung. »Der Alfons sagt, es macht mich entspannter.«

»Nun, hat am Freitagabend offenbar nicht funktioniert, wenn er Sie gewaltsam zum Schweigen bringen musste.« So ganz konnte Bernsen nun doch nicht aus seiner Haut.

Das lautstarke Schluchzen setzte wieder ein.

»Am Samstag wollten Sie sich dann wohl auch etwas entspannen?«

Schlagartig verstummte sie und blickte ihn mit großen Augen an. »Woher wissen Sie?«

»Polizisten-Urin«, antwortete Bernsen lapidar.

»Aber ich habe nichts gekauft, ich schwöre es. Der Typ ist gleich ausgeflippt, wegen Alfons.« Das Weinen nahm wieder zu.

»Er dachte wohl, sein Zeug hätte den Alfons …«

»Ach, dann kannte Alfons Weidinger den jungen Kemper?« Eigentlich konnte sich Bernsen die Antwort denken, aber er hatte die Erfahrung gemacht, dass man mitunter mehr Informationen bekam, wenn man sich blöd stellte.

»Nun ja, er hatte am Freitag etwas Cannabis bei ihm gekauft und ihn mir beschrieben. Die riesige karierte Mütze und so.«

Treffer, versenkt. Die Identität ihres Drogendealers wäre damit schon mal zweifelsfrei geklärt. »Wer hat Ihnen den Chinesischen Garten aufgemacht?«

»Das weiß ich nicht. Wie gesagt, es war offen, als ich kam.«

»Nun denn. Dann sollten wir jetzt mal zurück auf den Sportplatz gehen. Die erste Halbzeit dürfte bald rum sein.«

★★★

Kohlschuetter stand am Spielfeldrand und beobachtete das Treiben. Die Weißenseer lagen 2:1 in Führung. Bürgermeister Adler feuerte seine Mannschaft lautstark an. Bea Meier tanzte in ihren lila-weiß gestreiften Turnschuhen auf der Seitenlinie.

»Volltreffer«, raunte Bernsen, als er neben ihm auftauchte. »Schäferstündchen um dreiundzwanzig Uhr mit warmem Bier und anschließender Abfuhr.« Dann berichtete er, was er außerdem erfahren hatte. »Der Weidinger war nicht eben zimperlich mit den Weibern, wie es scheint.«

»Das erklärt, warum er den Brief mit dem Scheidungstermin zerrissen hat. Also gut … Weidinger hat die Gruppe gegen zweiundzwanzig Uhr verlassen«, überlegte Kohlschuetter laut, »und man braucht maximal zehn Minuten vom Promenadenhof bis zum Chinesischen Garten.«

»Genügend Zeit für ein zweites Mäuschen bis zum Treffen um elf«, ergänzte Bernsen.

»Um drei viertel elf hat Frau Weidinger die erste Mail geschickt.«

»Sie denken doch nicht …«

»Doch, genau das denke ich. Er war erst bei seiner Frau und dann bei seiner Geliebten.« Kohlschuetter spähte rüber zu Frau Weidinger. Sie stand in einiger Entfernung und beobachtete teilnahmslos das Spiel, während ihre ungleiche Freundin auf sie einredete. Als hätte sie seinen Blick bemerkt, drehte auch sie ihren Kopf in Richtung des Kommissars und nickte ihm zu.

»Das ist mir ja vielleicht eine …« Bernsen wollte schon zu ihr laufen, als Kohlschuetter ihn am Ärmel festhielt. Seine Hand zuckte sogleich wieder zurück. Der Stoff sah nicht nur seltsam aus, sondern fasste sich auch noch so an.

»Lassen Sie es gut sein, Kollege. Wir werden es ohnehin nie erfahren. Das ist kein Fall mehr für uns.«

»Vielleicht haben Sie recht.«

»Ganz bestimmt habe ich das. Und den Rest bekommen wir auch noch raus. Ich kümmere mich jetzt mal um ein paar Recherchen zu Theo Wildner. Irgendwie muss sich dessen Identität doch überprüfen lassen.« Kohlschuetter lächelte zufrieden. Er wurde das Gefühl nicht los, der Lösung des Falles heute ein ganzes Stück näher gekommen zu sein.

***

»Tor! Tor! Tor! Wir haben gewonnen!« Mit weit nach oben gerissenen Armen rannte Frank Adler über den Rasen und umarmte seine Jungs vom FC Weißensee 03. »Weißensee ist Champion! Wir haben die Bayern besiegt. Wenn das kein gutes Omen ist.«

»Jetzt übertreibt er es aber.« Bernsen, der das restliche Spiel allein, dafür aber mit großer Aufmerksamkeit verfolgt hatte, grinste.

»Wo ist denn Ihr junger Kollege?« Bea Meier kam freudestrahlend auf ihn zugehüpft.

»Im Wagen, telefonieren«, antwortete Bernsen knapp. Vor, während und nach einem Fußballspiel redete er nie viel. Die Spielzüge mussten verarbeitet werden, und ein Mann konnte nun einmal nicht zwei Dinge gleichzeitig tun.

»Ach, bestimmt mit seiner neuen Freundin, der Willi aus der Sportlerklause. Hat er Ihnen sicher erzählt.« Bea Meier tänzelte weiter und schloss sich einer Gruppe Weisenseer an.

Bernsen brummte abwesend. Er hatte ihr nicht zugehört. Was Kohlschuetter betraf, war es sicherlich besser so. Langsam trottete er zum Auto.

»3:1 für die Weißenseer.« Bernsen steckte seinen Kopf zum Fahrerfenster des Opels hinein.

»Das habe ich mir schon gedacht. Ich konnte den Adler kreischen hören.« Kohlschuetter winkte ihn auf die andere Seite und ergänzte: »Susi hat angerufen. Es gibt fünf Theo Wildners in Ingolstadt, zwei sind im letzten halben Jahr verstorben, einer wurde gerade erst geboren, und die anderen beiden sind über fünfzig Jahre alt, kommen also nicht in Frage. Im Fitnessstudio ›Schlank und Schön‹ in Ingolstadt ist tatsächlich ein Theo Wildner Mitglied, der kommt aber wohl aus einer angrenzenden Kleinstadt. Der würde vom Alter her hinkommen.« Er wischte den Staub vom Armaturenbrett und drehte den Zündschlüssel herum.

Mit Schmackes schwang sich Bernsen auf den Beifahrersitz. »Na, das ist doch was. Dann können wir ja für heute Feierabend machen. In der Sportlerklause steigt eine Party.«

»Nur dass besagter Theo Wildner heute früh dort trainiert hat.«

Bernsen schaute einen Moment verdattert drein und schlug sich dann mit der flachen Hand auf den Oberschenkel. »Ich wusste es gleich. Der ist unter falschem Namen im Fischhof abgestiegen.«

»Das denke ich auch.«

»Warum einfach, wenn es auch schwer geht?«, jammerte Bernsen. »Aber wo fahren Sie denn hin? Wir müssen doch nach rechts und dann nach links auf die Sömmerdaer Straße.«

»Zum Langen Damm geht es geradeaus.«

»Und wer will dorthin? Ich zumindest nicht. Auf mich warten eine Pizza und ein ruhiger Fernsehabend, wenn Sie schon nicht in die Sportlerklause wollen.«

»Falsch. Auf uns wartet ein Krankenbesuch bei einem Patienten. Wenn mich nicht alles täuscht, ist sein Pfleger auch schon dort, zumindest ist er vor geraumer Zeit hier vorbeigekommen.«

Kohlschuetter hätte durchaus nichts gegen ein Bier in der Sportlerklause einzuwenden gehabt. Doch nachdem er es gestern irgendwie versäumt hatte, sich bei Wilhelmine zu melden, konnte er nicht sicher sein, wie ihr Empfang ausfallen würde. Da wollte er lieber nichts riskieren.

»Haben Sie die Chiffriersprache auf der Polizeischule gelernt? Warum sagen Sie nicht gleich, dass wir zu diesen Vereinsheinis fahren?« Bernsen nieste orkanähnlich. Dieses Mal machte er sich nicht einmal mehr die Mühe, nach einem Taschentuch zu suchen.

»Ach, und Kollege, die Herren müssen vorerst nichts wissen von der Geschichte mit den identischen Fingerabdrücken in der Brauerei und dem Archiv, die von dem kalten Händchen des angeblichen Herrn Wildner stammen. Am besten, Sie lassen mich reden.«

Kohlschuetter verkniff sich eine Erwiderung, atmete tief durch und beschloss, sich das spaßeshalber mal eine Weile mitanzusehen.

***

Der Wohnblock aus den 1970er-Jahren war nicht zu verfehlen. Weiß getüncht, mit drei Etagen und einem frisch gemähten Vorgarten war er ihnen schon aus der Entfernung ins Auge gefallen. Drei schnurgerade Wege führten zu den drei Eingängen mit jeweils sechs Klingelschildern.

Kohlschuetters miserables Zahlengedächtnis ließ die beiden Kommissare getrennte Wege gehen. Sie trafen sich beim dritten Eingang wieder, und ein hartnäckiges Dauerklingeln an der mit dem richtigen Namen beschrifteten Klingel ließ eine sorgenvoll blickende Frau eines der Fenster im ersten Obergeschoss öffnen. Nach Kohlschuetters Sprüchlein ging alles ganz schnell. Der Summer ertönte, und Sekunden später standen die beiden Kommissare in der Wohnung der Familie Bärmann. Frau Bärmann lächelte gequält, flüsterte etwas von »im Vereinszimmer« und führte die Herren in ein großes, düsteres Zimmer, in dem es an den Wänden und in den Regalen nur so von Stadtfotografien, Urkunden, Chroniken, alten Holzbierfässern, Bierkrügen und diversen Brauutensilien wimmelte.

Als Kohlschuetter und Bernsen eintraten, saßen die beiden führenden Köpfe des Vereins beim Bier und plauderten angeregt. Offensichtlich hatte Walter Kemper die Ereignisse vom Sportplatz zum Besten gegeben.

»Nun gut, meine Herren«, hob Bernsen an. »Nachdem in Ihrer Stadt ziemlich viele merkwürdige Dinge passieren, die alle irgendwie mit Ihrer Hassliebe für bayerisches Bier zu tun haben, fanden wir es an der Zeit, einmal bei dem Vereinsvorsitzenden und seinem Souffleur vorbeizuschauen.« Sein Blick blieb an Kemper haften, doch der ließ keinerlei Regung erkennen.

Nach einer kurzen dramatischen Pause fuhr Bernsen fort: »Meine Herren, in dieser Stadt gab es einen Einbruch und einen Mord. Herr Kemper, wo waren Sie in der Nacht von Samstag auf Sonntag und in der Nacht von gestern auf heute?« Bernsen schaute ihn provozierend abschätzig an.

»Sie verdächtigen mich eines billigen Einbruches, mit dem ich meiner Heimatstadt einen vielleicht nie wiedergutzumachenden Schaden zufügen würde? Und denken dabei sogar an einen Mord?« Entsetzt erhob sich Kemper und lief in dem Zimmer auf und ab. Er schien aufgebracht zu sein, doch seine Stimme behielt den gleichen sonoren Klang wie immer.

Kohlschuetter konnte nicht sagen, was Kemper mehr erzürnte, die Unterstellung einer Straftat und der damit unvermeidliche Kratzer an seiner Ehre als angesehener Honoratior der Stadt oder Bernsens respektlose Art. Er tendierte zu Ersterem.

Ein dickes Schlüsselbund, das auf dem alten Beratungstisch lag, erregte seine Aufmerksamkeit. Irgendetwas kam ihm daran bekannt vor.

Als Kemper seinen Blick bemerkte, griff er nach dem Bund und schob es in die Tasche seines italienischen Sakkos.

Bernsen ging unterdessen mit demonstrativer Gelassenheit auf die Vorwürfe ein. »Ich tue nichts dergleichen, verehrter Herr Kemper, ich habe Ihnen nur eine Frage gestellt, die Sie mir jetzt – und da bin ich absolut sicher – wahrheitsgemäß beantworten werden.« Seine Worte klangen so schwülstig und unglaubhaft, dass nicht einmal Kohlschuetter daran glaubte.

»Am Samstag saßen Herr Bärmann und ich mit den anderen Vereinskollegen beim Bier auf dem Marktplatz.«

»Wie lange?«

»Ich denke, bis gegen eins. Dann haben Herr Bärmann und ich hier im Vereinsheim noch einen Absacker getrunken …«

»… und sind Händchen haltend eingeschlafen«, vervollständigte Bernsen den Satz.

Kemper ignorierte das. »Mein Enkel hat mich gegen drei Uhr abgeholt. Er wohnt bei mir.«

»Und Sie haben nicht zufällig noch mal kurz beim Rathaus haltgemacht und Ihren Enkel über eine Feuerleiter in das Archiv gehievt?«

Kemper überhörte auch das.

»Gestern Abend waren wir nach dem abrupten Ende des Bierfestes in der Notaufnahme des Sömmerdaer Krankenhauses. Herrn Bärmanns Verletzungen konnte man schließlich nicht auf die leichte Schulter nehmen. Danach sind wir jeder zu sich nach Hause gefahren und dort geblieben. Das wird sich durch die Aussage von Frau Bärmann und meinem Enkel bestätigen lassen.«

»Möchte Herr Bärmann vielleicht auch noch etwas dazu sagen?«

»Nein, das möchte Herr Bärmann nicht. Sie sehen doch, dass er in seinem Zustand schlecht sprechen kann«, antwortete Kemper, ohne seinen Mitstreiter auch nur anzusehen.

Die hinzugerufene Frau Bärmann bestätigte, wie zu erwarten gewesen war, das Alibi. Dabei zitterte sie am ganzen Körper.

★★★

»Haben Sie dieses vollgestopfte Vereinszimmer gesehen?«, fragte Kohlschuetter seinen Kollegen, als sie das Haus verlassen hatten und mit einer Liste sämtlicher Vereinsmitglieder zwischen den Grünflächen vor dem Wohnblock standen. »In einer Drei-Raum-Wohnung von dieser Größe hat er mit seinem Verein ein ganzes Zimmer in Beschlag genommen. Wie krank ist das denn?«

»So ziemlich. Aber noch interessanter fand ich, dass Bärmann das Reden vollständig diesem Kemper überlassen hat.«

»Vielleicht wollte der einfach nur einer neuen peinlichen Entgleisung seines Kumpels vorbeugen.«

»Mag sein. Mit ihren Alibis haben sie aber doch eigentlich nichts zu befürchten. Trotzdem scheint meine kleine Flunkerei wegen des Einbruchs, den die beiden ja nun mal garantiert nicht begangen haben, ihre Wirkung auf die beiden Herren nicht ganz verfehlt zu haben. Als wichtigster Bürger der Stadt lässt man sich eben nicht gern irgendwelcher Straftaten beschuldigen.« Bernsen zog das Wort »wichtigster« künstlich in die Länge und ließ keinen Zweifel daran, was er wirklich von Kemper hielt.

»Für meine Begriffe klang das alles etwas zu sehr vorbereitet, zu aalglatt. Haben Sie das Schlüsselbund auf dem Tisch gesehen?«

»Nee.«

»Etwas stimmt nicht damit. Ich hatte so eine Art Déjà-vu.«

»War es vielleicht dasselbe, das wir dem kleinen Kemper am Freitag abgenommen haben? Das mit dem Autoschlüssel?«

»Ja, möglich, aber trotzdem ...« Kohlschuetter strich sich über die schwarzen Stoppeln auf seinem Kopf.

Irgendetwas übersahen sie.

ZEHN

»Bernsen«, nuschelte der Kommissar, als hätte er ein halbes Fischbrötchen im Mund. Schlaftrunken schaute er auf die Leuchtanzeige des alten Radioweckers auf seinem Nachtschrank. Noch nicht einmal halb sieben. Welcher Idiot ruft mich denn mitten in der Nacht an?, grollte er und murmelte wieder: »Bernsen«, diesmal noch mürrischer.

Niemand antwortete.

»Beeernsen«, wiederholte er. »Hallo? Scheiße!« Er hielt das Handy falsch herum. »Jetzt leck mich aber … Bernsen!«

»Die Frieda ist doch im Februar von uns gegangen. Und so ganz allein … Da fahre ich eben immer mal zur Traudl ins schöne Bayern«, quasselte das dünne Stimmchen einer älteren Dame unvermittelt in sein Ohr.

»Was? Was geht mich Frieda an? Und wer ist Traudl?«

Bernsen verstand kein Wort. Die Dame anscheinend auch nicht, denn sie redete munter weiter: »Und dann muss ich in den Garten. Es bleibt doch so viel liegen, jetzt im Frühjahr, und in meinem Alter ist man nicht mehr so schnell. Ja, als die Frieda noch da war …«

»Wollen Sie mich verarschen?«, fiel Bernsen der Anruferin unsanft ins Wort. »Ich bin doch nicht die Telefonseelsorge. Und das um diese Zeit!« Hellwach saß er auf der Bettkante und ließ seinen Blick durch die Wohnung wandern.

Die Pizza, sein gestriges Abendessen, war noch allgegenwärtig, was daran lag, dass der durchgeweichte Karton aufgeklappt auf dem Tisch stand und einen penetranten Oregano-Thymian-Geruch von sich gab. In der Morgensonne tanzten die Staubmoleküle durch seine Ein-Zimmer-Wohnung. Eine Jalousie hätte das vielleicht verhindert, ebenso ein gründlicher Frühjahrsputz, doch irgendwie war er in all den Jahren nie dazu gekommen. Und sein Geld achtundfünfzig Monate und drei Tage vor der Pensionierung noch dafür hinauszuwerfen, kam für ihn nicht in Frage.

»Aber Sie sind doch Kommissar Bernsen?«, erwiderte die Dame, die seinen Nachnamen dehnte, als würde sie ihn ablesen.

»Ja, und?«

»Genau Sie soll ich doch anrufen, wegen dem Franz, nein, wegen dem Mann auf dem schönen Bild. Ich konnte nicht eher, wegen der Traudl und dem Garten«, brabbelte sie munter weiter.

»Wer ist denn nun schon wieder Franz?« Offensichtlich schliefen Bernsens graue Zellen noch.

»Franz Helbig. Ich dachte erst, er sei es selbst. Aber er ist doch schon vierundzwanzig Jahre tot«, antwortete sie mit einem leichten Schluchzen, sodass Bernsen befürchten musste, sie würde anfangen zu heulen.

»Und wer ist es dann?« Bernsen gähnte gelangweilt. Er konnte der Dame noch immer nicht folgen, hatte es aber aufgegeben, dies kundzutun, und versuchte sich nun in vorgetäuschtem Interesse.

»Na, vermutlich der Michael, sein Sohn. Aber der wohnt schon lange nicht mehr bei uns in Weißensee. Ich habe ihn vor Jahren zuletzt gesehen. Und jetzt ist er auch tot. So ein junger Mensch.« Sie seufzte schwer.

Bernsen zuckte zusammen. Hatte sie eben die Worte »Weißensee« und »tot« benutzt?

Er räusperte sich, um Zeit für einen klaren Gedanken zu finden. »Sie haben den Aushang gesehen und kennen den Toten auf dem Bild«, mutmaßte er dann.

»Ja, ja, das sage ich doch die ganze Zeit. Michael Helbig, bestimmt ist er das. Deshalb habe ich Ihre Nummer angerufen, die, die unter dem Bild stand. Grete Manke, Schäferstraße 102.« Sie wiederholte ihren Namen und ihre Adresse mehrfach, als wollte sie ganz sichergehen, dass der seltsame Kommissar sie auch verstanden hatte.

Und das hatte er. »Ich bin in einer Stunde in Weißensee. Wir müssen uns dringend unterhalten.«

Bernsen legte auf. Eine Weile schaute er gedankenverloren auf seine nackten weißen Beine, die er auf dem Zeitungsstapel neben seinem Bett abgestellt hatte und die nun langsam zu wackeln anfingen. Dann wählte er Kohlschuetters Nummer.

★★★

Timo Kohlschuetter hing im Türrahmen seines Wohnzimmers, als das Handy zu klingeln begann, und kämpfte mit seiner Klimmzugstange. Um kurz nach sechs hatte er das Haus verlassen, um ein paar Runden an der Gera zu drehen. Das Pfingstwochenende steckte ihm noch in den Knochen, und beim Sport konnte er sich einfach am besten entspannen. Wieder zu Hause, hatte er mit dem Workout begonnen. Doch Bernsens Anruf beendete das Sportprogramm, noch bevor es richtig angefangen hatte.

»Ich hätte nicht gedacht, dass die Ostfriesen schon so früh auf den Beinen sind«, keuchte er ins Telefon.

»Ich bin kein Ostfriese, Sie Sachse, und was machen Sie da überhaupt, dass Sie so schnaufen? Ach, egal, was geht es mich an. Sie müssen mich sofort abholen. Ein altes Mädchen aus Weißensee wartet auf uns.« Im nächsten Augenblick hatte er aufgelegt.

»Dieser Fischkopp macht mich noch wahnsinnig!«, schimpfte Kohlschuetter und wischte sich entnervt den Schweiß von der Stirn. »Was denkt der überhaupt, wer er ist? Der Kaiser von China, oder was? Und ich bin sein eunuchischer Sänftenträger. Na, danke schön aber auch!«

Er fluchte unter der Dusche, beim Frühstück und im Wagen vor Bernsens Haustür. Am liebsten hätte er auch noch damit weitergemacht, als Bernsen die Beifahrertür des Dienstwagens aufriss und sich neben ihm auf den Sitz warf.

»Eine alte Dame hat ihn erkannt, Frieda, Erna, Gretl oder so.« Bernsen wandte ihm das Gesicht zu. »Moin erst einmal.«

»Wen erkannt? Unseren Toten?« Kohlschuetter schaute ungläubig auf seinen Kollegen. »Das ging aber schnell.«

»Jawohl«, rief Bernsen voller Enthusiasmus und klatschte mit den Handflächen begeistert auf seine Oberschenkel. »Heute machen wir den Sack zu. Ich spüre es in meinen Fingerspitzen kribbeln.«

Kohlschuetter musste schmunzeln. Dein Selbstbewusstsein möchte ich haben, dachte er.

***

Grete Manke hatte schon geraume Zeit vor der Eingangstür ihres Häuschens gewartet. Als der Opel vom Markt kommend nach links in die Schäferstraße einbog, trat die hagere, kleine Frau mit leicht schmerzverzerrtem Gesicht angestrengt von einem Bein auf das andere. Die Neugier hatte über die Arthrose gesiegt. Schließlich wurde sie bald achtzig, und so oft würde sich in ihrem Leben keine Gelegenheit mehr bieten, bei einer Mordaufklärung dabei zu sein beziehungsweise neue Leute kennenzulernen. Erwartungsvoll blinzelte sie aus schmalen Augen in die Morgensonne, die von der Motorhaube des heranrollenden Wagens reflektiert wurde.

»Ach, die Herren Polizisten, wie schön, ich habe schon Kaffeewasser aufgesetzt, Sie trinken doch Kaffee, aber sicher, bei Ihrer anstrengenden Arbeit, immer auf den Beinen …« Sie trippelte vor den beiden Kommissaren durch den lang gezogenen dunklen Flur in die gute Stube. Auf dem ovalen Esstisch lag eine seidig schimmernde Damasttischdecke, die perfekt mit dem golden umrandeten Kaffeegeschirr harmonierte.

Grete Manke hatte vorsorglich für sechs Personen gedeckt. Sie hatte gern viele Gäste, und außerdem traten die Polizisten im Fernsehen auch immer in großen Gruppen auf.

Bernsen ließ sich auf einen der samtbezogenen Stühle fallen, bevor sie die Gelegenheit bekam, ihn dazu aufzufordern, und griff nach den mit Schokolade überzogenen Keksen, die in einer zum Kaffeegeschirr passenden Schale angerichtet waren.

»Sie müssen sie eintunken, junger Mann«, rief Grete Manke im Hinausgehen, als sie sah, dass der Kommissar beim herzhaften Hineinbeißen vor Schmerzen das Gesicht verzog. »Die Lebkuchen sind noch von Weihnachten übrig. Mein Sohn hatte doch keine Zeit …« Den Rest des Satzes vollendete sie in der Küche, zumindest deutete ihr unverständliches Gemurmel darauf hin.

»Die quatscht ein Pferd tot«, nuschelte Bernsen mit vollem Mund, wobei er dabei einige Lebkuchenkrümel auf seine Hose spuckte. Er wischte sie achtlos mit der Hand auf den blitzblanken Fußboden.

Kohlschuetter verdrehte die Augen, sagte aber nichts, weil die alte Dame gerade mit dem Kaffee zurückkam. Wenn die Bremer alle so drauf waren, dann gute Nacht, altehrwürdiger Stadtstaat.

»So, Muttchen, dann man los«, rief Bernsen, nachdem man ihn bewirtet hatte, zwischen zwei Schlucken Kaffee.

»Ach, wie schön. Ich hatte so lange keine Gäste mehr. Eigentlich, seit die Frieda gestorben ist. Das war im Februar, müssen Sie wissen …« Grete Manke rieb mit den Handflächen über ihre bunte Dederonschürze und lächelte die Kommissare mit freundlichen, munteren Augen an.

»Was hat die Frieda mit der Sache zu tun?« Kohlschuetter verkniff sich das Weihnachtsgebäck und zog lieber sein rotes Notizbuch aus der Gesäßtasche. Er musste sich endlich daran gewöhnen, es öfter zu benutzen. Dann würde ihm auch so etwas wie mit der Hausnummer von Bärmann gestern nicht passieren.

»Nichts, nichts, überhaupt nichts. Ich war gestern Abend im Gottesdienst. Ich gehe ja nicht mehr so oft in die Kirche, aber zu den Feiertagen, da gehört es sich doch so.« Sie schaute kurz von einem zum anderen, um dann weiterzureden: »Das Bild von Michael hing am Schwarzen Brett. Ich habe gedacht, es ist der Franz, Gott hab ihn selig. Was war das für ein guter Mann, und dann sein plötzlicher Tod. Selbstmord, einfach so.«

»Und weiter? Das haben Sie mir doch alles schon am Telefon erzählt.« Bernsen wippte ungeduldig mit den Füßen.

»Ach ja, ja«, stammelte Grete Manke verwirrt. »Der Michael Helbig. Er war noch ein Kind, als wir seinen Vater zu Grabe getragen haben. Die Frieda liegt übrigens zwei Reihen hinter ihm. Ich habe ihr gestern frische Pfingstrosen gebracht, die mochte sie doch so gern.«

Bernsen blickte zur Zimmerdecke.

»Die Anna Helbig ist dann mit dem Michael weggezogen. Er soll auch Braumeister geworden sein, genau wie sein Vater, aber eigentlich«, sagte sie bekümmert, »weiß ich auch nicht mehr als das.«

Kohlschuetter stutzte. »Braumeister? Franz Helbig war hier in Weißensee Braumeister, und sein Sohn ist später auch einer geworden?« In dieser kleinen Stadt traten die Zufälle wirklich in geballter Fülle auf.

Grete Manke goss ihm eine zweite Tasse Kaffee ein und nickte. »Michael war noch ein Kind. Er soll heute irgendwo in Bayern arbeiten.«

»In Bayern, als Braumeister. Und seit gestern tot im Chinesischen Garten. Ich springe vor Freude gleich an die Decke.«

Bernsen hatte die Schale mit den Lebkuchen fast leer gegessen. Ungeniert klopfte er sich die Hosenbeine ab und stand auf. »Gut. Dann vielen Dank für den Kaffee.«

»Aber bleiben Sie doch noch. Es ist so nett, mal mit jemandem zu plaudern.« Grete Manke lächelte freundlich, um dann ein leises »Es kommt doch so selten vor« hinzuzufügen.

Kohlschuetter lehnte bedauernd ab und schaute die alte Dame dabei mitleidig an. Hoffentlich würde er nicht einmal so einsam und verlassen mit ein paar vertrockneten Lebkuchen enden.

»Der Franz Helbig war ein ganz feiner Mensch. Lassen Sie sich da bloß keinen Bären aufbinden«, rief Grete Manke den beiden Kommissaren von der Haustür aus nach. Doch das konnten Kohlschuetter und Bernsen schon nicht mehr hören.

★★★

»Zum Rathaus, Harry!« Bernsen fuchtelte mit seiner Hand vor der Windschutzscheibe herum, als wollte er dem fahrenden Kohlschuetter den Weg zeigen. »Nach der einen Plaudertasche wollen wir doch gleich der nächsten einen Besuch abstatten.«

Leise summte Kohlschuetter die Titelmelodie von »Derrick«. Er hatte beschlossen, dass dieser seltsame Ostfriese oder wie Bernsen auch immer genannt werden wollte, ihn heute nicht aus der Ruhe bringen würde.

»Donnerlittchen. Die können hier Gedanken lesen.« Bernsen schaute auf das Display seines klingelnden Handys. »Das Bürgermeisterchen.«

Er nahm das Gespräch an und verzichtete auf jegliche Anstandsregeln: »Wir sind in Ihrer Mörderstadt und auf dem Weg zu Ihnen«, beschied er Frank Adler knapp.

Eine Minute später parkte der Opel mit der Erfurter Nummer vor dem Rathaus.

★★★

»Also meine Herren, so geht das nicht.« Frank Adler wanderte aufgeregt unter der riesigen Luftbildaufnahme seiner Stadt hin und her. »Meinem Hausmeister den Schlüssel für den Chinesischen

Garten abnehmen und ihn auch noch unter Mordverdacht stellen? Das ist nun wirklich zu viel. Ich muss entschieden ...«

»Nichts müssen Sie. Die Indizien sprechen für Werner Podeiske als Mörder von Michael Helbig«, unterbrach Bernsen den Bürgermeister.

Frank Adler stoppte abrupt und kratzte sich am linken Ohr. »Michael Helbig, Michael Helbig, wer soll das sein?«

»Das fragen wir Sie.« Kohlschuetter drückte einen eingehenden Anruf auf seinem Handy weg.

»Mich?« Die Stirn des Bürgermeisters kräuselte sich. Ein paar Sekunden vergingen, ohne dass er ein Wort von sich gab. Dann schien ihm ein Gedanke zu kommen, und er sagte mit ruhiger Stimme: »Helbig. Wir hatten hier mal eine Familie Helbig, aber das ist lange her. Ich war kaum im Amt, da sind sie weggezogen.«

»Kann ich irgendwie verstehen«, murmelte Bernsen, der lässig am Schreibtisch des Bürgermeisters lehnte und in einem fort die mit feinen chinesischen Schriftzeichen gravierten Kugeln des Newton'schen Kugelstoßpendels neben dem Telefon anstieß.

»Seltsam, Herr Adler, Sie können sich an einen Braumeister Helbig nicht mehr erinnern?«, hakte Kohlschuetter nach.

Frank Adler hatte seinen Bürolauf wieder aufgenommen. Doch er ging langsamer, bedächtiger als vorher. »Braumeister, Braumeister. Jetzt, wo Sie es sagen ... Natürlich! Franz Helbig, so hieß er, der Braumeister, das war aber vor meiner Zeit, wie gesagt. Ich kannte ihn kaum.« Er stoppte unvermittelt und wandte sich Bernsen zu. »Bitte seien Sie vorsichtig. Das ist ein Geschenk des chinesischen Botschafters, sehr wertvoll. Also, für mich ... ideell, meine ich. Wenn Sie verstehen.«

Bernsen hob demonstrativ die Hand. »Noch mal für mich zum Mitschreiben: Sie als Ureinwohner dieses Städtchens, der bei jedem Toten auf eine Meile Entfernung sagen kann, ob er aus Weißensee ist oder nicht, Sie wollen zur Zeit Ihrer Bürgermeisterwahl den damaligen Braumeister kaum gekannt haben?« Bernsen zog erst seine linke Braue hoch und dann laut hörbar seine Nase.

Nun verlor auch Kohlschuetter die Geduld. »Herr Adler, Sie schauen sich jetzt noch einmal ganz genau das wunderbar gemalte Bild Ihrer Gattin an ...«

»Oder das unappetitliche Foto auf meinem Handy«, fuhr Bernsen dazwischen.

»… und dann sagen Sie uns, wen Sie sehen.«

Der Bürgermeister schlich förmlich zu seinem Schreibtisch, um dann wie in Zeitlupe nach einem Blatt Papier im obersten Ablagefach zu greifen. Stumm starrte er auf das Gesicht des Toten. »Die Ähnlichkeit mit Franz ist da, jetzt fällt es mir auch auf, aber sein Sohn war damals ein Kind. Ich habe ihn nie wieder gesehen.«

»Haben Sie den alten Helbig auch um die Ecke gebracht?«

Adler wollte entrüstet auffahren, doch Bernsen nieste nach diesem Satz, dass die Fensterscheiben wackelten. Zwei Sekunden später stand Bea Meier mit einer Packung Papiertaschentücher im Zimmer.

Bernsen und Kohlschuetter wechselten einen kurzen Blick.

Als die gute Seele des Rathauses wieder hinausstelzte – sie trug ein Paar Schuhe mit unverschämt hohen Absätzen –, flüsterte ihr Bernsen nach: »Der Lauscher an der Wand hört seine eigene Schand.«

Bea Meier drehte sich nicht einmal um.

Während der kurzen Unterbrechung hatte sich der Bürgermeister wieder gesammelt. »Franz Helbig ist damals im Gondelteich ertrunken«, antwortete er mit fester Stimme. »Selbstmord. Eine schlimme Sache. Die halbe Stadt war zur Beerdigung.« Leise fügte er hinzu: »Obwohl damals ziemlich viel geredet wurde.«

»Wie meinen?« Bernsen legte theatralisch die rechte Hand flach hinter sein Ohr.

»Na ja, der Helbig soll angeblich nicht sauber gewesen sein.« Frank Adler räusperte sich. Sein Gesichtsausdruck verriet, dass er sich deutlich unwohl in seiner Haut fühlte. »Politische Spielchen auf Kosten unserer Stadt, wenn Sie verstehen, was ich meine«, ergänzte er. »Zumindest wurde das behauptet.«

Kohlschuetter hob die glatt gezupften Augenbrauen. »Spielchen?«, fragte er.

Adler wand sich. »Der Helbig gehörte politisch eben nicht wirklich zur Mehrheit«, wiegelte er ab. »Er soll gestänkert haben, gegen die Stadtobersten. Aber es gibt keine Beweise.« Er drehte den Oberkörper jetzt noch schneller hin und her. »Die Leute reden viel, wenn der Tag lang ist, vor allem die Neider. Und ich halte nichts von übler Nachrede. In dubio pro reo, sage ich immer. Es ist ja auch schon so lange her.«

»Lange her, soso. Und wieso, glauben Sie, sollte sein Sohn zurückkommen und in Ihr Rathaus einsteigen? Mit einem Schlüssel, so viel Zeit muss sein. Haben Sie dafür vielleicht eine logische Erklärung?« Bernsen wartete die Antwort nicht ab. Er tippte auf seinem Handy herum, um dann eilig das Büro zu verlassen.

Frank Adler schnappte nach Luft. »Der Helbig ist, hat, war … Aber wieso?«

»Das wüssten wir auch gern. Schließlich ist er, was seine berufliche Laufbahn angeht, in die Fußstapfen seines Vaters getreten. Bier war sein Geschäft, und Ihre Statuta Thaberna müssten für ihn so etwas wie eine Devotionalie sein. Trotzdem haben die außerhalb Ihrer Stadtmauern doch gar keinen Wert.« Kohlschuetter erinnerte sich, dass Bernd Kowalski so etwas gesagt hatte.

Adler zuckte unschlüssig mit den Schultern. »Der Sohn war auch Braumeister? Wie tragisch«, sagte er sichtlich betroffen.

»In Bayern, ja.«

In Sekundenschnelle veränderten sich des Bürgermeisters Gesichtszüge. »In Bayern?«, fauchte er unbeherrscht. »Also doch! Ich habe es immer gewusst. Sabotage. Alles Sabotage.« Deutlich leiser fügte er hinzu: »Und dafür missbrauchen sie einen gebürtigen Weißenseer. Eine Schande ist das. Eine Schande.«

Es wurde still im Büro des Bürgermeisters. Frank Adler starrte mit weit aufgerissenen Augen ins Leere. Als Kohlschuetter gerade etwas sagen wollte, stürzte Adler mit einem Mal auf ihn zu und schrie aus Leibeskräften: »Dann liegt mein Reinheitsgebot von 1434 jetzt auf dem Grund des Teiches? Ruhm und Ehre der Stadt Weißensee von meinen chinesischen Goldfischen zerfressen? Sagen Sie, dass das nicht wahr ist!«

Kohlschuetter atmete tief durch. »Nein, ist es nicht. Aber ob es das besser macht, weiß ich nicht. Das Reinheitsgebot haben wir noch nicht gefunden.«

★★★

Bernsen stand auf dem Flur des Rathauses und beobachtete Bea Meier, die gerade versuchte, die breite Treppe hinunterzugelangen, ohne sich dabei ihren zu kurz geratenen Hals zu brechen. Der akrobatische Schwierigkeitsgrad dieses Kunststückes wurde dabei nicht nur von den komischen Dingern an ihren Füßen definiert. Nein, sie balancierte gleichzeitig einen Stapel Akten und den Wasserkocher für den Grünteebedarf ihres Bürgermeisters. Augenscheinlich ein gefährliches Unterfangen, aber immer noch besser, als zwei Mal laufen zu müssen.

Bernsen wettete mit sich selbst, dass der Wasserkocher noch vor ihr die Teeküche erreichen würde, doch das Scheppern blieb aus. Stattdessen nahm bei der Rechtsmedizin in Jena endlich jemand den Telefonhörer ab. Bis auf ein undefinierbares Rascheln drang allerdings nichts durch die Telefonleitung.

»Bernsen. Sie haben mich angerufen«, rief der Kommissar in sein Handy, erhielt aber keine Antwort. Als er bereits laut über die Unfähigkeit der Thüringer, mit modernen Kommunikationsmitteln umzugehen, schimpfend auflegen wollte, meldete sich eine männliche Stimme.

»Kalder, hallo? Hier ist Professor Kalder. Was wünschen Sie?«

»Bernsen. Kripo Erfurt. Sie haben mich angerufen.«

»Ach ja, Herr Koksschaber, schön. Ich dachte schon, Melanie hätte die falsche Nummer notiert. Ich habe die Ergebnisse der frischen Wasserleiche.« Professor Kalder hüstelte amüsiert über seinen kleinen Scherz.

Bernsen, der sich nicht sicher war, was hier gerade passierte, brachte nicht mehr heraus als ein: »Bernsen mein Name. Dann schießen Sie man los.«

»Nun ja, Herr Beringsee, schön. Nein, erschossen hat den niemand. Ertrunken ist er aber auch nicht, kein Wasser in der Lunge und auch nicht im Magen. Da gab es nur Schweinefleisch, Ei, Käse und Spuren von Salat. Das Abendessen muss ein paar Stunden vor seinem Tod stattgefunden haben. Nun ja, gestorben ist er daran nicht.« Professor Kalder kicherte leise vor sich hin.

Bernsen konnte sich nicht erklären, weshalb, und beschloss, es zu ignorieren. »Und woran *ist* er gestorben?«

»Nun ja, man hat ihn erschlagen. Mit einem länglichen Gegenstand, eher stumpf und aus Holz ...«

»Mit einem Brett, einem Baseballschläger, einem Bootspaddel oder so etwas?«

Nichts davon hatte die Spurensicherung gefunden. Bernsen sah vor seinem geistigen Auge die grünen Ruderboote auf dem Gondelteich vorbeischippern.

»Schon möglich. Aber der Gegenstand muss recht schmal gewesen sein und glatt, die streifige Wunde und die eigentlich schönen Wundränder lassen darauf schließen. Er muss außerdem zwei Löcher gehabt haben ...«

Bernsen stutzte. »Zwei Löcher?«, hakte er nach.

»Nun ja, in ihrer Form eher längliche Löcher. Es ist schwer zu sagen, da der Täter mindestens drei Mal zugeschlagen haben muss. Und ich habe ...«

»Er wollte ganz sichergehen«, fiel Bernsen dem Mann ins Wort.

»Nun ja, scheint so. Und ich habe ...«

»Daran ist er also gestorben?«

»Daran gibt es keinen Zweifel. Längsbruch der Schädelbasis, ausgedehnte Blutungen in das Hirngewebe, Hirnquetschung mit anschließendem Hirntod. Und ich habe ...«

»Wie wurde er erschlagen, lässt sich darüber etwas sagen?«

»Nun ja, der Schlag wurde von hinten ausgeführt. Dem Schlagwinkel nach zu urteilen von einem annähernd gleich großen Täter mit Bärenkräften. Und ich habe ...«

»Also doch der Hausmeister«, murmelte Bernsen.

»Bitte was haben Sie gesagt? Ich wollte doch noch ...«

»Der Todeszeitpunkt?«

»Gegen Mitternacht plus/minus dreißig Minuten. Und er war kerngesund. Aber man stirbt nun mal nicht nur an Krankheiten, alte Rechtsmedizinererkenntnis.« Er kicherte erneut.

»War das alles? Kein Alkohol, keine Drogen?«

»Nun ja, nein. Der Alkoholgehalt im Blut war verschwindend gering. Aber ich habe ...«

Und das bei einem Bierfest, komisch, dachte Bernsen. »Dann haben wir es jetzt, was, Professor?« Er wollte die Angelegenheit beenden.

»Nun ja, nein. Ich habe da noch etwas, das Sie interessieren dürfte. Sie sind doch da bei den Leuten mit dem ältesten Reinheitsgebot, oder?«

Der Professor kannte sich in Thüringen offenbar gut aus.

»Schießen Sie los, ich meine, ich höre«, sagte Bernsen, um den Professor nicht wieder auf falsche Ideen zu bringen.

»Nun ja, die Holzsplitter in der Kopfhaut des Toten sind in dieser Hinsicht auffällig. Das Holz hat nämlich irgendwann mal in einer Biermaische gelegen.« Professor Kalder klang, als lüftete er das bestgehütete Geheimnis der Welt.

»Wie meinen?« Jetzt legen die hier also nicht nur ihre Bratwürste, sondern auch noch ihre Mordwaffe in Bier ein, dachte Bernsen belustigt.

»Nun ja, mit Holz ist es wie mit den Elefanten: Es vergisst nichts.«

»Das wird ja immer abgefahrener.« Bernsen schnäuzte sich in das Taschentuch, dass ihm Bea Meier gegeben hatte. »Und die Biersorte?«

Der Professor lachte verschmitzt. »Nun ja. Das kann ich leider nicht sagen, immerhin hat der Tote mehrere Stunden im Wasser gelegen, und allein die Maische …«

»Schon gut, Herr Professor, Sie sind auch so ganz und gar Ihr Geld wert.«

Stimmen wurden laut. Dann schlug eine Tür zu.

Bernsen beugte sich über das Geländer vor dem Büro des Bürgermeisters und schaute ins Treppenhaus hinunter. Die Geräusche bedeuteten ihm, dass Bea Meier wieder im Anmarsch war. Dieses Schauspiel wollte er sich auf keinen Fall entgehen lassen, zumal sich seine Wette um eine Thüringer Bratwurst so noch verdoppeln ließ, eine, wenn sie heil ankam, und zwei, wenn sie fiel.

»Nun ja, hihi, ich werde gar nicht bezahlt. Das ist auch nicht notwendig. Nach dreiundfünfzig Jahren als Rechtsmediziner sind die gelüfteten Geheimnisse der Toten Entschädigung genug. Aber vielen Dank für das Lob.«

Bernsen hörte nicht mehr hin. Er hatte bereits aufgelegt. Vor ihm kam Bea Meier in Strümpfen die Treppe hoch. Unter ihrem linken Arm klemmten ihre Schuhe, in der Rechten hielt sie das Teewasser.

Bernsen beschloss, dies als ein Hingefallen zu werten, und freute sich auf zwei leckere Thüringer.

***

»Wir statten jetzt noch Ihrer Kollegin im Einwohnermeldeamt einen kurzen Besuch ab, und dann melden wir uns wieder.« Kohlschuetter zog die schwere dunkle Tür zum Bürgermeisterbüro langsam hinter sich zu, um sie für die Sekretärin gleich darauf wieder zu öffnen. Bea Meier bedankte sich mit einem Kopfnicken. Irgendetwas schien ihr heute die Sprache verschlagen zu haben.

»Oh, oh, zu Margit, das gibt doch nur wieder böses Blut«, hörte er den Bürgermeister noch klagen, dann flog die Tür unsanft ins Schloss. Bea Meier hatte ihr mit ihrem Fuß einen ordentlichen Tritt versetzt.

Kohlschuetter zuckte nur mit den Schultern. Selbstverständlich hingen ihre Ermittlungen nicht vom Einwohnermelderegister der Müller ab. Doch es war ein guter Vorwand, um diese furchtbare Frau aus der Reserve zu locken. Nach reiflicher Überlegung stand für ihn fest, dass nur sie Michael Helbig in das Archiv und in die Brauerei gelassen haben konnte. Immerhin hatten nur sie und Frank Adler einen Generalschlüssel, der den beiden im gesamten Rathaus den Zutritt verschaffte. Adler jedoch hatte ein Alibi und nicht einmal ansatzweise einen vernünftigen Grund, seinem geliebten Weißensee zu schaden. Das sah bei Margit Müller schon ganz anders aus. Sie hatte keinen Hehl aus ihrer Abneigung gegenüber allem, was mit Bier zu tun hatte, gemacht, und ein Alibi konnte sie auch nicht vorweisen. Sie musste Michael Helbig kennen, daran hatte Kohlschuetter keinen Zweifel mehr, nur das Warum war ihm vollkommen schleierhaft.

Er wappnete sich innerlich für die schwierige Aufgabe, die ihn nun erwartete. Schließlich würde sein charmanter Kollege gleich auf eine noch viel reizendere Dame treffen, eine explosive Mischung, die zwecks konfliktfreier Gesprächsführung die Anwendung von Kohlschuetters geballtem psychologischem Einfühlungsvermögen erforderlich machen würde.

Bei diesen beiden Spezies konnte so was schnell zum Knochenjob ausarten.

★★★

»Margit Müller«, las Bernsen vom Schild an der Bürotür ab. »Na, mal sehen, was uns hier für ein Dragoner erwartet.«

Nach einem kurzen, dafür aber umso kräftigeren Klopfen, das eher an ein Eintreten der Tür erinnerte, betrat er ein Quäntchen zu ungestüm das Büro. Kohlschuetter, der gerade den Mund geöffnet hatte, um seinen Kollegen zu warnen, konnte nur noch die Lippen wieder schließen und den Lauf der Dinge abwarten.

»Moin, Kripo, das Einwohnermelderegister von 1990 und 1991, ach, und 1992 auch gleich. Hopp, hopp, wir haben nicht ewig Zeit.« Bernsens Körpersprache tat ihr Übriges. Die Hände in die dürren Hüften gestemmt, stand er breitbeinig und leicht in den Knien wippend vor Margit Müller und beäugte sie mit einem Gesichtsausdruck, der eher an einen Herrn von und zu als an einen Thüringer Polizeibeamten erinnerte.

Margit Müller, die gerade dabei gewesen war, den Zierspargel auf ihrem Schreibtisch ausgiebig mit enthärtetem lauwarmem Wasser zu besprühen – das sensible Pflänzlein vertrug die trockene Büroluft nicht –, stand die Fassungslosigkeit ins Gesicht geschrieben. Mit der Haltung einer französischen Gouvernante aus dem vorletzten Jahrhundert thronte sie in ihrem Chefsessel inmitten ihres penibel aufgeräumten Büros, die Blumenspritze in der Hand, den Finger noch am Abzug, bereit, zu schießen. Ihr Blick ließ keine Zweifel offen.

»Das scheint hier wohl eher das Grünflächenamt zu sein«, raunte Bernsen seinem Kollegen zu und grinste unverfroren.

Kohlschuetter, der kaum zu atmen wagte, sah die Aufklärung des Falls in weite Ferne rücken. Denn seiner bescheidenen Ansicht nach würde hier gleich einer der ermittelnden Beamten am helllichten Tag und in aller Öffentlichkeit hingerichtet werden.

»Das hier ist keine verruchte Bahnhofskneipe, sondern eine Stadtverwaltung. Ich halte Ihre Anwesenheit in meinem Büro unter diesen Umständen nicht für angebracht!«, fauchte Margit Müller anstelle einer Antwort. Sie erhob sich langsam von ihrem Schreibtischstuhl, machte einen Schritt auf die Kommissare zu, die Sprühflasche auf Hüfthöhe, und funkelte sie aus schmalen Augen angriffslustig an.

Kohlschuetter wollte instinktiv zurückweichen, hielt jedoch inne, straffte seinen Oberkörper und schaute die Chefin des Bau- und Ordnungsamtes mit unbeirrtem Blick an. Sie musste ihn erkannt haben, daran gab es keinen Zweifel. Also diente dieses Geplänkel nur einem Zweck: Sie wollte den unerwünschten Besuch so schnell wie möglich wieder loswerden.

»Nun, Frau Müller, so einfach ist das nicht«, erklärte er knapp und begab sich wieder in die Rolle des freundlichen Polizisten. »Wir suchen nach einem gewissen Michael Helbig. Bitte schauen Sie doch einmal in Ihre Akten aus den Jahren 1990 bis 1992.«

»Nichts anderes habe ich gesagt«, beschwerte sich Bernsen. Vornübergebeugt stocherte er mit dem Finger in seiner linken Socke herum. Kohlschuetter beobachtete ihn dabei und hoffte inständig, dass sein Kollege sich nicht auch noch die Schuhe auszog. Zuzutrauen war es ihm.

»Dafür sehe ich überhaupt keine Notwendigkeit. Da könnte ja jeder kommen.« Margit Müller stellte die Sprühflasche auf der Fensterbank ab und zog ihren Schreibtischstuhl zu sich heran, um bequem darauf Platz zu nehmen und sich ihren Akten zu widmen.

Bernsen schnellte nach oben. »Jetzt passen Sie mal auf, Frau Müller.« Er betonte ihren Namen in einer Art, als wäre er ein Richter und würde dem Angeklagten die Anklageschrift vorlesen. »Dies ist eine polizeiliche Ermittlung. Und in zwei Minuten erfahre ich von Ihnen, wo Michael Helbig und seine Mutter hingezogen sind, oder ich lasse Sie in Handschellen abführen. Ist das klar? Ich bin nämlich ganz gewiss nicht jeder!«

Die letzten beiden Sätze hatte Bernsen in einer Lautstärke herausgebracht, dass er im ganzen Rathaus zu hören gewesen sein musste. Kohlschuetters Blick wanderte von einem zum anderen. Dabei überlegte er, wer außer ihm die Müller nach Bernsens Vorstellung eigentlich abführen sollte. Davon träumte der Kollege wohl.

Margit Müller behielt die Nerven. Keine Geste, kein Blick verrieten, was in ihr vorging. Mit nunmehr deutlich ruhigerer Stimme, die allerdings nicht viel angenehmer war, sagte sie: »Es gibt keine Akten mehr. Das Einwohnermeldeamtsregister der Stadt Weißensee ist komplett digitalisiert worden, darauf lege ich größten Wert.« Sie begann, in einem dicken grünen Ordner zu blättern.

»Dann schmeißen Sie Ihren Computer an. Und zwar pronto.« Bernsens Wippen steigerte sich zusehends.

»Wir haben leider einen Systemausfall«, murmelte Margit Müller, ohne aufzuschauen. »Kommen Sie später wieder.«

»Jetzt habe ich aber die Nase voll von Ihren Spielchen!«, donnerte Kohlschuetter. »Michael Helbig ist gestern tot aufgefunden worden, ermordet, wenn Sie es genau wissen wollen. Sie geben uns sofort die Daten der Familie Helbig, oder das Ganze hat dienstrechtliche Konsequenzen für Sie.«

Bernsen schaute ihn mit weit aufgerissenen Augen erstaunt an. So hatte er den Schönling noch nie erlebt.

Margit Müller wurde kreidebleich. Schlagartig wirkte sie Jahrzehnte älter. »Was haben Sie da gesagt?«, flüsterte die sonst so spitzzüngige Dame. »Aber wieso, wer …« Sie schnappte nach Luft.

Kohlschuetter reichte ihr das volle Wasserglas, das neben dem Telefon stand. Mit zittriger Hand griff sie danach, verschüttete einen nicht geringen Teil auf ihrer Tastatur, griff mit der zweiten Hand nach und trank mit hastigen Schlucken. Unzählige schweigsame Sekunden vergingen. Bernsen schaute aus dem Fenster und überlegte, ob dieser Schock echt war oder die alte Krähe nur flunkerte, beschloss dann aber, ihr zu glauben. Durch Kohlschuetters Kopf ratterte die gleiche Gedankenfolge. Fast hätte ihm die Frau leidgetan.

Kaum dass Margit Müller sich etwas erholt hatte, begann sie schon wieder zu keifen: »Diese unsägliche Stadt hat der Familie Helbig immer nur Elend gebracht. Diese widerlichen Typen mit ihrem verfluchten Bier und der Adler, der Schwachkopf.« Ruckartig fasste sie nach der Maus ihres Computers, und der Bildschirm flackerte auf. Kurz darauf notierte Kohlschuetter die Adresse von Anna und Michael Helbig in, oh Zufall: Ingolstadt.

»Die muss aber nicht mehr stimmen. Ist ja fast fünfundzwanzig Jahre her«, schob sie noch nach. Nun allerdings deutlich leiser.

»Und jetzt, wo wir so ein schönes Team sind, hätten wir gern noch gewusst, wie Ihre und die Fingerabdrücke von Michael Helbig wirklich in das Archiv gelangt sind.« Kohlschuetter steckte sein rotes Notizbuch wieder ein.

»Ich arbeite hier, und wenn der Kaminski nicht da ist, ziehe ich mir die Akten eben selbst. Wann begreifen Sie das endlich?«, zischte Margit Müller.

»Wir begreifen schnell, Hochverehrteste!« Bernsen schlug mit der flachen Hand auf den Schreibtisch. »Und zwar, dass Sie uns hier für blöd verkaufen wollen. Die Abläufe in einer Verwaltung sind uns wohlbekannt. Wenn sich da jeder die Akten selbst raussuchen könnte, würde der Laden doch bald zusammenbrechen. Ich sage Ihnen etwas, Verehrteste: Sie steckten mit dem Toten unter einer Decke.«

Margit Müller zuckte nicht einmal. Sie blieb stumm, ihr Gesicht ließ keine Regung erkennen. Unbeteiligt sah sie auf den Bildschirm.

Bernsen warf Kohlschuetter einen Blick zu, der besagte, dass hier ein Frauenversteher gefragt war.

»Frau Müller, sollten wir nicht zumindest einmal die Möglichkeit in Erwägung ziehen, dass einer dieser Widerwärtigen, wie Sie sie nennen, Herrn Helbigs Diebstahl beobachtet haben könnte? Weshalb Sie in letzter Instanz an seinem Tod nicht ganz unschuldig wären?« Kohlschuetter ließ seine Worte einen Moment wirken. »Schließlich wäre er ohne Sie nie in das Archiv gekommen. Und ich nehme an, die Tür zur Brauerei haben Sie ihm auch geöffnet.«

Bernsen nickte bedeutungsschwanger.

Man sah förmlich, wie es im Kopf von Margit Müller zu arbeiten begann. Linkisch rückte sie sich ihre selbst gehäkelte Weste zurecht, tupfte mit einem Küchentuch, das sie aus der untersten Schreibtischschublade zog, entschlossen die Tastatur trocken und flüsterte: »Aber ich wusste doch nicht ...« Sie hielt inne und seufzte. »Michael wollte nur einmal einen Blick auf die Statuta Thaberna werfen. Ich muss mich einen Moment weggedreht haben.« Sie seufzte wieder, tiefer. »Wir sind dann in die Brauerei gegangen. Zur Erinnerung an seinen Vater. Er wollte noch eine Weile allein sein. Ich konnte doch nicht ...«

»Wieso gehen Sie fernab der Bürozeiten mit einem wildfremden Menschen in das Rathaus?« Kohlschuetter konnte einfach nicht glauben, was er gerade gehört hatte.

»Michael ist kein Wildfremder, sondern mein Neffe. Sein Vater war mein Bruder.« Sie hielt einen Moment inne, als müsste sie sich erst ein wenig beruhigen, um nichts Unüberlegtes zu sagen. Ohne Erfolg. Vollkommen außer sich schrie sie: »Das geschieht diesen boshaften Spinnern recht! Ich hoffe nur, dass Michael die Statuta mit ins Grab genommen hat. Dann hat dieser Wahnsinn endlich ein Ende.« Und deutlich leiser fügte sie hinzu: »Ich muss seine Mutter anrufen. Sie weiß es doch noch nicht? *Ich muss es ihr sagen.*«

Kohlschuetter bedeutete ihr mit einer Geste, dass er nichts dagegen hatte.

Mit lautem Krachen setzte sich Bernsen auf einen Besucherstuhl. »Na, Sie haben Nerven. Die ganze Nummer kostet Sie mit Sicherheit den Job. Der Adler macht keine Gefangenen.« Ungläubig schüttelte er immer wieder den Kopf.

»Wenn er Ihr Neffe war, wieso haben Sie dann eigentlich nicht gewusst, dass er tot war? Die ganze Stadt hängt voller Phantombilder von ihm. Ist Ihnen das denn nicht aufgefallen?«

Margit Müller schnaufte wie ein Gladiator vor dem letzten Angriff. »Ich habe meine Burg gestern den ganzen Tag nicht verlassen. Und heute Morgen hingen am Schwarzen Brett im Foyer nur noch Papierschnipsel. Beim Fleischer übrigens auch.«

Die Kommissare tauschten einen überraschten Blick. Das konnte kein Zufall sein. Offensichtlich hatte jemand ein großes Interesse daran, dass die Weißenseer den Sohn ihres alten Braumeisters nicht wiedererkannten. Aber wer?

Und warum hatte Margit Müllers Busenfreundin Bea Meier ihr nichts von der Plakataktion erzählt? Das war doch vollkommen untypisch für des Bürgermeisters rechte Hand.

Kohlschuetter und Bernsen tappten immer noch im Dunkeln.

»Ich hatte wirklich keine Ahnung, was Michael vorhatte«, nahm Margit Müller den Faden wieder auf. »Er hatte sich ewig nicht mehr bei mir gemeldet. Und dann, vor zwei Wochen, rief er an. Ich wusste doch nicht …« Sie klang nahezu sanftmütig. »Der arme Junge, genau wie sein Vater, was für ein Schicksal.«

»Sein Vater hat sich umgebracht. Das ist ein kleiner, aber feiner Unterschied«, bemerkte Bernsen etwas zu forsch.

Margit Müller quittierte das mit hasserfülltem Blick. »Franz wäre der beste Bürgermeister geworden, den sich die Stadt hätte wünschen können. Er war ein durch und durch feiner Mensch. So einer bringt sich doch nicht um. Und schon gar nicht, wenn er aus unserer Familie stammt.«

Die Köpfe der Kommissare ruckten beinahe gleichzeitig nach oben.

»Was wollen Sie damit sagen?«, stieß Bernsen gepresst hervor.

»Nichts, überhaupt nichts«, beeilte sich Margit Müller zu sagen. Es war offensichtlich, dass sie mauerte. »Wenn Sie mich jetzt weiterarbeiten lassen würden.«

***

»Meinen Sie, der alte Drache lügt?« Bernsen schniefte einmal quer durch das Rathausfoyer, während Kohlschuetter die Reste des Flugblattes an der Pinnwand begutachtete.

»Nein, ich denke nicht. Auch wenn sie, was ihre dienstlichen Vorschriften angeht, etwas zu lockere Vorstellungen hat, zumindest bei ihrem Neffen.«

»Genau, beim Bürgermeister konnte sie die Korinthen gar nicht gründlich genug ausscheißen.« Eine vorbeieilende Beamtin warf Bernsen einen angeekelten Blick zu. Doch dem schien das ganz offensichtlich nichts auszumachen.

»Sie haben es, wie immer, treffend formuliert«, murmelte Kohlschuetter und fummelte die Schnipsel von der Wand. »Daher würde ich vorschlagen, Sie sprechen noch einmal mit dem Hausmeister und ich schaue kurz bei Bea Meier rein. Dann rufe ich die Mutter des Toten an. Vielleicht kann die uns weiterhelfen.«

»Wenn Sie mit den Weibern besser können, bitte, lassen Sie sich nicht aufhalten.« Bernsen kratzte sich den rot gepunkteten Kehlkopf – offenkundig war sein Rasierer nicht mehr der schärfste – und verließ das Rathaus in Richtung Burgstraße, wo Podeiske eine kleine Mietwohnung an der Mündung zum Marktplatz bewohnte.

***

Frank Adler lehnte am Schreibtisch seiner Sekretärin und diktierte ihr ein Dankschreiben an Herrn Dr. von Brustewitz, den Bieranzapfer von der UNESCO, als es an der Tür klopfte. Er verstummte schlagartig und riss die Augen weit auf, als Kohlschuetter eintrat.

»Ach Sie sind es nur, Herr Kommissar.« Er atmete sichtlich erleichtert aus.

»Margitchen hätte nicht geklopft«, raunte Bea Meier ihm zu, während sie ihre Tastatur malträtierte. Und obwohl sie Kohlschuetter durchaus dabei hätte anschauen können – was sie angesichts seiner Attraktivität nur zu gern auch getan hätte –, klebte ihr Blick am Bildschirm ihres Computers. Gleichzeitig betete sie, dass dieser Kelch an ihr vorübergehen möge. Doch den Gefallen tat Gott der überzeugten Atheistin nicht.

»Frau Meier, nur ganz kurz.« Kohlschuetter lächelte, wodurch er dem Bürgermeister zu verstehen gab, dass dessen Anwesenheit kein Problem darstellte. »Sie haben doch ein enges Verhältnis zu Margit Müller. Sehr eng könnte man sogar sagen, oder?«

Bea Meier hauchte ein ungewohnt leises »Ja«. Frank Adler nickte dazu energisch.

»Von Ihrer genialen Plakataktion haben Sie ihr aber nicht erzählt oder ihr vielleicht sogar das Bild gezeigt?«

Frank Adler nickte beim Wort »genial« noch energischer, schließlich war es seine Idee gewesen.

»Nein«, schluchzte Bea Maier.

»Sehen Sie.« Kohlschuetter setzte seinen schönsten Dackelblick auf. »Und deswegen glaube ich, dass Sie den Toten erkannt haben.«

»Ich nicht, aber die Inge aus dem Promenadenhof …«, schluchzte sie wie aus der Pistole geschossen.

»Das ist die Empfangsdame dort«, fügte Adler erklärend hinzu.

»Ich war mir nicht sicher. Das durfte ich doch nicht … und wenn, dann hätte doch die Margit … nein, nein!« Bea Meier war nun vollkommen aufgelöst und schüttelte immer wieder ungläubig den Kopf. Dabei schluchzte sie lautstark.

»Margit Müller *hat*, wenn Sie den Einbruch meinen.«

Dem Bürgermeister fiel die Kinnlade herunter. Ungläubig schaute er zwischen Kohlschütter und seiner Sekretärin hin und her.

»Sehen Sie«, schniefte die hinter ihrem Schreibtisch. »Alles wie vor vierundzwanzig Jahren.«

Kohlschuetters berufsmäßig freundlicher Dackelblick wich augenblicklich aus seinem Gesicht. »Was meinen Sie?«

»Na, das mit dem Bier.« Ein heftiger Weinkrampf schüttelte die Frau. Minuten vergingen. Frank Adler, der diese Art von Gefühlsausbrüchen bereits zu kennen schien, wippte unablässig mit seinem rechten Fuß.

Irgendwann verstummten die furchtbaren Laute, und Bea Meier hatte sich wieder im Griff. Mit zittriger Stimme erklärte sie: »Es war beim Besuch der Investoren aus dem Westen und dieser

Franzosen aus unserer Partnerstadt, 1990, mitten im Wahlkampf um das Bürgermeisteramt. Die Brauerei und das gute Weißenseer Ratsbräu waren natürlich ein wichtiger Höhepunkt. Walter Kemper hatte die ganzen Leute damals eingeladen. Er war ja einer der Kandidaten ...« Bea Meier blickte verstohlen in Richtung des Bürgermeisters. Doch Frank Adler zeigte keine Regung. »Irgendetwas stimmte mit dem Bier nicht. Die Besucher verdarben sich den Magen. Die Zeitung hat das damals groß ausgeschlachtet. Wir wurden zum Gespött von ganz Thüringen. Damals hieß es, der Franz sei schuld, weil er für das Bier verantwortlich war und den Kemper nicht leiden mochte.«

»Die Geschichte war damals schon ausgemachter Blödsinn, und heute ist sie auch nicht besser«, entfuhr es Frank Adler. »Franz Helbig war doch nicht einmal Bürgermeisterkandidat. Die Leute haben nur einen Sündenbock gebraucht.«

»Deswegen hätte sich der arme Franz aber nicht umbringen müssen«, keifte Bea Meier hysterisch.

»Deswegen bestimmt nicht«, murmelte Frank Alder und ging ohne ein weiteres Wort in sein Büro.

»Alle haben es geglaubt«, brachte Bea Meier noch zu ihrer Verteidigung hervor. Dann flossen dicke Tränen über ihr rotes geschwollenes Gesicht.

Bea Meier schniefte noch, als Kohlschuetter das Rathaus verließ. In Gedanken versunken wählte er Susis Nummer. Er würde sie bitten, im Polizeiarchiv nach dem Fall Franz Helbig zu suchen. Auch bei einem Selbstmord mussten Kollegen vor Ort gewesen sein. Und sollte es in deren Bericht irgendwelche Ungereimtheiten geben, Susanne Summer würde sie finden.

Das Telefonat war kurz und Susi nicht wirklich begeistert. Dennoch versprach sie zu helfen. Das nächste Gespräch würde auch nicht erfreulicher werden. Hoffentlich konnte Anna Helbig wenigstens etwas Licht ins Dunkel bringen.

Michael Helbigs Mutter hatte eine angenehme, freundliche Telefonstimme, die keine Rückschlüsse auf ihr Alter zuließ. Sie schien Kohlschuetters Anruf erwartet zu haben. Margit Müller hatte bereits mit ihr gesprochen, und sie reagierte außerordentlich gefasst, auch wenn ihre leisen Tränen nicht zu überhören waren.

Nur als es um den Einbruch in die Brauerei ging, wurde ihr Weinen für einen kurzen Moment lauter.

»Das war der Arbeitsplatz meines Mannes«, sagte sie und rang um Fassung. Sie schluckte mehrfach. Dann hörte man nur noch ein gleichmäßiges schweres Atmen.

»Wieso, glauben Sie, ist Ihr Sohn nach Weißensee gefahren?«, wollte Kohlschuetter wissen, als sie sich wieder beruhigt hatte.

»Ich weiß es nicht. Wir waren seit damals nie wieder dort. Ich wollte mit der Stadt nichts mehr zu tun haben.« Anna Helbig putzte sich leise die Nase, dann fuhr sie fort: »Der Selbstmord meines Mannes war für Michael und mich ein herber Schlag. Ich wollte neu anfangen hier in Ingolstadt und alles hinter mir lassen. Ich hatte keine Ahnung, dass Michael nach Weißensee fahren wollte.«

»Hatten Sie keinen Kontakt mehr zu Ihrer Schwägerin Margit Müller?«

»In der ersten Zeit schon, aber nachdem ihr Mann sie verlassen hatte, wurde sie immer seltsamer, fast schon fanatisch in ihrem Hass auf den Bürgermeister und diesen Bierverein. Sie konnte den Tod ihres geliebten Bruders einfach nicht verwinden und machte alles und jeden dafür verantwortlich. Irgendwann habe ich den Kontakt abgebrochen. Und Michael hat seine Tante ohnehin nie leiden können.«

Kohlschuetter konnte das gut nachvollziehen. »Trotzdem hat er sich mit ihr getroffen. Schließlich war sie es, die ihm das Rathaus aufgeschlossen hat.«

»Und genau das verstehe ich nicht. Aber er hat sich in den letzten Wochen auch sonst ziemlich seltsam benommen.«

»Was heißt seltsam?«

»Anders als normalerweise, er war stiller, nachdenklicher. Wenn ich es mir richtig überlege, wirkte er traurig. Doch gesagt hat er nichts.«

»Haben Sie eine Vermutung, was der Grund dafür gewesen sein könnte?«

»Nein, überhaupt nicht. Er hatte eine neue Freundin, wollte mit ihr zusammenziehen. Die letzte Beziehung war gescheitert, deswegen wohnte er kurzzeitig wieder bei mir. Das Geld, Sie verstehen schon.« Anna Helbig schien einen Moment zu überlegen. »Aber vielleicht ist da doch etwas.«

»Was?«

»Vor einiger Zeit, Anfang des Jahres muss es gewesen sein, bekam er einen Brief. Ich weiß nicht, von wem, und auch nicht, was darinstand, aber ungefähr seit jener Zeit war er so komisch. Ja, genau, es muss an dem Brief gelegen haben.«

»Und wo ist dieser Brief?«

»Ich weiß es nicht.« Sie seufzte. »Möglicherweise hängt sein Verschwinden im letzten Monat ja auch damit zusammen.«

»Sein Verschwinden?«

»Ja, er war zwei Wochenenden hintereinander einfach weg, wie vom Erdboden verschluckt. Nicht einmal Marie, seine Freundin, wusste, wo er war. Michael hat nie Geheimnisse gehabt, weder vor ihr noch vor mir. Das passte überhaupt nicht zu ihm.«

»Er war an diesen Wochenenden in Weißensee. So viel wissen wir.«

»Aber wieso? Wir waren vierundzwanzig Jahre lang nicht mehr dort gewesen. Wieso jetzt, noch dazu dreimal hintereinander? Wieso die Einbrüche mit Margit? Das ist doch alles Blödsinn. Und jetzt …«

»Es tut mir sehr leid, Frau Helbig.« Und das tat es Kohlschuetter wirklich. »Ich verspreche Ihnen, dass wir den Mörder Ihres Sohnes finden werden.«

Er hasste diesen Satz, der in jedem Fernsehkrimi zum Standardrepertoire gehörte. Aber was sollte man in solchen Situationen auch Kluges von sich geben? Trost war ohnehin kaum möglich. Doch manchen Angehörigen half es, wenn sie wussten, dass die Täter ihrer gerechten Strafe nicht entgehen würden.

»Michael hätte nie irgendetwas gestohlen. Er war wie sein Vater, ein durch und durch ehrlicher Mensch. Ich verstehe das alles nicht. War das Reinheitsgebot denn wertvoll?«

»Für die Stadt schon.«

»Aber wieso sollte er der Stadt schaden wollen?«

Das fragte sich Kohlschuetter auch gerade. »Frau Helbig, bitte erzählen Sie mir, warum sich Ihr Mann damals das Leben genommen hat. Als Braumeister war er doch ein angesehener Bürger der Stadt?«

»Ja, und wie.« Stolz schwang in ihrer ansonsten traurigen Stimme mit. »Aber ich kenne den Grund für seinen Selbstmord nicht.

Er hat nichts hinterlassen, keinen Brief oder irgendetwas in der Art. Er ist nach einer Stadtratssitzung einfach nicht nach Hause gekommen. Am nächsten Morgen hat man ihn im Gondelteich gefunden, er war ertrunken.«

»Konnte Ihr Mann denn nicht schwimmen?«, fragte Kohlschuetter.

»Doch, natürlich. Wir haben es als Schüler zusammen gelernt.« Die Erinnerung ließ ihre Stimme deutlich heller klingen. Nach einem kurzen Moment des Schweigens fuhr sie leise fort: »Wir hatten damals keine gute Zeit, die unsichere Situation während der Wende und die Anfeindungen in der Stadt, das war einfach zu viel für uns.«

»Was meinen Sie damit?«

»Sie wissen vielleicht noch, wie es direkt nach der Wende war, oder haben es erzählt bekommen. Keiner wusste, ob er seine Arbeit behält. Es tauchten immer wieder seltsame Gestalten aus dem Westen auf, die mit irgendwelchen Geschäften lockten, bei denen wir Ossis am Ende immer verloren. Nur die, die schon oben waren, blieben es auch. Das Leben ist nun mal ungerecht.«

»Aber Ihr Mann hatte doch als Braumeister eine sichere Stelle. Er war doch bei der Stadt angestellt, oder?«

»Ja, aber man konnte damals nicht wissen, ob das so bleibt. Die ganze Stadt war im Aufbruch. Und soweit ich weiß, wurde die Brauerei nach unserem Wegzug auch für einige Jahre geschlossen. Aus finanziellen Gründen, wie Margit sagte. Der Braumeister ist wohl heute auch nicht mehr bei der Stadt angestellt.« Sie atmete tief. »Wissen Sie, Anfang der neunziger Jahre war alles möglich. In den Stadtratssitzungen ging es hoch her. Wie viele Nächte hat Franz sich damals um die Ohren geschlagen. Und dann noch die Arbeit im Verein.«

»Welcher Verein?« Kohlschuetter sah, wie Bernsen den Markplatz heraufkam und schnurstracks auf den Dienstwagen zulief. Kurz davor blieb er stehen und bedeutete Kohlschuetter, dass er im Chinesischen Garten auf ihn warten würde.

»Franz hat zu der Zeit gemeinsam mit Walter und Klaus den Heimat- und Bierverein aufgebaut.«

»Mit Walter Kemper und Klaus Bärmann?«, erkundigte sich Kohlschuetter überrascht. Dann hätten die beiden den Toten auf dem Phantombild erkennen müssen, wenn sie es denn gesehen hatten.

»Ja, ja, wenn ich es Ihnen doch sage. Was hatten die Männer für tolle Ideen. Weißensee sollte touristisch ganz groß rauskommen.«

»Wollte Ihr Mann jemals Bürgermeister werden? Ihre Schwägerin erwähnte so etwas.«

»Nein, Gott bewahre. Dafür war Franz nicht der Typ. Außerdem liebte er seine Brauerei über alles. Der Walter hingegen, der wollte unbedingt. Er hat sich gleich nach der Wende aufstellen lassen und hätte es hundertprozentig auch geschafft. Bei seiner Durchsetzungskraft. Der hat die ganze Stadt wild gemacht damals. So etwas wie Wahlkampf gab es doch bei uns vorher noch nie.«

»Walter Kemper ist aber dann nicht gewählt worden.«

»So weit ist es nicht gekommen. Er hat die Kandidatur kurz nach Franz' Tod zurückgezogen. Ein junger Mann, mir fällt sein Name nicht ein, irgendein Vogel ...«

»Adler«, half der Kommissar aus.

»Genau, Adler, der hat damals überraschend die Wahl gewonnen. Ein sehr netter Mensch.«

»Daran hat sich nichts geändert. Frank Adler regiert auch heute noch.«

»Ach, wie schön.« Ihre Stimme verriet, dass sie sich nicht wirklich dafür interessierte.

Kohlschuetter überlegte einen Moment. Die Unsicherheiten und Ängste der Menschen in der Wendezeit leuchteten ihm ein. Das kannte er noch sehr gut von seinen Eltern. Aber bei allem, was er inzwischen von Franz Helbig gehört hatte, war der überhaupt nicht der Typ, der resigniert in der Ecke saß.

»Ich verstehe nicht, wie das alles mit dem Tod Ihres Mannes zusammenhängt, Frau Helbig«, gab Kohlschuetter zu. »Sie sprachen von Anfeindungen. Was meinen Sie damit?«

»Ich verstehe es auch nicht. Und ich hatte vierundzwanzig Jahre Zeit, darüber nachzudenken. Mein Mann war ein immer freundlicher und hilfsbereiter Mensch, in der ganzen Stadt angesehen und beliebt wegen seiner lebensfrohen Art und seines selbstlosen Engagements. Von heute auf morgen hat sich alles verändert. Gute Bekannte grüßten uns nicht mehr, manche haben sogar die Straßenseite gewechselt, wenn wir gekommen sind. Auf offener Straße haben sie uns beschimpft, und das für mich ohne nachvollziehbaren Grund. Ich denke, das hat der Franz einfach nicht verkraftet. Er wusste keinen Ausweg mehr.«

»Aber was war der Anlass? Wieso haben die Leute das gemacht?«

Kohlschuetter dachte an die Geschichte mit der Biersabotage, von der Bea Meier ihnen erzählt hatte. Ein verdorbenes Bier trieb die Menschen allerdings kaum zu einem solchen Benehmen, oder doch?

Anna Helbig schwieg eine Weile, und Kohlschuetter war sich nicht sicher, ob sie erst ihre Erinnerungen sortieren musste oder ob die Trauer sie erneut übermannte.

»Da gab es einen schlimmen Streit mit Walter und Klaus, es ging wohl um die Burg. Aber das kann es eigentlich nicht gewesen sein. Ach, ich weiß es nicht. Über Politik hat Franz nie mit mir gesprochen.«

»Und die Sache mit dem Bier?«

Kohlschuetter konnte förmlich spüren, wie Anna Helbig am anderen Ende der Leitung für einen Moment stutzte.

»Ja, das. Die Leute behaupteten, Franz hätte das Bier mit Absicht verdorben, weil er die Wahl von Walter Kemper zum Bürgermeister sabotieren wollte. Ausgemachter Blödsinn. Franz hätte niemals seiner Stadt geschadet, und schon gar nicht wegen etwas so Unwichtigem wie Politik.«

»Ich dachte, er und Kemper waren Freunde? Immerhin haben sie gemeinsam den Verein gegründet.«

»Sie hatten ein gemeinsames Ziel, die Entwicklung der Stadt. Ich glaube, mehr nicht. Franz sagte immer, wenn der Walter regiert, gewinnt nur einer, und zwar der Walter.«

»Wie könnte er das gemeint haben?«

»So, wie er es gesagt hat.«

»Was war mit dem Bier, Frau Helbig, hat Ihr Mann das herausgefunden?«

»Franz war felsenfest davon überzeugt, dass jemand an der Kühlung der Tanks herummanipuliert hatte. Er konnte es aber nicht beweisen. Niemand glaubte ihm.« Sie räusperte sich leise. »Und dann war er tot.«

★★★

Bernsen war, nachdem Kohlschuetter ihm den Schwarzen Peter in Form eines erneuten Gesprächs mit dem debilen Hausmeister zugeschoben hatte, mürrisch in Richtung Burgstraße getrottet, aus einer Laune heraus allerdings nicht nach links eingebogen, sondern hatte die Straße überquert, war eine kleine Anhöhe hinaufgestiegen und hatte durch das romanische Torhaus den Hof der Runneburg betreten. Entgegen seiner ansonsten eher geringen Begeisterungsfähigkeit hatte er dort alles äußerst angetan begutachtet. Wenn seine Rotfeder irgendwann einmal wieder nach Thüringen kommen sollte, vielleicht anlässlich seiner Pensionierung, würde er gern mit ihr herkommen. Natürlich nur, wenn sie die Luft in Weißensee vertrug.

Beim Gedanken an die Antwort seiner Gattin noch mieser gestimmt als sonst, hatte er einen schnellen Blick auf die Informationstafel geworfen, sich den Hinweis »größte romanische Burganlage Deutschlands« gemerkt und den Burghof auf demselben Weg, auf dem er gekommen war, wieder verlassen. Eine Minute später hatte er seinen Daumen angestrengt auf den Klingelknopf mit der Aufschrift »Podeiske« gedrückt. Erfolglos. Werner Podeiske war wohl nicht zu Hause.

Mit vorgeschobener Unterlippe, woran Eingeweihte den Grad seiner Gereiztheit erkannt hätten, hatte er sich auf den Rückweg gemacht, an Walther von der Vogelweide vorbei, den er für irgendeinen Weißenseer Landgrafen hielt, hinauf zum Chinesischen Garten. Da ihm heute der Sinn irgendwie nach Kultur stand, hatte er nicht auf den Verkehr geachtet, sondern auf die Fassaden der alten Bürgerhäuser, die den Marktplatz säumten.

Fast wäre er dabei von einem weißen Lieferwagen mit der Aufschrift »Asiatischer Großhandel« überrollt worden. Das Auto war jedoch nach einem scharfen Bremsmanöver mit quietschenden Reifen direkt vor ihm zum Stehen gekommen.

»Augen auf beim Möbelkauf«, hatte ihm ein erschrockener junger Mann, dessen seltsamer Ohrring in der Sonne blitzte, frech zugerufen. Bernsen hatte ihn nicht beachtet, seinen Dienstausweis gezückt, ihn auf die Höhe der Windschutzscheibe gehalten und war schließlich weitergegangen. Der Fahrer hatte Gas gegeben und war kurz darauf in der Einfahrt zum China-Garten verschwunden.

Bernsen war noch mal kurz zum Dienstwagen gegangen, um

Kohlschuetter auf sich aufmerksam zu machen, hatte dann aber denselben Weg wie der asiatische Großhändler genommen.

»Was findet denn hier statt? Vielleicht eine unangemeldete Demo, die ich umgehend auflösen werde«, spottete Bernsen, als er an der Einfahrt zum Chinesischen Garten ankam.

Werner Podeiske und Franka, die Betreiberin der Tee & Kaffee-Terrasse, saßen auf dem Betonsockel der linken Löwenfigur und rauchten, während der junge Mann mit dem seltsamen Ohrring Paletten mit Aloedrinks auf dem Bürgersteig neben dem verschlossenen Eingang ablud. Neben dem Hausmeister lag ein neuer Besen mit leuchtend roten Borsten. Als die drei den Kommissar um die Ecke biegen sahen, verstummte schlagartig das Gespräch.

»Sie sitzen doch nicht etwa seit heute Morgen hier?« Bernsen hob seinen linken Arm, um die Uhrzeit ablesen zu können. »Es ist gleich zwölf.«

Werner Podeiske nickte. Franka verbesserte auf: »Ich seit neun.« Der Lieferwagenfahrer schwieg und konzentrierte sich lieber auf die Ware, Glasnudeln, wie auf den Kartons zu lesen war.

»Na, dann wird es wohl Zeit, dass ich Sie hineinlasse.« Bernsen suchte in seiner Hosentasche nach dem Schlüsselbund. »Vorher nur noch eine Frage, Herr Podeiske.«

Der Hausmeister warf vor Schreck seinen Zigarettenstummel in die große runde Messingblumenschale zu seinen Füßen.

»Werner, also wirklich«, fuhr ihn Franka an.

Podeiske hörte sie nicht. Er sah dem Kommissar entsetzt ins Gesicht.

»Kennen Sie einen Michael Helbig?«

Podeiske stutzte. »Aber natürlich. Der Michael. Der hat mit seinen Eltern damals gleich um die Ecke gewohnt.« Voller Stolz fügte er hinzu: »Alles, was er über Werkzeug weiß, hat er von mir. Sein Vater hatte doch nie Zeit. Dafür machte er das beste Bier. Aber dann lag er eines Tages im Gondelteich.«

Bernsen fragte sich, ob er im letzten Satz so etwas wie Bedauern gehört hatte. »Das Werkzeug braucht er nun nicht mehr«, erklärte er. »Haben Sie ihn wirklich nicht erkannt?«

»Wen?«, stotterte der Hausmeister.

»Den Toten, den Sie gestern bei den Fischen gefunden haben. Das war Michael Helbig.«

Podeiskes Lippen zitterten. Seine großen Augen standen in Sekundenschnelle voller Tränen, und er vergrub seinen Kopf in den Händen. Der große starke Mann weinte wie ein kleines Kind. Dabei murmelte er kaum verständlich immer wieder: »Der gute Junge.« Franka hatte ihren Arm um seine kräftigen Schultern gelegt und tröstete ihn.

Bernsen stand unschlüssig daneben. Sein Test war anscheinend gründlich in die Hose gegangen. Oder dem naiven Hausmeister war gerade bewusst geworden, wen er da für einen Einbrecher gehalten und erschlagen hatte. Mehr als ungeschickt versuchte er, zur Tagesordnung überzugehen. »Na, dann will ich Sie mal nicht länger von Ihrer Arbeit abhalten.« Er hielt dem schluchzenden Hausmeister das Schlüsselbund hin. »Gehen wir hinein.«

»Sehen Sie denn nicht, dass er nicht kann? Sie müssen schon selbst aufschließen«, zischte Franka verärgert.

Bernsen schaute wieder auf den Hausmeister und dann auf die Schlüssel.

Franka sprang auf und wollte Bernsen das Schlüsselbund aus der Hand reißen. Doch der hielt es fest umklammert und betrachtete die schwarzen Magnete an einem der Sicherheitsschlüssel, die ihm vage bekannt vorkamen. Dann schob er wortlos das Bund zurück in seine Tasche und lief eilig davon.

★★★

Kohlschuetter saß immer noch im Auto und starrte durch die schmutzige Windschutzscheibe, ohne die vorbeigehenden Menschen wirklich wahrzunehmen. Michael Helbig war nicht nach Weißensee gekommen, um seines Vaters zu gedenken. Das hätte er viel früher tun können. Er wollte ihn rächen, daran hatte er keinen Zweifel mehr, seit er von der Geschichte mit dem verdorbenen Bier erfahren hatte. Und das Bierfest mit den Gästen von der UNESCO bot dazu die perfekte Gelegenheit.

Helbig hatte durch seine vorherigen Besuche oder von seiner schrulligen Tante von dem Fest erfahren. Dank Margit Müller konnte er zudem ohne großen Schaden sowohl in das Archiv als auch in die Brauerei gelangen. Helbig wusste genau, dass die Biervorräte zu ersetzen sind. Und er hatte sich nicht einmal die

Mühe gemacht, seine Taten zu vertuschen, denn dann hätte er Handschuhe getragen. Ihm ging es nur um den peinlichen Moment für die Stadt. Ein Fassbieranstich ohne Weißenseer Ratsbräu war wie Thüringen ohne die Bratwurst.

Es ging um seinen Vater. Nur sollten dieses Mal andere mit der Schmach zurechtkommen müssen.

Gleiches galt für die Statuta Thaberna. Als Braumeister hätte er das einzigartige Dokument niemals achtlos in seine Jackentasche gestopft, zudem war ein Papier aus dem Jahr 1434 viel zu empfindlich. Er hätte es mit großen Augen bewundert, laut oder vielleicht auch leise die Worte »hophin, malcz und wasser« gelesen und es …

Ein Handybrummen riss Kohlschuetter aus seinen Gedanken.

»Mensch, Timo, ich habe es schon dreißigmal klingeln lassen«, platzte Susanne Summer heraus, als er sich endlich meldete.

»Sorry. Ich war in Gedanken«, sagte Kohlschuetter automatisch, obwohl er noch nicht einmal mitbekommen hatte, wer da am anderen Ende der Leitung etwas von ihm wollte.

»Ich habe mir die alte Akte zum Fall Helbig gezogen. Aber denk bloß nicht, dass ich dir jetzt jedes Mal die Zugehfrau mache.«

Sekunden vergingen.

Susi, dachte er, richtig. Er hatte sie gebeten, ins Polizeiarchiv zu gehen. Schlagartig kehrte seine Aufmerksamkeit zurück. »Er hat sich nicht selbst umgebracht?«

»Kann man so nicht sagen. Nur, dass es in der Akte von Ungereimtheiten nur so wimmelt. Jede Menge Fußspuren am Seeufer, die man auf die zahlreichen Badegäste zurückgeführt und dementsprechend nicht weiter untersucht hat, widersprüchliche Zeugenaussagen …«

Susi fasste den Bericht für ihn zusammen und las ihm einige Protokolle der damaligen Ermittler vor. Von einem blauen Auge bei Franz Helbig war die Rede. Wie er sich das zugezogen hatte, blieb aber vollkommen offen. Niemand wollte an dem Abend etwas von einer Schlägerei mitbekommen haben, nur Kemper und Bärmann, die nach der Stadtratssitzung noch die halbe Nacht im Burgkeller gesessen hatten, behaupteten das Gegenteil. Die Kollegen hatten damals das Personal und alle Gäste befragt.

Kohlschuetter brummte der Kopf. Ein gestandener, kräftiger

Mann von Anfang vierzig mit einem Blutalkoholgehalt von null Komma acht Promille und mit dem DDR-Schwimmabzeichen der Stufe III geht in einen See, um sich zu ertränken? Das konnte durchaus möglich sein, natürlich, aber irgendetwas sagte ihm, dass Franz Helbig nicht freiwillig das Wasser des Gondelteiches geschluckt hatte.

»Das ist doch ...«

»... nicht ungewöhnlich«, beendete Susanne Summer den Satz für ihn. »Und auf den ersten Blick sieht tatsächlich alles nach Selbstmord aus. Vor allem, da zwei als seriös eingestufte Zeugen aussagten, Franz Helbig hätte unter schweren Depressionen gelitten.«

»Die Zeugen, genau. Seiner Frau schien davon aber nichts bekannt zu sein. Was ist also, wenn man mehr als einmal hinschaut? Auf den zweiten Blick könnte es auch Mord gewesen sein.«

»Das hast du gesagt.«

»Der Schlüssel!« Bernsen hatte ohne Vorwarnung die Beifahrertür aufgerissen und warf sich neben Kohlschuetter auf den Sitz. »Es gibt noch einen dritten Schlüssel zum Chinesischen Garten. Und ich Döspaddel hätte ihn nur konfiszieren müssen.«

Kohlschuetter bedankte sich mit einem hastigen »Danke, Susi, hast was gut bei mir« bei Susanne Summer und beendete das Telefonat. Dann lehnte er sich zurück und sah Bernsen erwartungsvoll an. »Mit welcher Begründung hätten Sie Walter Kemper denn seinen Autoschlüssel abnehmen wollen?«

»Woher ...« Bernsens Beine bewegten sich wie bei einem Hundert-Meter-Lauf.

Kohlschuetter grinste selbstzufrieden, er freute sich über seine kriminalistische Spürnase. »Das will uns der feine Herr Kemper bestimmt gleich selbst erzählen. Aber vorher muss ich noch jemandem eine erfreuliche Nachricht überbringen.«

Er betätigte die Freisprechanlage, damit sein sichtbar verblüffter Kollege dieses Hörspiel ebenfalls genießen konnte.

»Meier, Büro des Bürgermeisters.« Die beiden vernahmen ein lautes Schnaufen. Der Anruf schien Bea Meier zu stören. In der Tat hatte deren Aufregung über das heutige Verhör nur durch ein Paar rosafarbene Riemchensandalen beigelegt werden können. Doch die Auktion lief in dreißig Sekunden aus.

»Kohlschuetter. Frau Meier, wenn Sie so nett sein könnten, mir die Protokolle der Stadtratssitzung vom August 1990 ziehen zu lassen? Dringend und auf mein Handy, danke.« Er diktierte Bea Meier die E-Mail-Adresse. Als sie Luft holte, um nach dem Grund zu fragen, schnitt er ihr das Wort ab: »Und jetzt den Bürgermeister bitte.«

Es ertönten zwei Freizeichen, dann meldete sich Frank Adler.

»Kohlschuetter, hallo Herr Adler. Ihre Statuta Thaberna befinden sich noch in Ihrem Archiv. Herr Kowalski muss nur etwas danach suchen. Ich würde vorschlagen beim Jahr 1990, im August.«

»Was?« Etwas fiel laut krachend und klingend zu Boden. Es klang wie das Newton'sche Kugelstoßpendel. Dann hörten die Kommissare nur noch, wie der Bürgermeister laut schreiend aus dem Büro rannte. Die kleinen goldenen Kügelchen mit den chinesischen Schriftzeichen würden sich nur schwer wieder entwirren lassen.

»Kompliment, Kollege, Kompliment. Das hätte ich nicht besser machen können.« Bernsen schnalzte mit der Zunge. »Aber woher wussten Sie?«

Während Kohlschuetter es ihm erklärte, steuerte er den Wagen langsam in Richtung Promenade und auf ihr nächstes Ziel zu.

★★★

Sie parkten vor einer der schönsten Villen der Stadt. Das weiß gestrichene große Haus strahlte in der Mittagssonne. Kohlschuetter löste den Sicherheitsgurt und griff nach seinem Handy auf dem Armaturenbrett.

Zwei Handgriffe später öffnete er die Mail von Bernd Kowalski, dem Archivar. Die Meier war schnell, das musste man ihr lassen. Kohlschuetter überflog die Dokumente und reichte das Telefon an seinen Kollegen weiter. Der las gründlicher, schaute hin und wieder zu Kohlschuetter herüber und schüttelte mit dem Kopf. Kurz darauf schlugen zwei Autotüren.

Bernsen öffnete das kunstvoll geschmiedete Tor und betrat mit einem lauten »Boah!« den breiten Kiesweg, der sich durch einen üppig bepflanzten Vorgarten schlängelte und direkt auf eine noch breitere Mamortreppe führte, in deren unterste Setzstufen mit blauen Mosaiksteinen der Schriftzug »Wyssense 1174« eingelassen war. Daneben schwebten, leicht aufgerichtet, zwei silberne Fische, die einen siebenstrahligen goldenen Stern einfassten, das Wappen der Stadt Weißensee.

Kohlschuetter betätigte den messingfarbenen Klingelknopf fast schon zögerlich, als hätte er Sorge, das edle Teil mit seinen schweißigen Fingern zu beschmutzen. Aber eigentlich wollte er nur das kommende Gespräch ein wenig hinausschieben. Walter Kemper, das wusste er, war alles andere als ein Leichtgewicht.

Bernsen taxierte das Haus ungeniert. »Ihr Ossis habt es echt drauf.«

Minuten vergingen. Dann zeichnete sich hinter den bunten Butzenscheiben der Haustür eine herannahende Gestalt ab. Matthias Kemper öffnete die Tür, begrüßte die Kommissare mit einem lauten »Scheiße« und verschwand fluchtartig in Richtung Hinterausgang.

»Die Drogenfahndung wird gleich hier sein«, rief Bernsen ihm amüsiert hinterher, und die Kommissare betraten das Vestibül. »Die Plantage ist im Garten, da wette ich. Und der Alte hat ihm dafür extra ein Gewächshaus gekauft. Dem Bübchen darf es doch an nichts fehlen.«

Eine große dunkle Standuhr schlug dröhnend zwölf. Bernsen schaute sich um, als sein Blick an der Garderobe hängen blieb. Auf der Hutablage lag neben einem Panamahut ein schwarz-weiß kariertes Basecap. Er brummte kurz und deutete darauf.

Kohlschuetter nickte und widmete sich der goldumrahmten Fotogalerie an der Wand. Kemper mit seiner Brigade vor dem alten Möbelwerk. Kemper und seine Gattin, so vermutete er, auf dem Sonnendeck der MS Arkona, braun gebrannt, in die Kamera lächelnd, Kemper bei der Verleihung der »Ehrennadel für besondere Verdienste auf dem Gebiet der sozialistischen Heimatkunde« mit dem dazugehörigen Zeitungsartikel – »Erschienen in ›Das Volk‹ am 27. Juni 1986«, stand mit schnörkelloser Handschrift auf dem vergilbten Papier –, Kemper vor dem Haupteingang des Chinesischen Gartens, wie er dem Bürgermeister einen symbolischen Schlüssel übergibt …

»Matthias, wer ist es denn?«, tönte Kempers kräftige Stimme aus einem der angrenzenden Räume.

»Die Polizei«, antwortete Bernsen provozierend. »Und das Bürschchen vernichtet im Garten gerade seine Ernte, damit wir sie nicht wegrauchen.«

Einen Moment lang blieb es ruhig. Dann näherten sich Schritte, und eine schwere Eichentür wurde aufgeschoben.

»Guten Tag, meine Herren. Wie kann ich Ihnen helfen?« Walter Kemper stand lächelnd vor ihnen und gab den Blick auf dunkles Holzfurnier mit unzähligen Hirschgeweihen und einem riesigen Wildschweinkopf sowie schwere Ledermöbel frei. Inmitten dieses Waidmannsheils saß – wen wundert's? – Klaus Bärmann.

»Das trifft sich ja ganz ausgezeichnet.« Bernsen schob sich an Kemper vorbei direkt in das Wildschweinzimmer. »Da haben wir unsere beiden Fliegen gleich beieinander.«

»Ich muss doch sehr bitten.« Das Lächeln in Walter Kempers Gesicht verschwand, und er eilte Bernsen hinterher. Kohlschuetter folgte widerwillig. Zu gern hätte er sich in aller Ruhe das Leben des großen Herrn Kemper zu Gemüte geführt. Das hätte interessant sein können.

»Was führt Sie zu uns?«, versuchte es Kemper noch einmal ausgesprochen höflich, obwohl die Spannung im Raum deutlich spürbar war. An Bärmann gewandt ergänzte er: »Klaus, bitte zwei Whiskey für die Herren Kommissare.«

»Hauptkommissare«, verbesserte Bernsen und machte nicht den Eindruck, als würde er das Angebot ausschlagen wollen.

»Für mich nicht«, wiegelte Kohlschuetter ab. Alkohol im Dienst kam für ihn nicht in Frage. Bärmann wartete noch einen Moment, und als keine weitere Widerrede erfolgte, goss er einen doppelten Whiskey in ein schweres Bleikristallglas und reichte es dem sichtlich erfreuten Bernsen. Der leerte es in einem Zug, ohne auch nur den Bruchteil einer Sekunde daran zu denken, dass man dieses edle Destillat nicht wie einen Korn hinunterkippen sollte.

»Also, meine Herren, was kann ich für Sie tun?« Kemper setzte sich in einen dicken Ohrensessel, dessen Armlehnen von geschnitztem Eichenlaub geziert wurden, und schaute in die Runde. Klaus Bärmann, der unter großen Mühen bislang lediglich ein knappes »Tag« hervorgepresst hatte, schwieg beharrlich und starrte auf seine ausgewaschene Jeans.

»Womit verdienen Sie eigentlich Ihr Geld, Herr Kemper?«

Kohlschuetter, der ebenso wie sein Kollege keinen Platz angeboten bekommen hatte und auch nicht dachte, dass dies noch passieren würde, stand auf einem dicken Perserteppich – natürlich mit Jagdszenen – und versuchte, das Mienenspiel seines Gegenübers zu erfassen.

Kemper lächelte nicht ohne eine gewisse Überheblichkeit. »Seit dem Segen der politischen Wende bin ich im Vertrieb tätig. Sicherheitsschlösser, Zutrittskontrollanlagen und dergleichen mehr.«

»Nicht schlecht.« Bernsen warf Kohlschuetter einen wissenden Blick zu und schlenderte langsam in Richtung des Wildschweins.

»Kennen Sie einen Franz Helbig?«, kam Kohlschuetter ohne Umschweife zur Sache. Fast schien es ihm, als würde Klaus Bärmann bei dem Namen ein wenig zusammenzucken. Doch er konnte es nicht beschwören.

Bernsen, der langsam durch den Raum gewandert war, natürlich nicht ohne dessen Einrichtung interessiert und mit einem gewissen Neid zu betrachten, stand nun mit den Rücken zu ihnen und schaute aus dem Fenster. Direkt unter ihm, vor einer Art englischem Teepavillon aus dem 19. Jahrhundert, schleuderte der kleine Kemper wie wahnsinnig blühende Hanfpflanzen in eine Schubkarre.

Walter Kemper senkte den Blick. »Ja natürlich, unser Freund Franz, wie könnten wir den vergessen«, antwortete er in einem Tonfall, der an eine Totensonntagspredigt erinnerte. Der Mann verstand sich ohne Zweifel auf gekonnte Inszenierungen. Kohlschuetter schaute ihn unverwandt an. Kemper, der dies als Aufforderung verstand, was in der Tat auch so gemeint war, sprach mit unveränderter Stimme weiter: »Der 20. August 1990. Wir wissen es noch wie heute.« Sein Blick streifte Bärmann, als würde er sich dessen Zustimmung vergewissern wollen. Doch Bärmann starrte weiter auf seine Hosenbeine. »Wir waren noch gemeinsam im Burgkeller, der ist ja nun schon viele Jahre geschlossen, und am nächsten Morgen fand man ihn«, Kemper atmete tief aus, »ertrunken im Gondelteich. Die schweren Depressionen haben ihn dazu getrieben.«

»Und Sie standen nicht zufällig daneben?« Bernsen drehte sich nicht einmal um, sondern zählte akribisch die Hanfpflanzen.

Kemper rührte sich nicht, und auch seine Stimme blieb unverändert. »Was wollen Sie damit sagen?«

»Ich dachte nur, Sie hätten vielleicht etwas nachgeholfen. Schließlich hatten Sie und Franz Helbig einen handfesten Streit unter Männern. Da kann man schon mal in Wut geraten, einem eigentlich guten Freund eins auf die Mütze geben und ihn dann im Gondelteich versenken.« Bernsen unterstrich seine Worte durch seine geballte Faust, mit der er in die Luft boxte.

Mit einem Satz sprang Bärmann auf und griff nach der Whiskykaraffe, die er durch seine zu plumpen Bewegungen fast von dem mit einem Fliesenmosaik besetzten, ebenfalls mit Jagdszenen dekorierten Beistelltischchen befördert hätte, goss sich reichlich ein und setzte sich mit zitternder Hand wieder auf seinen Platz.

Walter Kemper rückte sich die dunkelgrün schimmernde Seidenkrawatte zurecht. »Wir gehören nicht zu der Sorte Männer, die ihre Auseinandersetzungen mit den Fäusten austragen, wenn Sie verstehen, was ich meine. Meinungsverschiedenheiten, und ich bestreite nicht, dass es diese gegeben hat, legen wir immer in einer offenen und fairen Diskussion bei. Ganz genau so wie am Sonntag.«

Im Augenwinkel sah Kohlschuetter, wie Bernsen die letzten Worte mit hochgezogener Oberlippe und herausgestellten Zähnen nachäffte.

»Sie haben sich damals also nicht um die Zukunft der Runneburg gestritten? In einer Stadtratssitzung, die bis weit nach Mitternacht dauerte und in der man Sie, Herr Bärmann«, er neigte seinen Kopf in die Richtung des Vereinsvorsitzenden, »mehrfach wegen unflätigem Benehmen ermahnt und fast des Rathaussaales verwiesen hat?«

Bärmann setzte das Whiskyglas mit einer zackigen Bewegung an, trank es, ohne abzusetzen, aus und wischte sich anschließend mit dem linken Handrücken über den Mund. Mit verzerrtem Gesicht murmelte er irgendetwas Unverständliches.

Kempers Gesichtsausdruck blieb unverändert entspannt, nur seine Stimme bekam nach und nach mehr Härte. »Ich habe nicht abgestritten, dass es Streit gegeben hat, auch wenn ich die geschilderten Ausführungen bezüglich Herrn Bärmann so natürlich nicht teilen kann.« Er räusperte sich unter vorgehaltener Hand. »Die

Gemüter waren erhitzt, doch von unflätigem Benehmen kann keine Rede sein. Franz und wir waren einfach unterschiedlicher Meinung über die Zukunft der Burg.« Kemper schwang ein Bein über das andere. »Er wollte sie in den Besitz der Thüringer Stiftung Schlösser und Gärten überführen, während wir es für sinnvoller erachteten, sie an einen westdeutschen Investor zu verkaufen.«

»Um so den dicken Reibach zu machen«, kam es aus der Fensterecke. Bernsen hatte inzwischen zweiundvierzig Hanfpflanzen gezählt, und die Bemühungen des jungen Kemper nahmen kein Ende.

Kemper legte seine große langgliedrige Hand, an deren kleinem Finger ein dicker Siegelring prangte, auf seine Brust, zog die Brauen nach oben und erwiderte in übertriebenem Erstaunen: »Moi?« Dann lachte er schallend.

»Ludwig XVI., der auch gern mal Französisch sprach, kam unter die Guillotine.« Bernsen schlug mit der Handkante auf die marmorne Fensterbank. Klaus Bärmann drehte das leere Glas in seinen Händen und schob seinen Hintern unruhig auf dem weichen Leder hin und her.

»Von mehreren hunderttausend Mark Vermittlungsgebühr und einem Hausmeisterjob für Sie, Herr Bärmann«, Kohlschuetter schaute auf den Vereinsvorsitzenden, »war damals in der ganzen Stadt die Rede.« Jetzt wandte er sich Kemper zu. »Das hat Ihnen zumindest in einer Sache einen Strich durch die Rechnung gemacht. Bei dieser Gerüchteküche blieb Ihnen gar nichts anderes übrig, als Ihre Kandidatur für das Bürgermeisteramt zurückzuziehen, nehme ich an.«

»Üble Nachrede des neidischen Volkes.« Kemper wechselte seine Beinstellung. »Auf meine Kandidatur habe ich aus Pietätsgründen verzichtet, wegen meines Freundes Franz Helbig.«

Das »neidische Volk« musste bei Bernsen wie ein Reizwort gewirkt haben, denn schlagartig drehte er sich um und schrie mit herausquellender Halsschlagader: »Ich sage Ihnen mal etwas, Sie feiner Pinkel. Nix Depressionen und faire Diskussion. Helbig wollte Ihre krummen Geschäfte nicht mitmachen, und da haben Sie ihn kurzerhand um die Ecke gebracht. Und seinen Sohn, das arme Schwein, nun auch. Aber Sie haben die Rechnung ohne den Braumeister gemacht.«

»In Ihrem langweiligen Stadtratsprotokoll fand sich nämlich nach all den Jahren noch etwas anderes«, erklärte Kohlschuetter. »Ein Schreiben des Investors, äußerst interessant. Darin können Sie genau diese üble Nachrede nachlesen. Ein kleiner Zusatz zum bereits vorbereiteten Kaufvertrag, den Franz Helbig anscheinend irgendwie in die Hände bekommen hatte. Nur dass er so anständig war, Sie, meine Herren, und Ihre geplante Vorteilsnahme nicht publik zu machen, und das Papier stattdessen im Nachgang zu den Akten gegeben hat. So viel Rücksichtnahme war Ihnen gegenüber vollkommen übertrieben, aber da die Abstimmung über den Verkauf der Burg gut ausgegangen war, wollte er wohl nicht noch mehr böses Blut verbreiten.«

Klaus Bärmann sprang auf, als hätte er sich an seinem Sessel den Hintern verbrannt. Das leere Glas fiel mit einem lauten Knallen auf dem Boden. Er bückte sich ruckartig, hob es auf, riss den Stöpsel von der Karaffe und schenkte sich neu ein, um das Glas sofort wieder zu leeren. Das wiederholte er ganze drei Mal. Dann schmiss er sich mit Wucht zurück in den Sessel. Kemper schenkte dem Ganzen nicht die geringste Beachtung, doch auch er hatte endlich die Fassung verloren. Mit entsetztem Blick schaute er die Kommissare an.

Kohlschuetters Augen funkelten. Der Fisch hatte angebissen. »Michael Helbig kehrt nach vierundzwanzig Jahren in seine alte Heimatstadt zurück und wird kurz darauf erschlagen im Chinesischen Garten aufgefunden. Wie erklären Sie sich das?«

»Was haben wir denn damit zu tun? Das ist eine Unverschämtheit, was Sie sich hier erlauben. Wir werden uns beim Präsidenten des Landeskriminalamtes beschweren«, wagte Kemper einen verzweifelten Versuch, zu seiner alten Überheblichkeit zurückzukehren.

»Pah!« Bernsens Spuckebläschen landeten an der Fensterscheibe, während er weiter den kleinen Kemper beobachtete, der wie besessen mit der voll beladenen Karre durch den Garten raste.

»Zwei Morde, Vater und Sohn, eine erstaunliche Leistung für zwei so angesehene Bürger der schönen Stadt Weißensee.« Kohlschuetters Blick wanderte von einem zu anderen. »Sie haben doch einen Schlüssel vom Chinesischen Garten, nicht wahr, Herr Kemper?«

»Wieso sollte ich? Soweit ich informiert bin, ist der Garten nicht unser Vereinseigentum«, entgegnete Kemper bissig. Seine Beine waren längst nicht mehr locker übereinandergeschlagen; fast schon krampfhaft presste er sie gegeneinander. Immer wieder rieb er mit den Händen über seine Knie, der teure Stoff seiner Hosen begann bereits speckig zu glänzen.

»Dann haben Sie doch sicherlich kein Problem damit, mir für einen kurzen Moment Ihr Schlüsselbund zu leihen, oder?« Bernsens Beine tanzten Rock'n'Roll.

Kemper schob das spitze Kinn nach vorn. Auf seiner Stirn hatten sich ferne Schweißperlen gebildet. »Das habe ich nicht bei mir.« Seine ganze Erscheinung verriet, welche Kämpfe er gerade mit sich ausfocht. Mister Oberschlau hatte doch tatsächlich eine entscheidende Kleinigkeit übersehen.

»Wir sind in Ihrem Haus, der Wagen steht vor der Tür …« Kohlschuetter zuckte mit den Schultern. »Sie lügen nicht mehr sehr gut, verehrter Herr Kemper.«

»Mein Enkel hat ihn.« Kemper rang nach Luft. »Und ich weiß nicht, wo er gerade ist.«

»Ich schon. Auf dem Weg ins Gefängnis.« Bernsen schlug sich mit den Handflächen auf die schlanken Hüften. Dann öffnete er das Fenster und rief den beiden Streifenbeamten, die sie als Verstärkung herbestellt hatten, zu: »Kollegen, ich kriege ihn zuerst. Drogen mache ich am zweitliebsten.«

Der kleine Kemper schaute, als hätte er in eine Zitrone gebissen, zeigte jedoch keine Gegenwehr, als die beiden Beamten ihn abführten.

»So, nun aber Butter bei die Fische«, frohlockte Bernsen.

Niemand zeigte sich überrascht, als Kemper in seine linke Hosentasche griff, das Schlüsselbund hervorzog und es Bernsen mit Schwung zuwarf. »Aber einen Mord lasse ich mir nicht anhängen!« Der noble Herr hatte seine Maskerade verloren.

»Es sind zwei.« Die Schlüssel klatschten vor Bernsens Brust und fielen auf den Boden. »Netter Versuch.« Bevor er sich danach bückte, zog er sich einen Latexhandschuh über. Der Sicherheitsschlüssel mit den Magneten war exakt derselbe wie der am Schlüsselbund von Werner Podeiske.

»Das hat doch keinen Sinn, Walter«, murmelte Bärmann immer

wieder mit schwerer Zunge. Die Jameson-Konzentration in seinem Blut schien aus dem ansonsten so aufbrausenden Bärmann ein sanftes Lämmchen gemacht zu haben. Kohlschuetter bedauerte das zutiefst, denn ein nüchterner Bärmann hätte das Verhör sicher um ein Vielfaches abgekürzt.

»Schweig!«, keifte ein in die Ecke gedrängter Kemper. »Man wird mir hier auf keinen Fall was anhängen.«

Doch das nützte ihm auch nichts.

ELF

»Sponsert die teure Schließanlage des Chinesischen Gartens und behält einfach mal vorsorglich eine Kopie des Schlüssels. Aus reiner Boshaftigkeit.« Bernsen schüttelte bedient den Kopf und nahm einen großen Schluck von seinem Bier, das ihm die Bedienung des Stadtcafés gerade hingestellt hatte. »Gut, dass ich all meine Schlösser im Baumarkt kaufe.«

Kohlschuetter kaute genüsslich an seinem Kohlrabischnitzel, schluckte den Bissen hinunter, spülte mit einem stillen Wasser nach und antwortete: »Alles nur, um dem armen Adler irgendwann einmal eins auswischen zu können. Hier und da ein kleiner Sabotageakt und der Stuhl des Bürgermeisters fängt an zu wackeln.«

»Und der feine Herr Enkel verdient sich sein Taschengeld, indem er den Schlüssel nutzt, um in der Nacht heimlich Liebespaare in den Chinesischen Garten zu lassen. Quasi im Nebengewerbe und als zusätzlicher Absatzmarkt für seine Drogen. Darauf muss man erst einmal kommen.« Bernsen hielt sich den Bauch vor Lachen. »Und wenn wir dem Bürschchen nicht zufällig den Schlüssel abgenommen hätten …«

»… säßen wir jetzt nicht hier, um die Aufklärung unseres ersten gemeinsamen Falles zu feiern.« Kohlschuetter lächelte zufrieden. In solchen Momenten wusste er wieder, warum er damals unbedingt zur Kriminalpolizei gehen wollte, auch wenn die Arbeit mit seinem neuen Kollegen manchmal wirklich seltsame Blüten trieb.

»Aber wissen Sie, was mir nicht klar ist?« Schmatzend schob sich Bernsen eine Pommes quer in den Mund. »Wieso trifft sich der Michael Helbig mit diesen beiden Typen? Das macht doch keinen Sinn.«

Kohlschuetters Miene verfinsterte sich. »Irgendwie muss er nach all den Jahren die Wahrheit über den Tod seines Vaters herausgefunden haben. Vielleicht hatte der Brief, den er zwei Wochen vor seinem Tod erhielt, was damit zu tun. Nach Aussage seiner Mutter war er danach verändert. Und auch wenn Kemper und Bärmann den alten Helbig nicht ermordet haben sollten – was wir ohne ein freiwilliges Geständnis wohl nie mit Sicherheit wissen werden –, auf dem Gewissen haben sie ihn trotzdem.«

Bernsen schmatzte zustimmend. »Sie haben ihm das Leben in der Stadt zu Hölle gemacht, soziale Ausgrenzung, Hetzreden und tätliche Angriffe reichen aus, um jemanden in einen Selbstmord zu treiben.«

»Und der Sohn wollte Gewissheit. Das ist doch nachzuvollziehen.«

»Erpressung?«, hakte Bernsen nach.

»Möglich, aber unwahrscheinlich bei allem, was wir über ihn wissen. Das konnten die beiden Herren natürlich nicht ahnen.«

»Tragisch. Wenn der Vater damals die Vorteilsnahme der beiden öffentlich gemacht hätte, wäre er aus dem Schneider gewesen. Stattdessen verhielt er sich mehr als anständig. Ganz wie der Sohn. Wäre der zur Polizei und nicht in den Chinesischen Garten gegangen ...« Bernsen unterdrückte einen Rülpser. »Und Bärmann, das Schwein, nimmt schon vorsichtshalber das Braupaddel aus diesem seltsamen Vereinszimmer in seiner Wohnung mit in den Chinesischen Garten, um ihm bei Bedarf eins überzuziehen, während der feine Kemper aus sicherer Entfernung zuguckt. Perfider geht es doch nicht. Dass er das Teil nach der Tat auch noch säubert und zurück an die Wand hängt, ist dabei noch abgefahrener.«

»Wahre Liebe zur Braukunst, würde ich sagen«, antwortete Kohlschuetter grinsend.

»Eher totale Blödheit. Wer sich nicht von der Mordwaffe trennen kann, muss damit rechnen, dass ein schlauer Polizist sie irgendwann findet.« Bernsen hob den Kopf, als ob er wartete, dass sein Kollege ihm beipflichtete.

Doch Kohlschuetter reagierte nicht. »Mit dem Anruf von Michael Helbig war beiden klar, was das bedeutete. Bärmann hat die Nerven verloren. Gebilligt von Kemper natürlich. Der wusste genau, dass er sich die Finger nicht dreckig machen muss.«

»Schon klar.« Bernsen, dem die Erbsen immer wieder von der Gabel rollten, schnaufte ungehalten.

»Leider spielt es Kemper in die Karten. Er hat das Braupaddel nie angefasst.« Kohlschuetter gab der Bedienung ein Zeichen, dass er noch einen Wunsch habe.

»Ich sehe es schon kommen: Der feine Herr wird sich mit der

Hilfe seiner sauberen Anwälte irgendwie aus der Affäre ziehen. Und Bärmann sieht sein geliebtes Weißensee bestimmt nie wieder.« Gerade als die junge Frau unter den erstaunten Augen von Bernsen Kohlschuetters Bestellung für zwei doppelte Jameson – selbstredend den drei Jahre alten – aufnahm, kam Bürgermeister Adler zur Tür herein. Seine Lippen formten sich zu einem seligen Lächeln, als er die beiden Kommissare erblickte. Den Kopf in den Nacken geworfen und mit durchgedrückten Schulterblättern steuerte er mit festen Schritten ihren Tisch an, verharrte einen Moment, strich sich über die dunkelblaue Krawatte mit den kleinen aufgestickten hellblauen Adlerköpfen – ein Geschenk seiner Sabine zu Weihnachten –, setzte eine feierliche Miene auf und sagte laut und in vollem Bewusstsein, dass die versammelten Gäste des Stadtcafés ihn hören konnten: »Hochverehrter Herr Kohlschuetter, hochverehrter Herr Bernsen, im Namen aller Bürgerinnen und Bürger von Weißensee bedanke ich mich für die schnelle Aufklärung der beiden furchtbarsten Verbrechen, die unsere Stadt seit dem Zweiten Weltkrieg erlebt hat.«

»Dass der immer so übertreiben muss«, nuschelte Bernsen Kohlschuetter zu.

»Dank Ihrer vorzüglichen Arbeit und Ihrer ausgezeichneten kriminalistischen Fähigkeiten können die Weißenseer wieder ruhig schlafen.« Adler nickte einem nach dem anderen zu und griff nach dem Glas Jameson, das die Bedienung gerade vor Bernsen abgestellt hatte. »Ich erhebe mein Glas auf die Thüringer Polizei! Prost.« Dann trank er genussvoll einen Schluck des Whiskeys.

Kohlschuetter erhob ebenfalls sein Glas, prostete Adler zu und tat es ihm nach.

Bernsen schaute verdutzt in die Runde, verkniff sich aber eine spitze Bemerkung, denn irgendwie fand er den Bürgermeister plötzlich doch sympathisch.

Das gesamte Stadtcafé applaudierte.

Adler, der seinen Auftritt sichtlich genossen hatte, nickte einigen der Gäste an den anderen Tischen freundlich zu, bevor er sich zu den Kommissaren setzte und hinter vorgehaltener Hand flüsterte: »Eines bereitet mir schon den ganzen Tag Kopfzerbrechen.« Flink wanderten die Adleraugen von einem zum anderen. »Wie sind die denn bitte alle in meinen Chinesischen Garten gekommen?«

»Das ist eine lange Geschichte«, wehrte Kohlschuetter ab. »Dafür haben Sie doch jetzt bestimmt keine Zeit.« Er drehte den Kopf zum Nachbartisch. »Sie werden erwartet.«

Der Bürgermeister stutzte kurz, folgte dann aber Kohlschuetters Blick, um beim Anblick des Vorstandes des hiesigen Heimat- und Biervereins, der ihm vom Nachbartisch aus zuwinkte, zufrieden zu grinsen. »Man hat mich gefragt, ob ich den Vorsitz übernehmen will.«

»Die Ossis wechseln ihre Anführer auch wie die Unterhosen.« Bernsen ließ das Besteck klirrend auf den Teller fallen. Die Erbsen, die er in Ermangelung einer zielführenden Technik nicht gegessen hatte, rollten über die Tischdecke.

»Nein, am Ende siegen bloß immer die Guten«, flötete Adler, als er sich erhob.

»Wieso haben Sie nicht auf mich gehört und nach unserem glorreichen Einsatz wieder auf dem Marktplatz geparkt? Ausgerechnet so weit draußen.« Bernsen ging betont langsam neben Kohlschuetter her, um ab und zu einen Kieselstein über das holprige Pflaster des Marktplatzes zu kicken.

»Also noch mal, damit Sie es endlich kapieren: weil alle Parkplätze auf dem Marktplatz besetzt waren und ich keine Lust hatte, die ganzen Seitenstraßen abzufahren. Die fünf Minuten Fußweg bis zum Gondelteich werden Sie schon schaffen. Außerdem tut Ihnen etwas Bewegung gut.«

»Das sagt meine Rotfeder auch immer.«

»Aus welchem Winnetou-Film haben Sie das eigentlich geklaut?«

»Eine Rotfeder ist ein Fisch, Sie Landei.«

Der Dienstwagen stand auf dem Parkplatz am Ufer des Gondelteiches. Während Bernsen sich sogleich wie ein nasser Sack auf den Beifahrersitz fallen ließ, stand Kohlschuetter noch einen Moment am Ufer, um den herrlichen Ausblick über den See zu genießen.

Vor seinen Füßen trieben einige Papierschnipsel auf der leichten Brandung. Geistesabwesend bückte er sich nach einem größeren Stück, das sich als Teil eines vollkommen durchweichten Briefkuverts herausstellte. »Frieda Schmidtke, Weißensee«, konnte Kohlschuetter als Absender entziffern.

Den Namen hatte er doch schon mal irgendwo gehört ...

Dank

Das Buch wäre ohne die Begeisterung meines Mannes für die Stadt Weißensee und ihre außergewöhnliche Biergeschichte niemals entstanden. Er hat mich angesteckt, und dafür danke ich ihm.

Außerdem danke ich meinen Weißenseer Freunden, auch den weggezogenen, für die zahlreichen Hinweise und für den Spaß, den wir seit vielen Jahren gemeinsam haben. Hepp, du bist unser Sonnenschein.

Last but not least gebührt mein Dank der Lektorin Marit Obsen, die ein wahres Händchen für ihren Beruf hat. Sowie natürlich meinem Agenten: Dr. Wenzel, Sie sind der Beste!

Und: Danke, Manfred.

Julia Bruns, im Januar 2015